穿越馨生愛上你

卷二 多事端，庶女諸葛亮

尤加利 著
千帆 繪

朱雀文化

目錄

【卷二】多事端，庶女諸葛亮

【第六十六回】

休假

西寧侯府辦事果然妥當，賞花會帖子上寫明了邀請大太太與慧妍，然後捎上慧馨。這樣可避免讓人覺得慧馨去西寧侯府太突兀，也給足了謝家面子，畢竟京城謝府當家的是謝家長房。

大太太面帶笑容地說：「帖子幾天前便送到了，聽說西寧侯府每年春秋都會辦賞花會，請的都是京城有身分的人家。咱們府這次能被邀請，都是託了妳二姊和妳的福了。」

慧馨趕緊說：「大伯母這麼說可折煞姪女了，外人給我們姊妹面子，看得還不是叔伯父兄們，二姊嫁入漢王府，也要靠叔伯父兄們給她撐腰的。我和二哥在京城這些日子，更是多虧大伯母的照顧。」

大太太聽慧馨這般說，心裡舒坦很多，其實她心裡也明白，西寧侯府會邀請謝家人，一半是看慧嘉的面子，一半則是慧馨，她轉頭看著身旁靦腆的女兒說道：「妳與西寧侯府的小姐們相熟，到時要多照顧妳四姊。」大太太盤算著去西寧侯府多結交些京城的貴人，給自己女兒也結門好親事，參加侯府宴會還是頭一遭，她自是得好好籌畫。

慧馨點點頭道：「這是自然，我們姊妹本就應互相照顧。只是上次去漢王府時，原與二姊約定這回也要去看她，現下明日要去西寧侯府，漢王府那邊只怕是去不成了。想請大伯母派人去漢王府那邊送個話，免得二姊掛心。」上次慧嘉提到陳郭兩家小姐的事，現已解決了，慧嘉那頭應該也得到消息了。

大太太皺眉想了一下道：「……也是，待會我便差人，順道拿些妳帶回來的東西送去漢王府那兒，可有什麼話要帶給妳二姊？」

慧馨搖搖頭回道：「沒什麼事，家裡一切都好，讓二姊不必掛心就好。」

從大太太那裡出來，慧馨去看望謝睿。過了一個月，謝睿明顯更有精神了，心情似乎也不錯。兄妹兩人聊了一會，慧馨問謝睿：「看哥哥們對我拿鴨蛋回來，似乎不感意外，是不是消息已經在京裡傳開了？」

謝睿看了一眼慧馨笑了，七妹還是這麼謹慎，「也就是這幾天，京城幾個大酒樓新添了一些鴨蛋的菜色，尤其皮蛋豆腐這樣的菜，從前都是限量，現在天天吃得到。恰巧前幾天我與大哥去參加詩會，這才聽別人說起，我們便猜可能與靜園那邊有關，加上妳上次回來不就說弄了池塘養魚和鴨子。估計京裡留意靜園的人家都會猜到，其他人只怕還不明白。」

「那還好，我就怕動靜大了，搞得京裡人都知道與咱們謝家有關，魚塘那邊時間太短，到目前為止雖有賺錢，但後面還很難說，關鍵便是今年，若今年不出事情，才好拿出來說。我現在就怕有人搗亂，雖說別人看在西寧侯府的面子上持觀望態度，但越是這樣越要謹慎，不能給別人留下把柄。好在現在莊子小，鴨子數量也不多，產蛋量也小。那些關注靜園的人是瞞不了的，只要不要有什麼流言就好。我當初囑咐莊客們，直接用他們的名義銷往京裡，看來他們做得還不錯。」

「怪只怪咱們在京裡頭根基還不穩，否則這分明是好事，卻要委屈妹妹不能對外言。」謝睿感慨地說道。

「二哥這話只說對了一半，妹妹不想讓外人現在知道，一方面是怕別人看了眼紅，另一方面，二姊剛嫁了漢王，雖說爹爹得了皇上的御賜金筆，可京裡的那些文官看不慣咱們的還不少。現若傳出咱們還涉及經商，只怕那些人不會給好臉色，所以我們才要謹慎提防些。」

謝睿聽了慧馨這番話，若有所思地想了一會道：「妳說的極是。大哥跟我透露過，家裡想讓他從商，如今聽妳這般說，此事只怕不太妥當。」

慧馨搖搖頭說道：「大哥的事與我不同，大哥是準備考取舉人之後再從商，那便是儒商了，有了舉人的身分，大哥便比普通商人更高了一層。二哥平時也要督促大哥，不要耽誤了學業，等舉人身分定下後再謀劃不遲，切莫因小失大。」

【第六十七回】四小姐慧妍

午飯前，慧妍帶著丫鬟來找慧馨，「……接了帖子後，母親找人趕製了幾套首飾，七妹不在，便讓丫鬟拿了妳原來的衣裙比著做了。七妹試試，若有不合的地方，也好讓針線房的人立刻修改。」

原本京城的謝府裡並沒有針線房，可見大房如今對京城這邊下了不少心思啊！

慧馨見新製的衣裳樣式新穎，用料考究，應是近來京城中比較流行的花樣，總共四套，她挨著試了。倒是很合身，畢竟她也不過才進靜園三個月。

新首飾則專挑小花朵之類的，雅致不俗，應景又適合慧馨小女孩的身分，大太太很有眼光。

慧妍坐在一旁看慧馨試衣服試首飾，偶爾插幾句話，只是眉宇間卻隱著一抹憂鬱。

慧馨心中一動，問道：「四姊可是擔心明日的賞花會？」

慧妍嘆口氣說道：「不怕七妹笑話，四姊還真是有些擔心。這西寧侯府賞花會去的都是些高官權貴，我怕到時候……」

後面的話慧妍雖沒說出口，慧馨心裡也有數，便開解道：「四姊不必多慮，西寧侯府既然這次請了咱們家，多半還會請些與咱們家門第差不多的。況且四姊從小飽受詩書禮教，知書達理，別人自然挑不出錯，四姊不必太在意，只要禮數不出錯便好。」

慧馨見慧妍還有些擔憂，便接著說：「我也是第一次參加這種宴會，到時我們姊妹多照應著，且西寧侯府的小姐們脾氣都很好，她們作為主人，也會照應我們的。」

慧妍聽了，眉頭卻皺得更緊了，「可是我聽說西寧侯府的小姐眼界都很高，不輕易與其他人家的小姐來往。」

慧馨搖搖頭道：「這不過是別人誤解罷了，不常與外人來往，不等同她們眼界高，反倒說明她們家教好。西寧侯府畢竟與一般侯府不同，本來就是簪纓之族[1]。西寧侯府這樣顯貴，行事自然要多考量。西寧侯年事已高，早已不再領兵，侯爺的幾個兒子也都不在朝中，連閒職都不領。可見西寧侯府行事低調，咱們家也是書香門第，只要潔身自好，與西寧侯府的人相處反倒自如。況且賞花會上那麼多人，不見得個個都是捧高踩低的，興許得結交到幾個朋友也說不定。」

慧馨留了慧妍吃午飯，順道打聽起京城這些日子的趣聞，慧妍說起八卦來心情好了不少。大太太一門心思要為她尋得好親事，這些日子帶她參加了不少聚會，都是大老爺同僚家辦的，這些太太小姐們最喜歡談論京城權貴們的八卦。

慧馨聽著聽著便不太高興了，怎麼淨是些京裡人家亂七八糟的事情，忙提醒慧妍道：「四姊這些事情都是打哪聽來的？」

「都是在別人家聚會時聽來的，最近天氣好，春暖花開，父親的幾個同僚家裡辦聚會，賞賞花什麼的，我認識了幾位小姐，人都挺好的，這些事情都是聽他們說的。」

慧馨皺皺眉道：「四姊在外多結交幾位朋友是好事，只是切莫良莠不分。大家閨秀一起聊些趣事倒無妨，但淨說些誰家納妾啊包戲子之類的，可是不好，那些喜歡談論的只怕家教也好不到哪裡去，四姊還是少跟這些小姐來往。需知禍從口出，誰知道說這些話的人心裡究竟是如何想的。明日我們去西寧侯府，只與人談些趣事，其他我們聽著便好，少說少錯，咱們畢竟是頭一次參加這樣的宴會。」看來有必要稍微提醒大伯母，別接了什麼帖子便去赴宴，總要篩選一下，老與那些愛說長短的人家交往只怕會帶壞了慧妍。

因大太太與兒女以前都跟著大老爺在任上，在京裡沒認識幾個人，所以每次接到帖子都高興地前往。起初慧妍與這些小姐不熟，後來去的次數多了，習慣了，便也愛跟著他們說了。

如今聽到慧馨的提醒，慧妍這才驚覺道：「七妹所言真是當頭棒喝，四姊去了幾次別人府裡，便將女子該守的規矩都忘了，竟學了說三道四的壞毛病。幸好有七妹提醒，倘若等父親回府知道，只怕又要受罰了。」

慧妍說著連飯也不吃，站起身向慧馨道了歉，便要回自己的院子，「……我要自罰抄寫《女訓》

【注釋】

①「簪纓」原指古時候達官貴人配戴的冠飾，此處指的是世代為官的家族。

十遍，否則心裡難安……」

慧馨目送慧妍走遠，嘴角忍不住抽搐，她本是怕慧妍與那些女孩在一起學了小家子氣，又擔心她單純被騙，才想要提醒她謹慎交友，沒想到慧妍一下就把事情延伸思考到其他方面，她可沒想要慧妍去抄什麼女訓呀！

【第六十八回】

車禍堵車

西寧侯府座落於一德街上，聽說這路是太祖定的名，取自「一德立而百善從」。當年西寧侯建府時，太祖賞了半條一德街給他，後來兩位公主先後嫁入西寧侯府，另外半條一德街便當成嫁妝。現今這整條一德街上，便只有西寧侯府一戶人家。

謝府離一德街比較遠，大太太一早便帶著慧馨與慧妍出發了。

京城清晨的街道已經人來人往，謝家只出了一輛馬車，慧馨與慧妍分坐在大太太的兩旁。慧妍比昨日見時沉穩了不少，看來抄女訓還真有用，慧馨在心裡掬一把汗。大太太多半已經知道慧馨與慧妍的談話了，有點心虛的慧馨總覺得大太太看她的目光有點詭異。

京城內有一條縱貫南北的中心街叫御街，進入一德街必得穿過御街。謝家的馬車行至近御街的地方便停了下來，前面似乎堵車了。

大太太找了外面跟車的丫鬟秋紅，讓她去打聽看看前面出了什麼事。

沒多久秋紅回來了，「太太，聽前面的人說，御街口那出了車禍，有兩戶人家的馬車撞在一塊兒，現下眾人都在等著官兵過來清道。」

大太太眉頭一皺，問道：「可知道是哪兩戶人家撞了車？」

「奴婢沒有打探到，前面的人家也說不知道，奴婢本想走到前頭去看看，可前面這家的人太多了，奴婢過不去，又怕太太擔心，便先來回話了。」

大太太聽到前面的這家的人太多，有些不滿道：「我們前面是哪家的？」

「回太太，是工部員外郎賀家的夫人和小姐們。」

工部員外郎是從五品，比謝大老爺高了半級，大太太便不好說什麼，只吩咐秋紅他們注意著前面的動靜，只要能動了，便立刻走。

半個時辰快過去了，馬車在原地一點都沒動，再有涵養的人家也難免要抱怨。謝家馬車前面堵著，後頭也被後來的馬車堵上，即便想換條道也莫可奈何。

大太太焦急得每隔一會便叫秋紅到前面打聽，只是他們離路口尚有段距離，前面進展如何仍無法得知，只能翹首以盼了。

慧馨覺得這樣下去也不是個事，今日的賞花會多半要遲到了。且這車禍出的位置也太巧了，偏在御街轉一德街的路口上，被堵在這兒的車有一半都是去西寧侯府的。

慧馨思索了片刻後對大太太說：「大伯母，看這情形我們多半要遲到了，咱們第一次受侯府邀請便晚到，別人不知道還以為咱們擺架子，不如派人先去侯府那說一聲，也好叫侯府的人知道咱們不是有意的。」

大太太覺得慧馨這辦法不錯，忙招了車夫旁邊的小廝吩咐幾句，讓他拿著帖子擠過人群，趕至侯府報個信。

慧馨掀起窗簾的一小縫隙看，前面有兩輛車似乎都是賀家的，一輛上裝滿了箱子，多半是行李，僕人也跟著不少，衣服上顯見風塵，看樣子應是剛從外地回來。

後面的馬車掛著厚厚的簾子，這種天氣光看就有些熱了。馬車外面的僕人很有規矩地立在兩旁，裡面的主人隔了簾子跟外面的僕人說話，簾角動也不動，看來這家的家風非常嚴格。大太太聽秋紅回話，都會略掀一點簾角。

約莫過了兩刻鐘，前頭的聲音突然大了起來，秋紅過來回說：「……聽說五城兵馬司的人過來了，正在清理路口。」

沒一會，前頭的車隊似乎動了起來，慧馨看到大太太明顯鬆了一口氣。

賀家的馬車動了，僕人呼嚕嚕地跟在後面，動靜不小。大太太皺皺眉，顯然對賀家有些微詞，不過還是吩咐車夫趕緊跟上。

行過路口時，慧馨又往外看了一眼。五城兵馬司的人已控制了路口兩側，撞車的人似乎被帶走了，不過兩輛馬車還停在一旁，有士兵守著，還有官兵正在察看，估計是偵察事故現場。

在路口的另一側，還停著一支送親隊伍，隊伍裡的人有些躁動，不過有五城兵馬司的人在，他們也不敢真有什麼動作。

慧馨挑挑眉，今日倒是巧了，又是撞車又是送親，還偏巧都擠在同個時辰堵在御街路口上。

這個路口離西寧侯府已不遠，不少來參加賞花會的馬車剛才都被堵在御街上，這會全都過來了，侯府門口又被堵上了。只不過這次眾人都不著急，徐徐等著，按侯府門人唱名的順序一家家進入府內。

【第六十九回】

西寧侯府（一）

輪到謝家的時候，門房小廝來領著看車的車夫往停馬車處去，跟車的丫鬟婆子也一道過去。因入了內院便有西寧侯府的丫鬟隨身伺候，自家帶來的丫鬟婆子不需跟著進去。只有某些人會堅持將丫鬟留在身邊，以彰顯身分，不過這種人是少數，現今沒幾個人敢在西寧侯府裡顯擺自己的身分。

大太太帶著慧馨與慧妍，在侯府丫鬟的帶領下，進了內院拜見世子夫人，侯爺夫人年紀大了在內院休息，只有關係較近的相熟人家被領進去拜見，而兩位公主也沒有出來。

屋裡已經來了不少內眷，慧馨與慧妍只是跟著別人一起給夫人們行了禮，便被一旁的丫鬟領著去了其他廂房，小姐們都在那邊。

因著人多，世子夫人也不好對慧馨太熱心，只匆匆看了一眼，見她穿著雅致得體又不張揚，便暗自點了點頭。

慧馨兩人跟著一群小姐往後頭走，因距離近，自然聽到周圍的人說話。

「方才來的路上，在御街那兒堵了好一會，聽說是常甯伯家和忠毅伯家的馬車撞在一塊了……」

「我們也堵了一會，不過我們馬車在後面，倒沒瞧見前頭的情形。」

「姊姊剛才說是常甯伯家和忠毅伯家撞車？常甯伯家誰來了？」

「常甯伯家也來人？四小姐不是還在廟裡頭？他們家的夫人們不也閉門了？這幾月都沒有出門呢！」

「他們家這段日子可風光了，常甯伯夫人和世子夫人連降三級，硬是比同樣門第的夫人們低了許多，不知他們出門是不是要跟別人行禮……」

幾個女孩子捂著嘴笑成一團，幾個領路的丫鬟卻是目不斜視，腳步不停，似是完全沒有聽到他們說話。

慧馨扭頭看了慧妍一眼，見她皺著眉頭，看來經過昨日一席話，她也意識到背地裡談論他人的不妥。不管常甯伯夫人和世子夫人品級降到幾等，常甯伯府可還是常甯伯府。

慧馨輕輕搖頭示意慧妍不要插話，她們不認識前面的幾位小姐，還是不要摻和他們的談話。

一進廂房，便看見了謹飭與謹諾……在靜園外應該稱呼她們的名字——西寧侯府大小姐宋欣語與二小姐宋欣雅，正忙著招呼各府的小姐。

說起來西寧侯府的幾位夫人都是厲害的角色，從侯爺世子到駙馬，雖然都有通房小妾，但卻沒有庶出的子女，這侯府孫輩裡，就只有嫡出的五位少爺與三位小姐。

慧馨帶著慧妍走向欣語、欣雅身旁，欣語見到慧馨來了，將她拉到一邊說道：「今兒多虧你們家剛才來報信，府裡本來還奇怪怎麼日頭都上來了，人才來這般少……」

「我們也被堵在路上了，怕耽誤了宴會的時辰，這才派人過來先說一聲。剛在外頭聽說撞車的是常甯伯家和忠毅伯家？」

「我們也沒想到常甯伯家會來，送帖子去是慣例，本以為他們家這段時間為了避風頭，自然會推掉，沒想到世子夫人帶著六小姐來了。妳還不知道吧，常甯伯與忠毅伯年輕時就是死對頭，兩家人不合幾十年了。今兒也不知是誰撞了誰，巡城指揮所那邊根本不敢管，幸好接了你們家的信兒，我哥立刻親自去五城兵馬司找了人過去。」

慧馨聽了欣語的抱怨，只轉移話題道：「今日只怕要辛苦你們了，這麼多人來湊熱鬧，幸好常甯伯家四小姐沒來，不然要有妳頭疼的了。不過妳大小姐再辛苦，也得先見見我家四姊……」慧馨邊說邊將慧妍介紹給欣語與欣雅，她並不擔心慧妍的社交手腕，慧妍的個性雖說不上可愛，但也不會令人討厭。欣語與慧妍說了幾句話，發現這位謝家四小姐雖不若慧馨這般慧黠靈動，卻也不會像其他人那樣諂媚。

慧馨希望慧妍與她們更熱絡些，便對欣雅道：「妳上次不是說府上進了一批好茶葉，還不拿出來給我們瞧瞧，我這位四姊可是茶藝高手，不怕妳們來比比。」

慧妍聽慧馨誇她，臉色有些微紅，忙說道：「哪裡稱得上高手了，不過是在家裡自斟自飲罷了，怎能出來獻醜。」

欣雅聽了慧馨的話知她不會亂吹牛，「姊姊別謙虛了，那邊幾位剛才還說要品茶呢，姊姊跟我們一道去吧！」說著便拉著慧妍往另一堆人走去。

慧妍忙回頭看慧馨，見她微笑點頭，心知慧馨有意讓她多結交些朋友，便紅著臉隨欣雅去了。

這頭的慧馨又問欣語：「怎麼沒見著欣茹，是不是跑去哪兒躲懶了？」宋欣茹便是謹恪了。

欣語嘆口氣說道：「妳還不了解，她最不耐這種場合了，一大早便差了人在這等著，就等妳來了好去陪她呢！」

欣語招招手，有個丫鬟走上前來，「這是紅翠，三妹的貼身丫鬟，等得可久了，妳快隨她去找三妹吧！」

【第七十回】
西寧侯府(二)

欣茹在房裡早就等得不耐煩了，終於有丫鬟進來稟報謝家小姐來了，立刻笑嘻嘻地迎出了屋外。

慧馨見欣茹直接從屋裡跑了出來，嘴角一彎，加快腳步，上前拉住她，「妳可別跑了，叫人瞧見了，要笑話。」

「還不是妳，這麼晚才到，我在屋裡都悶死了，另外那些人我才懶得理。」欣茹邊說邊拉著慧馨往外走。

「我連屋都沒進呢！妳這是要拉我去哪？」

「陪我去遊池塘摘荷葉啊，我昨兒去看了，今年荷葉長得可好了，我想吃妳做的荷葉雞啊！」

欣茹說著好像口水都要流下來了。有次她們廚藝課學做雞肉料理，慧馨發現師傅裝雞的籃子下墊的是荷葉，便要來幾張做了荷葉雞，從那時欣茹便惦記上了這味。

兩個人邊說邊笑地走在前面，紅翠幾個丫鬟在後面跟著。

今日的賞花會設在右花園，客人都集中在那邊了，而池塘位在左花園，這會兒除了慧馨她們，便沒有別人了。

兩人一個船頭一個船尾，晃晃悠悠地在湖裡漂，看到合適的葉子便停下來摘。這道荷葉雞為了入味，都是小塊小塊地分開包著，所以不需大片的葉子。兩人在船上玩得開心，便叫池邊的紅翠她們，將茶水放在茶盤上漂送過來。

紅翠拿了個竹製的茶盤，擺上小號的紫砂壺，還有兩個茶碗，小心翼翼地放在水面上。岸上船上的人都盯著茶盤，看著它慢慢漂。慧馨輕輕地划著水，讓茶盤朝她們這兒過來。慧馨忍不住心想，這池塘要是個溫泉就好了。

兩人把賞花會拋在腦後，在池塘玩了個痛快，然後欣茹拉著慧馨去小廚房做荷葉雞。

欣茹的院子沒有小廚房，內院最近的小廚房則在內書房的院子裡。內書房是給未滿十二歲的少爺們讀書的地方，現在使用內書房的是二房的三少爺、大房的四少爺與三房的五少爺。只今日外院世子也在宴請賓客，幾位少爺應該都在前頭會客，這院子的小廚房就被欣茹徵用了，她昨日已和大伯母說好，還央求大伯母替她們準備食材。

兩人才剛轉過迴廊便碰到不速之客——常甯伯家的六小姐帶著她的丫鬟。

慧馨不認得六小姐，欣茹卻是曉得，她對常甯伯家的人一向沒有好感，開口直接問道：「妳怎麼在這裡？賞花會可不是在這邊……」

六小姐心下暗嘆晦氣，有點心虛地回道：「右花園人太多了，我來這邊透透氣，聽說侯府左花園池塘裡的荷花開了……」

「我們剛才就在左花園，可沒看到妳？妳到底幹什麼去了？」欣茹見六小姐眼神閃爍，顯然沒說實話。

「妹妹怎麼不信我呢？我這不是才要到左花園去嗎？妹妹也在招待客人吧，我就不打擾兩位了，我去那頭轉轉就回席上了。」六小姐說完，也不等欣茹任何反應，便加快腳步往池塘那邊走去。

慧馨見她匆忙逃跑般離開，對欣茹使了個眼色。欣茹會意，立即小聲吩咐紅翠派個人去跟著她們。

「這六小姐是怎麼回事啊？」慧馨小聲地問欣茹。

欣茹聽慧馨問起六小姐，嘴角撇了撇才說道：「她是世子夫人的陪嫁丫鬟生的，養在夫人名下，聽說她親娘一直沒有抬姨娘，到現在還是夫人身旁的丫鬟。她一向是四小姐的跟屁蟲，哪裡像個小姐，早些年四小姐還在外面說她是丫鬟呢！」

慧馨心裡嘆口氣，暗自感嘆自己終究還是好命，才道：「但願她真的只是出來透口氣，如今四小姐不在，她應該輕鬆些吧！話說四小姐將來會怎樣啊？皇后娘娘那邊一直沒鬆口嗎？」

「常甯伯家一向眼高於頂，人緣也不好，出了這種事哪有人會幫他們說話，四小姐在廟裡待一輩子都有可能。」

慧馨搖搖頭嘆口氣，管別人那麼多呢，她管好自己就行了。

小廚房裡只留了一個婆子，其他人都到大廚房幫忙去了，那邊要負責今日賞花會的宴席。婆子已經提前將雞收拾好，等著慧馨她們的吩咐。

慧馨將雞翻來覆去看了看，很新鮮，應是才宰殺不久，便吩咐婆子把雞胸肉和腿肉切下來弄成小塊，她則去一邊調製醃漬的醬料。

將雞肉醃上，慧馨又指揮婆子把洗淨的荷葉切成扇形，去掉背面的老筋，放入開水鍋裡燙過，後又讓婆子將米淘洗乾淨。慧馨仔細地把一張張荷葉擦乾，把炒鍋架在火上，將米與調料同時下鍋翻炒至呈金黃色，再撿出調料，讓婆子把米粗略地碾了一遍。慧馨把碾過的粗米粉和醃過的雞肉加入醬料一起攪拌，還舀入幾勺豬油，最後取荷葉將糊狀的雞肉包好，放入蒸籠裡蒸。沒一會荷葉的清香混著雞肉的香味飄了出來，兩人一邊聞香一邊忍著偷吃的衝動。

這頭慧馨與欣茹還在廚房裡等荷葉雞蒸熟，在廚房外候著的丫鬟卻有了動靜，紅翠忙出去看，原來是三少爺喝醉了，這會正歇在內書房，三少爺身邊的小廝博寶來給三少爺討碗醒酒湯。三少爺便是欣茹的親哥哥。

欣茹聽是三少爺喝醉了，忙吩咐那婆子快點煮湯，又把博寶叫進來問話：「三哥怎麼喝醉了，你們怎麼也不看著點？」

名叫博寶的小廝大約十一、二歲，聽欣茹這般說，額頭上滲出汗來，主子要喝酒哪裡是他們奴才能管的，「今兒來了幾位少爺的同窗，少爺礙於面子，這才多喝了幾杯。」

慧馨知欣茹不過是關心則亂，有點同情這個小廝，便笑著說道：「等湯煮好了便讓你們小姐的丫鬟送過去好了，你快些回去伺候少爺吧，免得你們少爺要水喝找不到人。」

博寶知今日來了不少其他府的小姐，聽慧馨說話，忙把頭低得更低了，「順寶正守在少爺身邊，若是三小姐這邊能派位姊姊，那奴才這就先回少爺身邊伺候，小的替三少爺謝謝三小姐和……這位小姐了。」

欣茹也怕哥哥身邊伺候的人不夠，便忙打發博寶回去。只是博寶還沒出屋，順寶竟也到了廚房來。順寶見博寶從廚房裡出來，一時驚訝，奇怪地問道：「你怎麼在這？你不是去前院了嗎？」博寶見了順寶也是驚訝道：「你怎麼也過來了？少爺那邊誰在照顧啊？」

慧馨聽這兩個小廝的對話頓感奇怪，心下一動，不會發生什麼事吧？

欣茹見順寶也來廚房，心下詫異問：「你怎麼也到這來了，三少爺那頭誰在照顧？」

順寶這才看到三小姐也在，忙上去給欣茹見禮，回道，「剛才三小姐跟前的紅椽姊姊帶了人過去，現下幾位姊姊正在照顧少爺。」

「紅椽？她今天不是在院子裡守著嗎？怎麼跑去內書房了？」欣茹詫異，隱約覺得事情有異。

慧馨見欣茹還沒反應過來，趕緊上前提醒她，「先別管怎麼回事了，趕緊叫紅翠帶人過去看看，確定三少爺那邊沒事最要緊。」

欣茹聽了慧馨的話馬上反應過來，吩咐紅翠帶人趕緊跑步去內書房，隨後她和慧馨也帶著人往內書房趕去。

【第七十一回】

西寧侯府（三）

走過去這一路上，欣茹終於把事情搞清楚了，原來博寶和順寶分工，博寶去廚房要醒酒湯，順寶則留下來照顧三少爺。可博寶才剛走沒多久，紅椽便帶了個丫鬟過來傳話，三小姐有事要找大少爺，因外院今日有客，丫鬟們不方便過去，正巧遇到了博寶，便讓博寶去外院幫三小姐傳話。三小姐又擔心三少爺這邊沒人照顧，就派了紅椽兩個過來接替順寶，所以順寶才會到廚房這裡來要醒酒湯。

欣茹皺著眉頭，紅椽與紅翠一樣，是她院裡的一等丫鬟，只紅翠是她娘安成公主給她的，她自然較信賴紅翠。今日紅翠負責隨身伺候，紅椽負責看守院子。沒有欣茹的命令或急事，紅椽不能離開院子的。

慧馨見欣茹急得面色憂愁，安慰道：「妳先不要這般著急，按順寶說的，他們一來一去沒花多少時間，紅翠又先帶人跑過去了，三少爺多半不會有什麼事。公主那頭已經派了人過去，應該很快就有信了。到底怎麼回事情咱們還沒弄清楚，興許只是一場誤會。」

欣茹聽了點點頭，又搖搖頭。她也明白這裡是西寧侯府內院，三哥不會有性命危險的，可是……府裡頭丫鬟總想爬上少爺的床，她並非不知道呀！

慧馨兩人到達內書房時，紅翠正吩咐幾個小丫鬟打水給三少爺淨面。幸虧紅翠到得及時，紅椽與另一個小丫鬟正在幫三少爺脫衣服，可畢竟是兩個未通人事的女孩，害羞再加上力氣小，三少爺又醉得跟死人一樣，她們根本無法得逞。

三少爺還有些迷糊，酒尚未醒，任丫鬟們扶著他擦臉。欣茹見三少爺沒事，終是呼出一口氣，看著她們安頓他睡下，留了兩個丫鬟在屋裡伺候，然後出了屋。

慧馨吩咐個丫鬟再去廚房端醒酒湯過來，不喝醒酒湯直接睡覺，起來後很容易犯頭疼。

紅翠將小丫鬟們都支得遠了些，才上前向欣茹報告情況。她先看了看慧馨，見欣茹無意讓慧馨避開，便知這位謝家小姐與三小姐的關係恐怕不比一般，在欣茹的示意下壓低了嗓音說道：「……奴婢將人關在旁邊的配房了，紅椽說與她一道的那個小丫鬟是她的表妹，奴婢擔心她們亂嚷嚷，叫人將她們綁了還塞了嘴，不過……」紅翠猶豫了一下才又說道：「奴婢總覺得那丫鬟很眼熟，總覺得那個丫鬟長得很像……常甯伯府的四小姐……」

紅翠是欣茹的貼身侍女，通常欣茹在外的宴席都會帶上她，自然她認得了不少京城的名門閨秀，尤其幾個較出名的更是記憶深刻，常甯伯府四小姐就屬於她想忘也忘不了的那種。

伯府雖比侯府低了一階，但兩家的當家主人都是軍人出身，早年也沒少了交往。常甯伯府的四小姐小時候常到西寧侯府玩，但不知什麼時候起老是纏著三少爺，還搶起了欣茹的東西，後來便慢慢來往少了。四小姐還上了欣茹的黑名單，全京城欣茹最討厭的人，便是常甯伯府的四小姐了。

四小姐此時全身被綁，嘴裡還塞著布，氣得肺都要炸了。她瞪著旁邊的兩個婆子，恨不得馬上叫人來打死她們。

可惜這兩個西寧侯府的婆子不怕她，她們是安成公主特意安排在三小姐院子裡的，平時三小姐外出時給人打打下手，做點力氣活。其實她們是皇后娘娘給安成公主陪嫁的人，本身有些功夫，跟在主子身邊保護主子，危急情況下比跟在遠處的侍衛更頂用[1]。

四小姐這會心裡懊惱得很，她委屈自己在永福庵吃了三個月的素，家裡頭也沒辦法把她弄出去。上回世子夫人去庵裡看她時，提起今日西寧侯府辦賞花會，她才想出了這個計策。

她早相中了西寧侯府的三少爺，西寧侯府裡，不只侯爺的兒子是美男子，連孫兒輩也都個個俊美非凡。而她小時候便見過三少爺，更是個美少年。

四小姐與世子夫人商量一番，將夫人帶來的一個丫鬟作她的裝扮，她本人則扮作世子夫人的丫鬟溜出永福庵，直到賞花會前都藏在客棧裡，連常甯伯府都沒敢回。

今早世子夫人帶著六小姐去客棧接她，她便扮作六小姐的丫鬟跟著進了侯府。世子夫人自然得在夫人堆裡待著，不方便隨意走動，六小姐則自由得多。原本六小姐因為害怕不敢帶她到內書房，還是她承諾只要成了事，與三少爺定下親事後，便向世子夫人要求也替六小姐找門好親事，但六小姐若不乖乖合作，就得到永福庵裡陪她，一輩子嫁不了人。

而紅椽則是四小姐用世子夫人從世子處偷得的信物調動的，紅椽是侯府家生子，她的父親卻是早年常甯伯在侯府埋下的釘子。她父親只是外院打雜的，她母親也不過是個粗使婆子，可紅椽卻憑本事升到了三小姐院子裡的一等丫鬟。世子夫人是在有次世子誇耀自己父親有眼光，竟在西寧侯府下了這麼枚釘子時知道紅椽的。而紅椽只有常甯伯和世子才能調用，所以世子夫人才偷了世子的信物。

世子夫人想的其實很簡單，一是為了女兒的幸福，二是為了伯府，如果女兒能嫁給西寧侯府三少爺，對伯府有利無弊。而且有其母必有其女，四小姐能出這麼個餿主意，多少是遺傳了世子夫人無知者無畏的愚勇。

【注釋】

①實用、有用，能派上用場。

【第七十二回】

西寧侯府（四）

四小姐的計畫從離開客棧便不順利，先是半路上遇到了忠毅伯家的人，她當時正躲在馬車裡，撞車時嚇得她差點跑出來罵人。為了怕四小姐被忠毅伯家的人認出來，世子夫人與忠毅伯世子夫人磨了半天的佯攻[1]，六小姐才順利地將四小姐從被撞的馬車裡偷渡出來。

後來到了侯府，要進入內院時，又有侯府守門的攔下六小姐，「建議」她不用帶自己的丫鬟或者只帶一人，幸好六小姐堅持，門房不敢得罪客人，四小姐才能跟著六小姐進了內院。

待她們聯繫上紅櫞，沒料到紅櫞竟不願幫忙，四小姐只得邊搖著常甯伯世子的信物，邊威脅紅櫞，倘若不協助她們，便將她父親的身分告訴西寧侯府，到時候他們一家子都別想活了。

紅櫞打聽到三少爺喝醉了酒，正歇在內書房，四小姐感嘆自己好運，趕緊支走了順寶，當她以為自己的計策正要達成時，沒想到兩個婆子衝了進來把她們綁了起來，而紅翠也帶著一幫子人趕到。

四小姐暗罵今日真是晦氣，心裡頭又在琢磨如何脫身。而身邊的紅櫞則兩眼呆滯，心知自己這回是逃不掉的，只希望不要將她父母給牽連進來。

慧馨拉著欣茹站在配房的窗外往裡看，確認了裡頭另一個丫鬟真是常甯伯府的四小姐，接著兩人便走去隔壁房間。

慧馨皺著眉說道：「真的是四小姐，常甯伯家也太大膽了……」四小姐是奉皇后懿旨待在永福庵的，現在卻出現在西寧侯府裡，這不是明擺著抗旨嘛！

不知廉恥的醜女人！欣茹氣得直在心裡大罵四小姐，早看出她對三哥圖謀不軌了，真想叫人將四小姐暴打一頓。

「今日這事不宜鬧大，一旦傳了出去，固然是常甯伯家不對在先，但對三少爺的名聲也不好，再者若常甯伯家藉這機會在皇上皇后面前說些什麼，那就更麻煩了……」慧馨分析道。

欣茹點點頭，她也是為了三哥的名聲才忍到現在，只是這口氣真讓她憋屈。常甯伯府不但欺到西寧侯府來，算計的人還是她親哥哥，而且動手的還是她院子裡的人，教她如何不生氣。

慧馨見欣茹氣得小臉都紅了，想必嚥不下這口氣，心中一動，說道：「我看既然剛才紅椽說四小姐是她的表妹，那我們不如來個將計就計……」說著慧馨小聲地在欣茹的耳邊，這般那般這般嘀咕了一通，末了還不忘虛心地提醒，「這事雖說是常甯伯府有錯在先，可也得公主准了咱們才能行動，妳得先向公主說明白，需公主同意了方可……」

欣茹原本覺得氣憤難當又不能對四小姐發洩，這會聽了慧馨出的主意，只覺大好，噘了嘴角說道：「妳這主意好，我馬上去找娘親，哼，這次絕不放過她。」

【注釋】

①假裝的意思，與聲東擊西的解釋相近。

「絕不放過誰啊？」一個略帶威嚴的女聲從門口傳來。

欣茹見了門口的人，馬上撲了過去撒嬌，「娘，您可來了，三哥和我被人欺負了，快給我們做主啊！」

慧馨趕忙起來給安成公主行禮，安成公主和藹地扶起她，笑道：「妳便是謝家的七小姐吧，聽欣茹好幾次提起妳，今日可見著了……」

慧馨忙害羞地低了頭，她心知此時不是與公主聊天的時候，趕忙說要去廚房裡瞧瞧煮的東西可好了，藉機退出屋子。

屋裡安成公主聽完事情的經過後，氣得眉頭直跳，常甯伯府真是膽大包天，敢算計到她的兒女，道是老虎不發威，將她當病貓了。三少爺說起來，可是皇上皇后的親外孫，真是不將皇家放在眼裡了，看來她有必要到宮裡上點眼藥了。

欣茹趴在安成公主的腿上，將慧馨剛才的主意與她娘說了，當然她並沒說出這主意是慧馨出的，「……娘，這回定要收拾常甯伯家，那四小姐不是冒充丫鬟嘛？咱們乾脆便按丫鬟來處理她。哼！正好她還沒瞧見咱們，咱們就當不曉得，即便事後有什麼，常甯伯家也沒理來咱們府裡鬧，這事兒還能當作沒發生過，一舉數得啊……」

欣茹見安成公主臉色微沉，心知她也厭惡常甯伯府四小姐，便再接再厲道：「……女兒一定要出這口氣，娘就應了吧，我這回會拿捏好分寸，准叫常甯伯家無話可說，娘就放心吧……」

安成公主看欣茹一臉不達目的不甘休，有些無奈，不過欣茹自進了靜園後確實長進不少，她也很想知道女兒究竟會怎麼做，便點頭同意讓欣茹來處理這件事，不過紅椽她要帶走。西寧侯府的一等丫鬟背主，這事可不小，能做到一等丫鬟大多已是主子的左右手，知曉不少內院私事，紅椽的事兒她要親自查清楚才行。

得了安成公主的首肯，欣茹便將三哥交給娘親照顧，自己則跑去廚房找慧馨商量具體作戰計畫。

慧馨與欣茹兩人嘀嘀咕咕商量了一會，叫來博寶與順寶吩咐一通，最後還提醒他們道：「你們將這差事辦好了，便當是將功折罪，否則等三哥醒了，必會處置你們。」

【第七十三回】
忠毅伯世子

博寶押著四小姐往外院走，順寶則先行去做安排。博寶擦擦額頭的汗，今日出了這事，以後他與順寶多半不能再待在三少爺身邊了。

四小姐卻是一路不老實，身上的繩索掙不開，便使勁兒地將頭甩來甩去，妄圖把嘴裡塞的布巾甩出去。這些不長眼的奴才，竟敢這樣對她。本來她與紅橡在那屋裡待著還不覺害怕，只要安成公主或三小姐過來便能認出她，西寧侯府是不能私下處置她這常甯伯世子嫡女的。

偏偏不見三小姐、安成公主來，西寧侯世子夫人更沒來，反而紅翠帶著博寶與順寶來了，紅翠指著四小姐道：「這丫頭冒充丫鬟跑到內書房偷東西，正好被逮個正著，主子們都在右花園忙著賞花會，沒空來處理這事，三小姐已經發話，直接將這丫頭送去官府，你們倆帶她出去交給大總管處理吧！」

順寶與博寶上來拉著四小姐就走，紅橡眼看不對，急得嗚嗚叫，紅翠看了眼紅橡不屑道：「紅橡夥同外人偷盜府中財物，罪不可恕，紅橡是家生子，自然要按府裡的規矩處置，將她看好了，等小姐回來發落。」

結果四小姐單獨被博寶與順寶帶走了，她這會正後悔剛才一被發現，就該向這幫丫鬟婆子表明身分。要是被這樣送去官府，那逃出永福庵的事便瞞不住了。所以她現在最要緊，便是弄掉塞在嘴裡的布巾，想辦法說話。

博寶每看到四小姐嘴裡的布巾露出了頭，便立即用力把布巾再塞回去。博寶與順寶是三少爺十歲後才配的小廝，所以都不認得四小姐，可今日他與順寶倒了楣，都是因託了四小姐的「福」，兩人心裡免不了憎恨這被綁起來的丫頭。

❈

忠毅伯世子酒喝多了點，便先離席，正好看到三少爺的小廝順寶站在一旁，招手欲問他茅廁的方向。

順寶見忠毅伯世子晃了下身子，趕緊上前扶著他走，世子嘿嘿悶笑兩聲：「聽說你們三少爺倒了？真是小孩子，沒長大的孩子……爺在他這個年紀一口氣能喝三大缸呀……」

「……」順寶無語，只當啥都沒聽到。

一陣微風吹來，忠毅伯世子打了個酒嗝，似乎酒醒了些，眼角一瞥，正好看到博寶推搡著一個丫鬟經過，這丫鬟不但身上綁著繩子，嘴裡還塞了東西。忠毅伯世子一個淘氣，酒氣上頭來了興致。

博寶見了忠毅伯世子，連忙上前行了禮，世子沒有理他，只是盯著那丫鬟看。忠毅伯世子皺著眉頭，這丫鬟怎麼越看越覺得眼熟。

博寶與順寶就這麼站著也沒說話，任憑忠毅伯世子仔細打量那丫鬟。

四小姐心裡急得要死，深怕被忠毅伯世子給認出來，但又希望忠毅伯世子能認出她來，畢竟她得恢復身分才能掌握主動權。雖然忠毅伯府與常甯伯府有仇，可她不認為忠毅伯世子敢在光天化日下明著把她如何。可博寶在後面拉著她身上的繩子，她只能嗚嗚叫著向忠毅伯世子使眼色。

忠毅伯世子心底大笑，虧了他還能面上忍著沒笑出來，今早在街上將常甯伯府的馬車撞了，撞得常甯伯世子夫人在他夫人面前只能道歉，這會又碰上常甯伯四小姐。忠毅伯世子打量四小姐的衣著一番，指著她向博寶問道：「這丫鬟犯了什麼事，要被綁起來？」

博寶聽忠毅伯世子終於問了，忙恭敬地回道：「這丫頭與府裡的丫鬟串通，趁著今日內外院人多，混入府中偷東西，正好被三小姐身邊的丫鬟撞見，當場逮住了。三小姐發了話，與她串通的那個丫鬟是家生子，得按著府裡規矩處置，這個不知打哪兒來的丫頭就直接送去官府。小的正奉命押她去找大管家。」

忠毅伯世子聽了這話，撇撇嘴角看了不停朝她擠眉弄眼的四小姐一眼，又問道：「在哪抓住這丫頭的？可曾讓她偷到？」

博寶答道：「在內書房抓到的，三小姐今日正好使用那邊的小廚房，紅翠姊姊帶了人去收拾內書房，恰巧碰了個正著。幸好她們還未得手便被三小姐院裡的嬤嬤抓住了。紅翠姊姊稟告了三小姐與公主，主子們忙得分不開身，三小姐便就發話，人既不是府裡的，便不用見了，直接送交官府查辦。」

博寶這話說得巧妙，隱去了當時三少爺在內書房歇息這段，又說人是紅翠他們抓住的，而三小姐與公主都沒出面，也就是說，侯府裡的主子無人關心這混進來的小偷。

忠毅伯世子眼神陰霾，西寧侯府的內書房是三位少爺讀書之處，四小姐專往那裡偷東西，打著什麼主意明眼人自知。這常甯伯府做事真是越來越上不了檯面了。

忠毅伯世子嘴角扯了個陰笑，今日既然讓他碰上了，自然不能放過這個機會，他拍拍博寶的肩膀說道：「真是辛苦你們了，我看這會侯府裡正忙得很，大總管不見得有時間管這，不如我幫你們將這個丫頭送到官府吧！」

博寶見目的達到，心底一喜，只面上卻不能顯，忙說了些推卻的話。

忠毅伯世子卻是鐵了心要帶走四小姐，茅廁也不去了，讓順寶去門房把跟他同來的家僕叫來，準備直接回府，「順路」將這個丫頭送到官府。

忠毅伯府的人進來，便扶著世子，抓著四小姐，直接去了停馬車處。博寶與順寶一直目送他們將四小姐塞入一輛馬車揚長而去之後，才回內院向三小姐稟報。

【第七十四回】常甯伯府的悲劇

忠毅伯世子沒將四小姐送至官府，當然也沒把她放了，他派了兩個婆子看住馬車裡的四小姐，然後帶著大隊人馬走了。

常甯伯世子夫人一直等到賞花會結束也沒得到四小姐的消息，但又無法直接向西寧侯府的人打聽，直到沒剩幾位客人，也不好再繼續待下去，只得帶著六小姐先回伯府。

幸好世子的信物四小姐已交給六小姐，世子夫人想著先將東西放回，府裡頭興許還能繼續瞞幾天。可一連過了三天，世子夫人都沒盼到四小姐的音訊，又無法打聽到西寧侯府內的事，她開始擔心四小姐該不會被西寧侯府發現了，她思來想去，終是把這事告訴了世子。

常甯伯世子自然又驚又氣，妻女竟然瞞著他算計了西寧侯府。世子將夫人大罵一頓，讓他白白浪費了紅櫞這顆釘子。

世子與常甯伯商量了一夜，既然事已至此，只期望四小姐能沾上三少爺。世子開始派人打探西寧侯府的消息，可西寧侯府仍一如往常，好似什麼都沒有發生。侯府裡毫無常甯伯府四小姐或三少爺的任何傳言，就連紅櫞的父母也如往常般當著差，看來紅櫞並未暴露身分。

西寧侯府一點風聲也沒有，常甯伯與世子一頭霧水，世子甚至懷疑這整件事根本是夫人搞錯了。

直到七天以後，京城發生了一件大事，一群要飯的在城西的一所破廟集體鬥毆，引起鬥毆的導火線是為了爭搶幾個饅頭，但事態卻嚴重到驚動了五城兵馬司。五城兵馬司的人將這群要飯的全部抓了起來，審問時發現常甯伯府四小姐竟然混在這群乞丐之中。

這下滿城譁然，五城兵馬司不敢隱瞞，報到了朝堂上，震驚滿朝文武。皇上當即令大理寺徹查此事，皇后派人前往永福庵，帶回了那個冒充四小姐的丫鬟，將人交給大理寺審問。

大趙朝從建立至今，只傳了兩代皇帝，近些年邊疆漸漸穩定下來，永安帝正想著開創太平盛世呢！結果京城竟發生饑民群毆，這不是打皇帝的臉嗎！而常甯伯府四小姐是奉皇后懿旨在永福庵靜心修身，結果私逃出庵，這不是明目張膽地抗旨嗎！

那個冒充四小姐的丫鬟自是頂不住大理寺的審問，世子夫人與四小姐的金蟬脫殼之計被全盤揭露。那群打架的乞丐供稱，四小姐那日一早便來破廟，說要雇幾個乞丐幫她混出城，乞丐們一聽有生意做便爭先恐後，但四小姐又不明說要找哪幾個，於是幾個爭搶的乞丐這才打了起來。而四小姐卻辯說她一直昏迷，不知怎地到了破廟，醒來時肚子餓就搶了一個乞丐的饅頭，這才打了起來。好幾個乞丐都言之鑿鑿，而四小姐卻語焉不詳且時常胡言亂語，大理寺的官員自然傾向乞丐們的供詞。

御史們開始行動了，彈劾常甯伯與世子的摺子如雪片般堆在皇帝的御案上。四小姐陽奉陰違、抗旨不遵之事不過是個引子，接著更演變成常甯伯府強佔民田致人死亡，虐殺奴僕，貪汙銀兩，甚至還挖出常甯伯早年貪汙戰死將士的撫卹金，導致孤兒寡母無所依靠等等。

大理寺一番查證下來，常甯伯與世子的罪名一一落實了。皇帝震怒，削了常甯伯的爵位，常甯伯與世子慘遭流放，全家趕出京城。

常甯伯府的悲劇，有他們自己造的孽、忠毅伯府的推波、西寧侯府的助瀾，當然也少不了其他人家的添油加醋。這些後來發生的事，慧馨都是在別人議論時耳聞的，賞花會西寧侯府內書房發生的事早已煙消雲散。

卻說賞花會那天，慧馨與欣茹聽了博寶與順寶回話之後，便去了賞花會的宴席上。一方面他們要看著六小姐，不讓她再到內書房那兒；另一方面慧馨也得過去照看慧妍，而紅椽則被安成公主直接帶走了。

【第七十五回】陳家小姐名香茹

慧馨回到宴席卻沒看到慧妍，欣語過來拉著她說：「妳們終於過來了，還以為妳們倆準備一整天都獨自玩呢！」

慧馨勉強扯了嘴角，拉著欣語到無人的角落，將四小姐的事簡單地說了。

欣語先是皺著眉頭，後聽到欣茹他們將四小姐交給了忠毅伯世子，似笑非笑地對慧馨眨眨眼睛，「……妳這招禍水東引倒是不錯……」藉忠毅伯府的鞭子整治四小姐，比西寧侯府親自出手更合適，避免牽連出三少爺。而且兩府幾十年的恩怨，更清楚手段與分寸。

這事畢竟涉及欣茹的哥哥，慧馨不想多談，她想起慧妍便說道：「將計就計罷了，妳可看到我四姊？」

欣語也不再多說，聽慧馨問起慧妍，想到剛才花園裡發生的事，嘴角忍不住抽搐道：「……剛才玉海的丫鬟不小心將茶水灑在陳小姐的裙子上，欣雅陪她去更衣，妳四姊也一道去了。」

欣語見慧馨面露不解，便將剛才發生的事情仔細與她說了：「周玉海的父親曾做過山東清吏司的郎中，她二姑姑是戶部尚書的繼室，小姑姑前年嫁給了錢糧李家的三兒子。」

錢糧李家？那個被慧嘉擠掉的李側妃的娘家？難道那杯茶水是衝著慧妍來的？「陳小姐？哪位陳小姐？她是替我四姊擋災了嗎？」

欣語搖了搖頭，「我猜妳四姊也以為陳小姐是替她擋了災，不過周玉海的丫鬟一開始便是衝著陳小姐的。陳小姐自然是陳香茹，周玉海妳應該也見過，不過當初沒注意吧，她是靜園乙院的人。妳知道今年有選秀吧，她們倆都要參加，陳香茹是甲院裡唯一參加的，倘若沒什麼意外，應是所有秀女中資格最高的。」

她剛在花園裡看得一清二楚，那丫鬟本來直往陳香茹去的，沒想到陳香茹突然與謝四小姐換了位置，正好有隻蜜蜂飛到謝四小姐身旁，嚇得她撞在陳香茹身上，這一攪和，茶水還是灑在陳香茹身上。

慧馨無語，在陳香茹的裙子上倒杯茶水，能改變她選秀嗎？「周小姐的丫鬟定是無意的了……」

「她們也只能找點小麻煩罷了，這兒可是西寧侯府……」言下之意是，沒人敢在西寧侯府撒野。可常甯伯府四小姐做了，便得付出代價了……

「妳最好勸勸妳四姊，我看她好像很內疚，以為是自己連累了陳小姐。」欣語說道。

欣雅帶著陳香茹與慧妍回到宴席上時，因著午宴已經開始了，只有慧馨與欣茹晚到的那桌還有空位，她們便一起坐了。

慧妍果然一臉嚴肅，不時看了看周玉海那桌，與陳香茹說話時更加恭謹。慧馨嘆口氣，慧妍果然太天真，太容易騙了。而她今日也沒盡到責任，答應要照顧慧妍，結果卻與欣茹兩人玩了好一陣才回來。

待賞花會結束，慧馨、慧妍和大太太會合後便回了謝府。慧馨幾次想開口，卻不知如何說才合適，畢竟慧妍與她隔了一房，而且還是她的姊姊，若管太多，反而易引起大房的反感，還是等有機會再與大太太透口風吧！

❖

這端三少爺辰逸一覺醒來，頭昏腦脹，忙喚人打水要洗漱。旁邊的丫鬟扶起他，給他擦了臉。三少爺終於清醒些後，轉頭卻發現服侍他的丫鬟是安成公主身邊的倩翠，而他娘正坐在旁邊看著他。

三少爺訕笑幾聲：「……娘，今日來了幾個同窗，兒子實在礙不過才喝了幾杯，沒想到喝多了，下次再也不會了……」

安成公主輕嘆了口氣，她就只這麼一雙兒女，平時自然諸多寵愛，兒子女兒雖嬌氣了些，卻乖巧聽話。只是他們正慢慢長大，她不能再一直如母雞般保護下去，總得讓他們學著保護自己才行。

安成公主正要訓話，卻聽到三少爺的肚子發出一串響，三少爺尷尬地說道：「娘，兒子餓了……」

安成公主無奈地搖搖頭，吩咐丫鬟到小廚房取些吃的。不一會，丫鬟端了盤子，上面擺了四個熱騰騰的荷葉雞回來。

三少爺剝開一隻，荷葉的清香四溢，嘗了一口，粉質香糯鹹中帶甜，雞肉鮮嫩軟爛、滋味鮮醇，整個荷葉雞油而不膩，又甘美清香。

安成公主看著三少爺將四隻荷葉雞吃了個精光，才摒退了丫鬟，與他說起醉酒昏睡後府裡發生的事。

【第七十六回】
暴雨來襲

京城在歷經了十二天的曝晒後，迎來了第一場暴雨。慧馨與謹恪開始忙著替魚塘加固防洪，塘裡下了柵欄和雙層的漁網，防止魚苗被水沖走。

兩人穿著早先做好的雨衣雨靴，戴著斗笠，在地頭指揮莊客們。原本她們戴的帷帽禁不起雨淋，便換上斗笠。慧馨在斗笠上加了下垂的綢紗，綢紗下綴流蘇，流蘇上串著她們女紅課時用的珠子，如此綢紗便不會被風吹得亂飄。

排水溝要及時清理，每次雨停後，都得打開排水口與進水口，清理池塘裡的淤泥，保持魚塘裡的水清而不濁。鴨棚要加固，產蛋的草堆也要墊高。薛玉蘭家的豬棚也特別撥了錢讓她加固，慧馨還讓謹恪給每位莊客都添了補貼，以修補各家的房屋。這古代房屋都是土坯做的，慧馨很擔心會被大雨沖倒。

幸好皇莊這段雁河河道寬闊，不會發生擁堵，水位上漲也不會過快，只要大雨過後，把莊子裡的積水排到河裡便可。

杜三娘看慧馨與謹恪一副如臨大敵，難免覺得小孩子小題大做了，但總是她們的好意，她便當作有備無患來處理。幸好有事先做好的雨衣等雨具，莊客在陰雨天幹活著實方便不少。

倒是教授慧馨她們女紅的陸掌衣，看了她做的雨衣雨靴，有了些想法。但製作這些雨具實在沒啥技術可言，只不過材料講究些罷了，陸掌衣象徵性地給慧馨一些彩色絲線作獎勵。慧馨吐吐舌頭，心知這是陸掌衣提醒她得多做些繡品，畢竟大家閨秀講究高雅。

靜園裡頭也忙裡忙外，六春穿著尚衣局新發的雨衣，帶著小宮女們清理排水溝。慧馨饒富興趣地跟在他們後面觀察了一會，發現古代的排水溝還真有用。這排水溝是前朝遺留下來，經過匠人的精心設計，可分為縱橫兩組，兩組同時排水，再加上地面都是土質，滲水也快，完全沒發生慧馨擔心的積水問題。

暴雨時斷時續地一下就是十來天，皇莊那頭有不少莊稼被雨水打得東倒西歪，眾人忙著搶救。因著這片皇莊連著京城，莊客們的居住條件較佳，房屋在連續暴雨中都倖存下來，沒有被沖垮。慧馨她們的魚塘也沒損失，只是鴨子們受天氣影響，產蛋量降低。

聽說京裡頭除了幾棟危房倒塌，倒也沒其他損傷，慧馨再次讚歎古人的智慧，京城的排水系統比她上輩子城市的排水強多了。回想上輩子每凡遇到暴雨，沒幾個城市不淹水，尤其大城市。

連續暴雨過後，京城氣溫升高，夏季的高溫時節來臨了。慧馨囑咐三娘再用生石灰定期潑灑魚塘，增加藥餌投放，每隔幾天就換水。雖不能說全京城都在關注她們的魚塘，但整個丙院的人定是天天在旁八卦著，有觀望的，也有幸災樂禍的。

這日下午，慧馨與謹恪剛從皇莊回來，又熱又累，便齊齊攤在慧馨的床上。她們倆每天都得頂著大太陽去皇莊，走去一身汗，忙完走回來又是一身汗。

謹飭看著攤在床上一動不動的兩人，搖搖頭，叫丙院的粗使丫鬟打了水來，與謹諾一道把兩人拉起來洗漱。慧馨很想洗澡，但靜園沒有淋浴室，現在又是白天，只能等晚上一個人時在屋裡泡浴桶。她是挺喜歡泡澡，但就是太不方便，無法想洗就洗。慧馨忍不住心想，等將來她當家，就在家裡蓋兩間浴室，一間用來泡澡，一間用來淋浴。

慧馨擦完臉，重新梳了頭，坐在桌前喝了口溫茶，舒服地呼出一口氣，彷彿忙碌一整天，為的是能喝上這口茶。謹恪也學著慧馨，喝口茶呼口氣，兩人齊齊地露出一臉愜意。

謹飭見了忍不住捂了嘴笑，然後便說起了這幾日得到的消息，「江南五百里加急，南方水災已經禍及千里了。」

【第七十七回】
洪災為何年年有

慧馨皺下眉頭，忍不住嘆氣，怎麼這現代古代洪災都是年年有呢？

大概洪災這事每次鬧得動靜都不小，連謹恪都皺起了眉頭，擔心地問道：「姊，這回皇上派誰去救災啊？沒派咱家的人吧？」

「皇上已經下旨派燕郡王負責去江南賑災，如今只等副手人選定下來便要出發了。京裡頭連著下了這些天的雨，家裡頭祖父風濕老毛病又犯了，父親與叔叔們都忙著侍疾呢！」

慧馨抿嘴一笑嘆口氣道：「這些朝堂上的事咱們也做不了什麼，只希望南方的雨快快停歇，百姓可少受點罪。燕郡王去賑災，總歸是功德一件。哦對了，今兒晌午我在平安堂誦經回來時，遇到了陳香茹，她好像說要行功德，祈求佛祖保佑南方災民。」

謹飭挑挑眉頭道：「她要行什麼功德？別又拉上全靜園的人……」聽說上次洪災，陳香茹拉著全靜園的人吃了一年的素……

慧馨搖搖頭，「還不知道，今兒她是去求佛祖指點的，估計得了佛祖『點化』方才知曉要如何做。」倘若陳香茹能想出些實際行動幫助災民，慧馨倒也願意配合。

可惜慧馨高估了陳香茹，據說陳香茹在平安堂大殿靜思一夜後，受佛祖指點，女子腰纏黃綢為災民積福，祈求上天讓南方早些雨停。為此，陳香茹即刻書寫一封言辭懇切的上表摺子，由靜園的嬤嬤直接提交給了皇后。

慧馨聽了謹飭打聽來的消息，嘴角忍不住抽搐，聽說前朝也有人這麼提過，當時的皇帝還准了……謹飭也邊說邊埋怨陳香茹，上次她帶著一園子的人吃素，這回她竟然要拉上全國的女子。這哪裡還有沉穩之風，真是將他們陳家的家訓丟到一邊了。

翌日，陳香茹被宣進了宮。慧馨哀嘆莫非真要人人纏條黃綢帶，這根本是極端形式主義[1]嘛，還不如什麼都不做！對平民百姓來說，莫名其妙弄條無用的黃綢帶不知要花多少錢，若是真出了聖旨，估計全國的黃綢布都要漲價出售了。

沒想到陳香茹回來後，將自己關在屋子裡一夜，然後換了說法，說是黃綢帶之舉過於勞民傷財，她準備改為茹素一年，替不能佩戴黃綢布的女子們祈福。

謹飭打聽了第一手的消息回來，「……皇后娘娘宣了陳香茹入宮，直接把摺子丟回給她，聽說皇后娘娘親手在摺子上批了『荒唐』兩個字……」幸好皇后娘娘英明，沒應了這個餿主意，陳香茹這是搬石頭砸了自己的腳。

雖說陳香茹在皇后那裡碰了釘子，可慧馨她們實在高興不起來。即便陳香茹有意一個人茹素，

【注釋】

①指僅著重表面、形式，不在乎內容，只知求快速，不管成果。

可大家同在靜園，這等為國為民的事怎麼能不跟上？今日已有不少人向嬤嬤們提出要一塊茹素，估計到晚飯便會發展成全靜園茹素了。

謹恪的臉皺得最厲害，思忖著不知鴨蛋算不算素食？而慧馨則琢磨著以後去皇莊時，得讓三娘偷偷替她們準備點吃的。她們現在可都在生長發育期間，不吃肉如何長高啊？果然從這晚起，靜園的一群小姑娘便開始了茹素一年的日子。

翌日，慧馨與謹恪已經沒力氣頂著太陽徒步去皇莊了，好在她們這段時間也算小有積蓄，便高高興興地去了馬棚。

謹恪站在一匹黑馬前挪不動步子，慧馨也想騎馬，但她還保有理智，便忍不住打擊謹恪道：「雖說咱們現在盈餘的勺幣不多，可是租馬的錢還是有的……」

果然謹恪聽了，立刻兩眼發光地看著慧馨，「那我們租馬好不好？」

「……但有一件更重要的事，『妳會騎馬嗎？』」慧馨問道。

「……不會……」謹恪答道。

「……我也不會……」說完，慧馨便硬拉著謹恪去找驢了，騎驢似乎不用專門學習。

看守馬棚的玉兒工作勤奮，每匹驢她都細心地照顧著。慧馨看著毛皮順滑的驢兒，倒是很滿意，玉兒應該經常給牠們刷澡吧！這些驢兒不論眼看或手摸都很乾淨。

慧馨與謹恪不懂得看驢，便讓玉兒替她們挑了兩匹性格較溫順的，玉兒幫她們上驢，騎了會試試。騎驢的要求果然比較低，就是臀部有點不舒服，下次女紅課再做個驢墊試試吧！

給了租金，慧馨與謹恪一人牽著一匹驢往外走，直到出了靜園才騎上驢。方才在靜園裡碰到不少熟人，看她們憋笑的樣子，連慧馨都忍不住臉紅了。好吧，她承認騎驢並非什麼風雅的事，但好歹她們也是丙院裡唯一有勺幣騎得起驢的人。

【第七十八回】紈袴子弟最討厭

慧馨忍不住前後看看，這已經是今日遇到的第六批人了，似乎後頭還有不少人正打靜園出來，而前面好像也擠了些人，她忍不住問謹恪道：「今日怎麼了？怎麼這麼多人往皇莊去？往日她們哪有這麼勤快？」

因著丙院這次分到的莊田不好，除了慧馨兩個開了魚塘，其他人要不種了幾棵果樹，要不就直接空著，每日來往皇莊與靜園的人也就慧馨與謹恪了。而甲院與乙院的地跟她們又不在一個方向，所以慧馨倆每日下午能遇到的人屈指可數。

謹恪也是一頭霧水，今日為何突然這麼多人要去皇莊？而且方向還與她們一樣，這些人裡除了她們認識的丙院的人，好像還有不少乙院的。

慧馨她們倆騎著驢自然比那些走路的快多了，沒一會她們就到了最前頭，遠遠地可以看到魚塘了，但慧馨的眉頭卻皺了起來。

似乎有很多正圍著她們的魚塘，難道魚塘出事了？慧馨看了謹恪一眼，謹恪同樣疑惑地看著慧馨。兩人趕緊催促驢兒快走，千萬別是魚塘出事！

等她們到了魚塘邊，看清魚塘周圍的人時，慧馨一口氣憋在胸口，謹恪則驚訝地眼珠子都要瞪出來了。

圍在她們魚塘邊的人竟是一群公子哥兒，他們正人手一支魚竿，坐在魚塘邊上釣魚……他們竟然在魚塘釣魚！

公子甲一手拿著扇子，一手拿著魚竿，一會瞅瞅魚竿，一會搖搖扇子，完全一副心不在焉的樣子。他旁邊的公子乙倒是好些，專注地看著魚線，一副釣魚高手的樣子。其他幾個也差不多，要麼裝模作樣地釣魚，要麼屁股下好像有螞蟻一樣坐不住。這哪是來釣魚的，分明是來添堵的！

謹恪看著生氣，這魚是養來賣錢的，這群人竟然連聲招呼都不打就跑來釣魚，當她們像平民百姓般好欺負嗎？

慧馨見謹恪氣鼓鼓馬上要衝上前理論的樣子，趕緊拉著她。她雖然也想去質問這些人，可這裡是皇莊，魚塘又隸屬於靜園，一般的公子哥只怕沒膽量這麼做。若真是來者不善，她們就得小心應對了。再說她們是靜園裡的女子，要講究氣度，吵架並非明智之舉。

杜三娘已看到慧馨二人便移步過來，娟娘和花姑很識相地過來牽走了驢。

慧馨問三娘：「這是些什麼人？怎麼跑到我們的魚塘釣魚？」

「這些人是韓沛玲小姐請來葬花的各家公子，前段時間的暴雨，韓小姐花園的花損毀不少，韓小姐便差人將被暴雨打落的花朵收集起來，辦了今日的葬花會。請了許多世家公子來，只是這幾位公子也不知聽誰說皇莊有魚塘，非要來釣魚，韓小姐那邊中午派人過來打了招呼，我們實在沒法攔阻這些公子……」杜三娘說道。

葬花會？只聽過林妹妹葬花，還沒聽過有公子哥兒葬花。慧馨皺了下眉，韓沛玲請來的客人，她們也不好不給面子，「韓小姐只請了世家公子嗎？沒有請小姐們？」

「聽說只請了幾位與韓小姐交好的人家……上次在她的花園出了事，韓小姐總得慢慢挽回名聲……」這回離上次落湖事件不久，韓沛玲若廣發請帖，只怕會有人故意說三道四，倒不如先找幾家關係好、不會故意挑剔或找麻煩的，慢慢挽回名聲。

慧馨思忖，這麼一來她與謹恪真不能趕這些公子哥們了。只是這些人明顯意不在釣魚，莫非是故意來找她與謹恪的麻煩？

那頭的公子乙真釣上魚來了，旁邊的公子們拍著手叫好，他的小廝趕緊取了魚簍替他裝魚，那群公子們更紛紛叫著要比看誰釣的多。

「怎麼辦，魚被他們釣走了，今日開了這個先例，往後倘若經常有人來釣該如何是好？」謹恪著急地問慧馨。

慧馨思索了一會，謹恪說得沒錯，今日有人來釣魚沒被阻止，以後來釣魚的人只怕會更多，那她們這魚塘還弄什麼呀，不如改成釣魚場算了！想到這，慧馨突然靈光一現，立即吩咐三娘道：「就讓公子們隨意釣吧，但妳們注意著點，公子們釣了多少魚都記下來。冤有頭債有主，咱們回頭找韓小姐要魚錢去。」

慧馨又回過頭來跟謹恪說：「韓小姐的客人要釣魚，咱們不能小氣攔著，今日便早點回靜園，我有個想法跟妳說……」

謹恪好奇地聽慧馨說，慧馨一向比較有主意，不知道她這次又有什麼好方法。

慧馨與謹恪上了驢準備回靜園，卻看到剛才路上遇到的小姐們才到，她們竟也是衝著魚塘來的，不對，應該說面上衝著魚塘而來，實際上卻是為了那群公子。

慧馨有些無語，看來這些趕來的小姐們，應該是沒被韓小姐邀請又心有不甘的。

慧馨懶得應付她們，只吩咐三娘叫人好好看著，仔細記下釣了多少魚，還要嚴密注意別讓人往魚塘裡投東西。

兩人遠遠地向幾位小姐點點頭，算是打過了招呼，便上了驢「嘚嘚」地回靜園了。

【第七十九回】
低調的慈善

謹恪對慧馨的計畫舉雙手贊成，她們直接去找謹飭。

謹恪見了謹飭撒嬌道：「大姊，我們想請妳幫個忙，哦不，是我們有個好主意，要跟姊姊們說。」

謹飭手指點點謹恪的額頭，打趣地道：「妳呀……說吧，又有啥壞主意了，是不是又找我與妳二姊替妳們揹黑鍋啊？」

「大姊，這回真的是好主意，我們倆人小沒底氣，這才想找兩位姊姊幫我們出頭嘛！」

謹飭挑挑眉頭，看了慧馨，慧馨開始說起今天魚塘那邊的事，「……今日有人釣魚我們不能攔著，倘若講道理，我們自然站得住腳，可卻要落了個小家子氣。而且今日開了這個頭，只怕日後還會有人來，總不能次次找人理論，豈不是丟了靜園的面子。」

謹飭知道今日韓沛玲辦葬花會，請了世家子弟來，裡面有幾位公子的姊妹就在丙院裡。丙院開院快四個月了，有心想當年就升上乙院的人，是時候開始冒頭了。原本最受關注的陳郭兩家小姐離開，慧馨與謹恪便成了丙院最活躍的，恐怕之後麻煩要越來越多。

謹飭點點頭問道：「妳們打算怎麼做？」

慧馨斟酌了下詞句，這才說道：「其實這想法，我前段時間便曾想過，本來以為陳香茹會有好主意，我們跟著做就行了，可惜她……咱們靜園人少力微，南方的洪災自是幫不上。可前段時間京城暴雨，不少窮人家的莊稼房屋都被毀了，我想咱們能否想點法子籌些錢救助他們。甲乙兩院的人本來就有錢可以直接捐獻，而丙院在女紅課或廚藝課時也會做些東西，不如拿出來開個拍賣會來籌點錢。我與謹恪莊田那兒可以拿出五成的收入，也趁這個機會對釣魚進行收費。我們打算每釣上一條魚收費十兩，將釣魚所得全數捐出去。」

謹飭聽了十分吃驚，沒想到慧馨會有這種主意，不由得對她更另眼相看。謹飭覺得這個主意非常好，頗有興致地道：「一條魚收十兩，人家要說妳這魚是金子做的了。」

「能到皇莊裡釣魚的人，不會在意這十兩銀子的，我只是不想那些紈袴白白糟蹋我們的魚，希望他們也有點顧慮。再說我們擺明了不要這錢，全部捐給災民，若有人要挑剔價格，可得先顧慮自己的名聲。其實將價格定得這般高，也是因為不想讓太多人來魚塘釣魚，魚塘裡的魚苗才放養兩個多月，根本不夠大。而且這麼多人在魚塘那折騰，也會影響鴨子產蛋，還得不時防著有人往魚塘裡亂丟東西。真把魚塘弄成釣魚場，要操心的事可多得不勝枚舉。」其實她們的魚塘能賺到錢，只不過賺多賺少罷了，但她們必須把握好分寸，畢竟靜園提供莊田給大家經營，不是為了把她們培養成商人。

謹飭點點頭道：「妳們顧慮得對，倘若經常有外人到魚塘，安全也是個問題。這個提議很不錯，這裡是靜園，是女士院，我們做事情對得起靜園人的身分與女士院的稱號。」像陳香茹能混入甲院，淨靠出些餿主意而已。

慧馨見謹飭有興趣，便繼續說道：「這事還得靠姊姊們找幾位有力的一起籌畫，我與謹恪搭著姊姊們便可。」慧馨與謹恪畢竟年紀小，在靜園還談不上說服力與影響力。

謹飭心知她們是不想太出風頭，便說道：「妳們不必擔心，我與謹諾會找些人來商量，乙院那邊想必對陳香茹又搞這動作很不滿，去找她們的人來牽個頭，就沒人會特別注意妳們了。」

慧馨見謹飭要找乙院的人來籌畫，這自然更好了。事情搞得越大，參與的人越多，她與謹恪在魚塘那邊收錢，關注的人便越少。

謹恪見慧馨已經說動了謹飭，便有些急切地催促道：「大姊要快些去找人啊，早點將這事確定下來。今日那些人沒尋到我們麻煩，估計近期內還會再來的。」

謹飭敲敲謹恪的額頭無奈地道：「妳啊，就是心急，我現在便與二妹去找袁橙衣，妳可滿意啦！」

【第八十回】
討債

謹飭當天便去找袁橙衣商量，當晚袁橙衣立即寫了摺子呈給皇后娘娘。慧馨與謹恪則窩在屋裡研究如何製作牌子，準備在魚塘旁邊立個收費的告示，省得還要一一向人解釋。

翌日，皇后覆批的摺子發還回來了，謹飭從袁橙衣那兒拿過摺子，亮給慧馨她們看，「……哼哼……陳香茹的臉色一定很好看……」陳香茹上次的覆批可是「荒唐」兩個字。

慧馨伸過頭去看，好大好紅龍飛鳳舞的兩個字「恩准」。

靜園要辦慈善拍賣會，捐錢給京城受災百姓的消息一出，整個靜園都活絡了起來。女紅好的人忙著做針線，廚藝佳的人趕著選材料準備菜單，有其他才藝的人也絞盡腦汁著手節目。

慧馨與謹恪扛著新做的木牌依舊去了皇莊，交給三娘她們，拿過三娘寫的單子瞧了瞧，這上面記錄了昨天幾位公子哥釣的尾數。慧馨把單子揣到包裡，準備去找韓沛玲要錢。

慧馨叮囑杜三娘：「皇后娘娘已經准了我們捐款給災民，以後來釣魚的就按每條十兩來收費。專門弄個本子，收了錢後讓每位釣魚的人在上面簽字，這些錢咱們一文不留全給捐出去。記仔細了，不要回頭有人說咱們貪了銀子。還有把這牌子放在顯眼處，讓每個來的人都先看到，免得收錢時有人拿『不知道』當藉口。」

杜三娘對慧馨的做法既驚訝又欣慰，想必皇后娘娘也該高興吧，多少年靜園沒有培養出這樣令人期待的女子了。記得在先皇后的年代，女士院是令大趙朝人聞之欽佩之處，出了多少對大趙有貢獻的女子。只是如今，好日子過久了，朝中的權貴開始變得浮躁，女士院也變成了權貴追逐的地方，入園女子的素質逐年下降，皇后娘娘想必也很苦惱吧！

慧馨臨走前還提醒杜三娘，「別讓釣魚的人將釣上的魚放回池塘，那些魚都受了傷，放回去容易生病感染死亡，只要釣上來便通通讓他們付錢帶走。還有一定要注意池塘的安全，切勿讓人有往裡扔東西的機會。」

回了靜園，慧馨便拉上謹恪去找韓沛玲。甲院雖只有三個人，但是她們的院子卻與丙院同樣大。韓陳崔三人每人各佔一座樓，慧馨找了守院子的宮女問了韓沛玲的住處。

韓沛玲正與陳香茹在屋裡說話，聽到宮女的稟報，也沒在意，直接吩咐宮女將慧馨兩人帶進來。謹恪見陳香茹也在，想起謹飭說陳香茹的話，便對慧馨擠擠眼睛。慧馨回了她一個眼色，示意她別太得意破了功。

韓沛玲吩咐宮女拿點心來給慧馨兩人，禮貌周到卻沒有多少熱情，看來並沒將慧馨倆放在心上。

慧馨與謹恪落坐後並沒有動桌上的點心，而是直接開口說了來意。

「……聽說是韓姊姊的客人，我們自然得熱心招待。正好皇后娘娘那邊批了捐款的摺子，我們打算把魚塘釣魚的收入都捐出去。正愁著該如何找人呢，姊姊這邊的客人就來了。丙院那邊人人都忙碌著，我們兩個也不敢閒著，這不就趕緊過來找韓姊姊了。」慧馨說道。

謹恪拿出單子，「這上面記著昨日公子們每人釣的魚數量，想來這些公子們都是韓姊姊的客人，捐款應該是由韓姊姊出吧？」

韓沛玲也是今日才聽說，乙院和丙院的人要搞什麼捐款，只是沒想到慧馨倆竟然跑來找她要錢。宮女將單子遞給韓沛玲，她看著上面寫的，忍不住額頭冒青筋。

韓沛玲指著單上寫的，說道：「一條魚要收十兩？妳們養的這是什麼魚啊？」昨日去釣魚的七位公子，一共釣了六尾，這就是六十兩了。

慧馨甜甜地笑，小酒窩顯得特別可愛，「這十兩銀子我們倆是一文不留的，全都捐出去，其他收入也會捐出五成。其實重點不在錢的多少，主要是份心意，咱們靜園的人絕非在意金錢的。皇后娘娘已下了令，救助災民也是功德，咱們自然要盡力而為了。」慧馨臉上笑得純真，心裡卻在打小算盤。昨日韓沛玲招待客人去魚塘釣魚，只跟她們打了聲招呼，也不管她們同意與否，為免太不把她們放在眼裡。大家同在靜園，雖分階不同，可不代表她們丙院的就得做甲院的僕人。

慧馨與謹恪這會才選了桌上的點心，慢慢品嘗，似乎對韓沛玲的臉色毫無所覺。

韓沛玲看著笑咪咪吃東西的兩人，忽然有點牙癢癢。

謹恪吃完一塊點心，才察覺到屋裡安靜了些，忙瞪著眼問韓沛玲，「呀，莫非韓姊姊有什麼不便？倘若韓姊姊一時拿不出這些錢，我們可以先墊上的。」

韓沛玲一聽謹恪這話，眉頭一挑，忙說道：「哪兒的話，我只是一時沒想到兩位妹妹考慮得這般周到，錢我這裡有，待會我讓人直接同妹妹們去嬷嬷那畫帳。」

韓沛玲哪能表現出自己不想付錢，別以為她沒看到旁邊陳香茹看好戲的眼神。今日她一聽說皇后准了袁橙衣捐款救災的摺子，便找了陳香茹來，正想諷刺她幾句解悶呢！哪想到這兩人會跳出來找她要錢，倒教陳香茹看了她的笑話。

慧馨見韓沛玲同意付錢，也不多待在這礙眼，韓沛玲這會肯定對她倆沒好印象，於是趕緊給謹恪使個眼色，帶著韓沛玲的宮女去找嬷嬷畫帳去了。

【第八十一回】小的比大的好

這幾天的女紅課和廚藝課，眾人都忙著準備拍賣會用的東西。倒是慧馨與謹恪很清閒，她們打算直接捐錢，拍賣會只看不參與，別惹人眼球[1]了。

女紅課上，慧馨拉著謹恪研究驢子坐墊，現在每日都要騎驢，得弄個舒服的坐墊才行。可惜她對這類東西沒啥經驗，毫無靈感，最後僅做了個軟墊子。

今日是慧馨最後一天去平安堂誦經，七七四十九天終於完成了。主持在慧馨誦完後，將經書交給慧馨。慧馨再三感謝過主持，才同謹恪離開。

慧馨與謹恪今日沒有午睡便趕往皇莊，因昨日林嬤嬤前來通知，魯郡王要請朋友來魚塘釣魚。慧馨挑挑眉頭，果然來了，不知明天這些人看到收費的牌子，臉色如何？可怎麼會是魯郡王來挑這個頭呢？燕郡王忙著南方賑災，魯郡王身為燕郡王的弟弟竟有心思玩樂？不過對慧馨來說，魚塘這事總得拎隻雞出來殺殺給那群猴兒看，至於是哪隻雞，就看誰倒楣了。

【注釋】

①惹人注目的意思。

魯郡王走的仍是親民路線，沒有擺儀仗，人馬在離魚塘有段距離處，設了桌案、搭了遮陽的棚子，魯郡王似乎不會親自釣魚，不過是在旁邊喝茶看看熱鬧。慧馨與謹恪過去請安時，魯郡王也只與她們寒暄了幾句。

慧馨忍不住心想，待會得找個機會提醒魯郡王釣魚收費的事，別是坐得這麼遠看不到牌子，最後賴帳了。

從魯郡王那邊出來，慧馨一眼看到顧承志小大人般地在旁邊蹓達，似乎是專門等她們的樣子。他見慧馨兩人出來了，立刻小跑過去說：「二哥沒為難妳們吧？」

慧馨給了顧承志一個似笑非笑的表情，「……承郡王此話從何說起啊，魯郡王借我們的地方招待客人，應該是我們的榮幸才對。我們也很配合啊，魯郡王為何要為難我們？」其實自從上次靜惠師太的事後，慧馨對顧承志的印象差了很多，那次的事畢竟是個不好的回憶。

顧承志有點尷尬地摸摸鼻子，「……本來我要勸二哥不要來的，但是二哥說已經讓人通知妳們，這次只好讓妳們多擔待了。」

慧馨見顧承志態度謙和，略有些驚訝，忙客氣回道：「承郡王太客氣了……」

顧承志不好意思地笑了笑，說道：「妳們花了心思弄這個魚塘，帶人來釣魚實在糟蹋了妳們的辛勞。我二哥並非有意，他人脾氣好，就是耳根子軟了點。那個在我二哥跟前提議的人，回頭我替妳們算帳去。」

顧承志的這番話，倒教慧馨對他的印象比魯郡王好了很多。顧承志年紀雖小卻比魯郡王考慮得更周到，已是難得了。

「多謝承郡王體諒，我們倆這點損失不算什麼，倒是有件事要麻煩承郡王向魯郡王提醒一下。袁橙衣小姐前些日子向皇后娘娘請旨，我們乙院與丙院的人要捐款給因暴雨受災的京城災民，我與謹恪除了捐出一半的日常收入，還打算將釣魚賺來的錢悉數捐了。每條魚收費十兩，上次韓沛玲小姐的客人費用是由韓小姐付的。這次不知魯郡王打算幫各位公子付錢，還是由公子們各自負擔？」

顧承志顯然不知道這事，表情有點茫然，慧馨便指了指那塊牌子。待他看清了牌子上的字，眼睛一亮，竟高興地說道：「這個主意好，妳們放心，我會跟二哥說，讓他們一文不差地交給妳們。」

慧馨見顧承志這般識趣，且明顯偏袒她們，有心提點他道：「其實我們也不過是盡點微薄之力，幫助京城的災民。倒是燕郡王在南方救災責任更大，承郡王在京城一定也很掛念吧！」

顧承志聽慧馨說起賑災，有些感嘆地說道：「……這場洪水，南方生靈塗炭，我也想為他們做點事，可惜皇祖父說我年紀太小，不讓我同大哥一塊去江南……」

慧馨仔細地觀察顧承志的表情，感覺得出他的真心，便回道：「南方太遠，我們在京城鞭長莫及。承郡王心繫災民，若能做些眼前力所能及的事也好。就像靜園要籌錢，待籌到了錢，皇后娘娘那兒多半要派人負責安撫京城災民，到時承郡王若能負責此事，我相信一定比其他人做得更好。」

顧承志聽了這話，若有所思問道：「……妳覺得我能做好嗎？」

慧馨點點頭，她覺得顧承志算是個可塑之才，好好教導必成大氣，「承郡王能將百姓放在心中，自然能知他們最需要什麼。其實這些災民最需要的不是幾頓飯，也不是幾件衣衫，而是受暴雨摧毀的田地和房屋。」

【第八十二回】
青梅竹馬

自魯郡王那日帶人來釣魚後，慧馨與謹恪的魚塘在京城一時小有名氣。一條魚賣到十兩可說是天價，人人都很好奇。好在每次說到十兩一條的魚，就不得不說到靜園即將舉辦的慈善拍賣會，原本關注魚塘的人，都轉移了目標。

京城開始傳誦靜園的善舉，期待慈善拍賣會上小姐們會拿出的東西，而之中最被人們稱讚的，莫過於發起這項活動的袁橙衣，今年袁橙衣進入甲院的可能性更大了。

慧馨她們在慈善拍賣會上把銀兩交給了袁橙衣，並附上一份釣魚收入的清單，上面寫明了每位付錢的公子的名字與簽字。這錢既然是旁人出的，慧馨與謹恪當不會獨享榮譽。在遞上名單的同時，慧馨還發表幾句感言，逐一感謝名單上的人，將那些原本對她們高價賣魚頗有微詞的人，堵了個啞口無言。

袁橙衣將慈善拍賣會安排在城裡的慶春樓，靜園還專門安排馬車接送。難得眾人在休假之外能出靜園，各個都興奮得很。而只要是京城裡有點臉面的人都被邀請了，可說是與有榮焉。

當靜園的小姐們到達慶春樓時，許多世家公子都已經等在外面了，這可是公子小姐們互相結識不可多得的機會。公子們垂首恭候在門口，小姐們戴著帷帽與眾位公子們行禮，然後井然有序地進入慶春樓，一派大家閨秀的矜持與風度。

慧馨與謹恪是打著湊熱鬧的心來的，捐完錢便躲在人群後偷偷地又吃又喝，瞧著諸位小姐互相較勁。

在某種程度上來看，拍賣會是小姐們間的較量，比如同樣是女紅作品，越是細緻秀美，價拍得更高。而且才藝佳的小姐，更能得到世家公子的欽慕。

好比有位乙院的小姐做了把扇子，上面親手繪了梅蘭竹菊四君子圖。這把扇子竟然飆到了三百兩銀子，聽說這位小姐是禮部右侍郎的千金。

上次在西寧侯府有過一面之緣的周玉海小姐，拿出她親手抄寫的六本《地藏經》，六本經文用了六種字體，聽說周玉海在書法上頗有造詣。《地藏經》旨在消除業障，改善命運，應該是為了救災應景抄的。

還聽說袁橙衣本來不願請陳香茹與韓沛玲，但偏偏她請了崔靈芸，便不能落下韓陳二人。

韓沛玲帶了一盆「姚黃」來拍賣，毫無疑問地成為這次慈善拍賣會最貴的東西。

陳香茹帶了她手抄的九十九本《心經》，據說都是經高僧開過光。慧馨特意瞄了眼周玉海，果然臉色有些不好。《心經》意在遇難成祥，與周玉海的《地藏經》同樣應景。

最令慧馨感興趣的卻是崔靈芸，她拿出的是一方蝶戀花的帕子。她的帕子由敬國公的嫡孫，顧致遠以六百兩的價格拍走。其實與他直接買走沒啥區別，整個過程沒有人和他競價。

慧馨大感不對勁，即便帕子不出色，但光憑崔靈芸南昌侯府世子嫡女的身分，便不該冷場，況且那帕子繡工極精緻。慧馨瞧崔靈芸並未因競價人少而失落，反倒小臉紅撲撲，似乎很害羞。她轉頭看謹恪，果然謹恪正對著她擠眉弄眼。

慧馨趴下身把耳朵湊近謹恪，只見謹恪嘀咕了幾句。原來南昌侯與敬國公兩家早是通家之好[1]，崔靈芸與顧致遠兩小無猜青梅竹馬，兩家就等年底選秀後皇上賜婚了。

皇家選秀不僅是給皇帝選小老婆，有時皇帝還會挑出幾個品貌家世皆為上乘之選的女子，賜給重臣，有些體面的權貴更趁這機會求皇帝賜婚，以求恩寵。

這場慈善拍賣會總共籌得近兩萬兩銀子，其中有一半是韓沛玲那盆花賣的錢。聽說皇后拿到靜園籌得的銀子後，自己也加了些，湊成兩萬兩整。承郡王則向皇上請命負責京城的救災，因災民人數較少，便直接用了皇后娘娘提供的兩萬兩，此事未經朝堂的商議，皇上便准了承郡王的請求。

【注釋】

①指兩家彼此交情深厚，像一家人一樣。

【第八十三回】
為了更好吃的

這幾日的廚藝課，慧馨都在研究各種調味料與蘸醬。天氣熱，飯菜較偏向涼拌菜，這古代的香料在烹飪上的應用還不廣泛，有很大的發展空間。於是慧馨開始收集各種香料，並記錄在冊子上。只不過大趙建國時間尚短，也才第二任皇帝，至今海禁未開。本土產的可食用香料種類有限，而外疆的香料主要來自進貢與走私，且大部分用於製香而非食用。

慧馨開始有計畫地託人幫忙搜集多種香料，包括西域行商帶來的各種製香原料，還請求大少爺謝亮替她收集香料的種子，搞得許多人以為她要開製香舖子。

二哥謝睿勸她道：「七妹若想製香的話，可以找些花草作原料，這些的味道較淡雅，很適合七妹。那些番邦的香料，味道太過濃郁，只怕不太適合呀！」

慧馨搖搖頭道：「……我不是用來製香的，只想找些適合食用的，可增添菜餚的香氣。」

大哥謝亮也勸道：「……七妹若是想開香舖只怕不容易，京城裡的香舖都由幾個大家族壟斷，而且製香的香料貨源絕非咱們家能插手的……」

慧馨再搖搖頭道：「大哥放心，小妹不會插手京城香料生意的，搜集那些種子興許將來用得上，具體要做什麼倒也沒想好……」

謹恪將從西寧侯府與宮裡要來的種子交給慧馨，「這些真的可以做菜用嗎？我們府裡頭的廚子都沒聽說過，這些種子都是往年番邦進貢的，宮裡也不知有啥用，皇奶奶賞了好多給我……」

慧馨拿起這些分包在紙包裡的種子，有羅勒、茴香子、豆蔻、迷迭香與薰衣草等，都是海外的香料。其中的薰衣草，不僅可製薰衣草精油，更是美容護膚佳品啊！

慧馨取出她昨天回謝府，採摘的一小撮羅勒嫩葉，「看，這是我在自家院子裡種的羅勒，待會廚藝課上，給妳做點好吃的。這東西又叫九層塔，還是我從江寧大召寺要來的種子呢！」

慧馨用羅勒做了兩道菜，一道直接涼拌，另一道油炸。因為量小，每份都只有一小碟。涼拌的酸甜可口，有股類似薄荷的清涼感，相當開胃，夏天正好食用。油炸的那份是裹了麵衣的，口感酥脆，羅勒的清香蓋過油膩，十分爽口。

慧馨也在搜集與整理有關的參考書籍，好方便她將來種植這些香料。

這個上午過得很快樂，廚藝課上吃了羅勒令慧馨與謹恪胃口大開，炎熱的氣候裡能提振食慾真是不容易啊！

午睡後，兩人騎著毛驢慢悠悠地往皇莊去，偶爾拿起驢上掛著的水葫蘆喝兩口，裡面的解渴茶已經換成了解暑的酸梅湯。

自從魯郡王之後，就沒人再到魚塘來釣魚，除了換水灑生石灰這些耗時耗力的工作，花姑與娟娘都輪流看守魚塘。

這會兒輪到花姑在這邊，她坐在魚塘的竹筏上，察看魚的情況，還得將偶爾調皮跑到竹筏上的鴨子趕回水裡。

慧馨四下看了看，沒瞧見杜三娘，方才想起今日是劉太醫過來的日子。見魚塘這邊沒什麼事，又不想在日頭下晒太陽，慧馨便拉著謹恪去看望三娘，聽說她這幾日胃口不佳，可別天熱中暑了。

慧馨與謹恪將驢子拴在杜三娘院門口的樹下，解下水葫蘆就往院裡走。

院子裡的樹下，有位鬚髮皆白的老翁正在給杜三娘診脈，老翁身後站著一位小藥童。小藥童顯然沒料到會見到靜園的小姐，看了她倆一眼，忙低下了頭。

慧馨倒沒有因為見到陌生人而不好意思，她與謹恪為了防晒，出了靜園帷帽絕不離頭頂。她只是好奇為何今日來的不是劉太醫，而是一位沒見過的老太醫。

兩人有禮地不打擾太醫診脈，只向杜三娘點頭示意不必起身，便立在一旁。看著太醫閉著雙眼撫著鬍子，一副莫測高深的樣子，慧馨皺了皺眉，難道三娘的病又嚴重了。

當年三娘曾懷過孩子，但卻沒能保住，後來她夫君又出了事，便不曾好好保養過身子，這些年來落下了婦人病。雖然劉太醫一直給她開養身的方子，只是這病沒養個幾年是好不了的。前段下暴雨的日子，她就時常風濕骨痛。這段時間又高溫，她胃口不佳，身體便有些虛弱。

老太醫嘰哩咕嚕說了一堆術語，慧馨倒是聽懂了幾句，大致是要她慢慢養身，不可操之過急之類的。看樣子三娘還是老毛病，慧馨這才稍稍放了心。慧馨在心裡稱許了自己，這醫藥課總算沒白上，當初她對醫學名詞可是一竅不通。

杜三娘將太醫送出了門，回身見慧馨給她倒了杯酸梅湯，勉強一笑。慧馨起初沒發覺杜三娘有什麼不妥，只叮囑她要照顧自己，有空熬點湯喝喝。謹恪更加沒發現杜三娘哪兒不對勁，還高興得大聲宣佈，要給她們幾個莊客防暑費，讓她們給自己弄點消暑的東西。

直到她們要離開，慧馨才察覺三娘似乎有些心不在焉，一副另有心事的樣子。上次見她時還一切正常，難道她們休假這兩天發生了什麼事？

【第八十四回】
良人難再得

從杜三娘家出來，慧馨便拉著謹恪拐進了薛玉蘭家。薛玉蘭正在拌豬食，見慧馨兩人突然造訪，趕緊洗淨手把她們往屋裡請。

屋裡頭又熱又悶，慧馨與謹恪沒入屋，直接坐在院子的樹下。慧馨先是問起豬圈與她家裡的生活，又讓她在謹恪那兒支了防暑補貼，見她婆婆與兒子都出門了，這才打聽起杜三娘的事。

薛玉蘭想起最近莊子裡的流言，斟酌著說道：「……前日聽說劉太醫的母親來探望了三娘，昨日劉太醫的女兒也來看望三娘，其他便沒有了。」

劉太醫的母親來過了？難道劉太醫終於行動了？我就說了，三娘與太醫很相配呀！不過三娘為何悶悶不樂？難道她看不上劉太醫？還是要為死去的夫君守節？

慧馨好奇得緊，她一直很同情三娘，希望她有幸福的下半生。倘若三娘真是想不開要守節，那她得想辦法開解她。

薛玉蘭見慧馨的神情，猜她必是誤會了，忙又說道：「劉太醫的母親只帶了兩個丫鬟過來，上午來的，午飯沒到便走了。潤兒小姐是一個人來的，聽說帶了些吃的給三娘，也是沒待多久就離開了。」

慧馨忙著幻想杜三娘和劉太醫的婚事，壓根沒注意薛玉蘭又說了什麼。

薛玉蘭嘆了口氣，主子畢竟還是小姑娘，哪裡知道她們婦人家的為難。可三娘是她們幾個莊客中的小管事，算是她們的上司，三娘的家事她不能妄言，更不能在主子面前說三道四。

慧馨直到與謹恪回了靜園，還在想三娘的事。

當晚慧馨與謹恪搬出躺椅在屋門外的回廊下乘涼，她忍不住跟謹恪商量，「妳說要是三娘再嫁，咱們備多少嫁妝合適啊？」

謹恪抬頭望月想了想，然後搖搖頭，「不知道，我也沒經驗，要不去問問大姊？」謹恪在心裡琢磨，好像聽說大戶人家的體面丫鬟出嫁，大多數主人家都給到上百兩嫁妝，三娘這樣的身分應該比一等丫鬟還多吧，上次捐款後，她們剩下的錢好像不多了。

可惜慧馨的美好幻想在第二日的醫學課上，被李醫師給粉碎了。

李醫師看看周圍，見大家都忙著觀察藥材與互相討論，便悄悄走到慧馨身旁，「蘇葉，又名荏，可散寒解表，理氣寬中，可治療風寒發熱，胸悶咳嗽，也可解蟹中毒引起的腹痛、腹瀉、嘔吐等症……」

慧馨聽到李醫師的聲音，才發現她正站在自己旁邊，忙起身行禮。

李醫師示意慧馨不必多禮，看了她桌上的幾種藥材，與她又講了幾句，見慧馨臉上並無異狀，這才壓低了聲音問道：「……杜三娘還好吧？」自從師傅的母親知道杜三娘的事後，師傅就不敢再來探望三娘，前幾天師傅的母親親自來找三娘，師傅就一直很擔心，這才託她今日向慧馨打聽杜三娘的近況。

慧馨疑惑地抬頭，突然想到李醫師是劉太醫的弟子，這才反應過來，肯定是劉太醫昨日沒來又擔心三娘，便讓李醫師來探口風了，忙笑嘻嘻說道：「三娘還是老毛病，昨日來診脈的太醫留了方子，讓三娘慢慢調養。我看她雖有些心事，不過我會開解她的，妳跟劉太醫說別擔心，我會好好照顧她的。」

李醫師聽說三娘沒事，便嘆了口氣喃喃道：「……其實師傅也是無奈，師傅的母親自從聽說三娘的事，立刻給師傅聘了李家的小姐，師傅雖對三娘有心，卻也不能違背老太太的意思……」

李醫師這話慧馨自是聽到了，只是她一個晃神似乎沒聽清楚，有些不確定地問李醫師道：「……醫師妳剛才說，劉太醫的母親為他聘了李家的小姐？劉太醫他……跟別人定親了？」

李醫師早知她師傅對杜三娘有心，更知道他們十幾年前便認識了，可惜造化弄人，上天雖給了他們重遇的機會，但劉太醫的母親卻嫌棄杜三娘的身世。她聽說劉太醫與李家小姐定親後，也十分感慨，「是啊，我師傅與李家的小姐定親了……」

這消息讓慧馨一時間說不出話來，隔桌的謹恪聽不到慧馨與李醫師說話，但她看慧馨突然發起呆來，而李醫師也有些心不在焉，便挪到慧馨身邊用手肘捅捅她。

慧馨扭頭見謹恪關心的眼神，這才反應過來，忙對李醫師說：「……恭喜劉太醫了，看來以後我們也沒機會再見著他了，請代我們恭喜他吧！三娘那兒他不必擔心，有我們照顧她，她身子會好起來的。」既然三娘與劉太醫已不可能成親，那她們更不能讓三娘在劉家人面前丟了臉面。

慧馨轉過頭來笑著對謹恪說：「劉太醫要成親了，對方是李家的小姐，咱們應該恭喜劉太醫。」

謹恪吃驚地瞪大了眼，昨晚她們還商量三娘的嫁妝呢，怎麼現在就與人定親了！

【第八十五回】憶往昔

慧馨看了一眼坐在她對面的杜三娘，終於按捺不住，稍有些用力地放下酸梅湯說道：「……劉太醫與別人定親了……」

「……嗯……」杜三娘無動於衷地哼了一聲。

「那他母親上次來……」慧馨有些不甘心。

杜三娘見慧馨情緒有些激動，終是嘆了口氣，說道：「劉家老太太過來，就是告訴我太醫定親了，以後不方便再來替我看病了。」

「可那之前，他不是一直很關心妳嗎？還讓他女兒過來看妳……」

看慧馨有些義憤填膺，杜三娘心裡感嘆，果然是個好孩子，不過年紀仍小，世上的事哪有她想的這般簡單，「我知妳是好心，一心想我過得好，只是我的身分，不是妳能左右的，連如今的皇后娘娘也做不了主的。」

杜將軍生不見人死不見屍，三娘的身分處境變得很尷尬，只要一天沒有杜將軍的確切死信，三娘便一天不得自由。倘若杜將軍死了，皇上便可下旨雪冤，可偏偏杜將軍生死未卜，當年還有人曾說在敵國見到他，這種情況下，即便是皇上也無法輕易下旨。再者當年御史對杜將軍的指控最後不了了之，是功臣亦或叛將一直沒個定論。某種程度上，身為杜將軍正妻的三娘也屬戴罪之身，這也正是當年她要裝瘋逃避追查的原因。所以三娘的身分尷尬，她不但不能再嫁，連守寡守節都算不上。

慧馨靜下心來，自然能想通其中的關節。只是作為穿越人士，在婚姻大事上多少都存了些幻想吧！

杜三娘端起酸梅湯品了一口，慧馨的手藝不錯，湯熬得酸甜可口、沁人心脾。說實話，對劉太醫她也曾迷惘過，只是事到如今，她反而更能想開。

杜三娘嘴角扯起一個弧度，笑容有些悠遠，輕輕地與慧馨講起了杜將軍，「我一直盼著夫君能回來，已經等了十幾年，也不在乎繼續等下去。夫君他為人老實，出身農戶，是家中的長子，因家裡養不起這麼多孩子，便被他爹賣入皇子府。後來因他生來一把子力氣又會幾手拳腳，便當了侍衛。」

杜三娘看著桌上那碗酸梅湯繼續說道：「記得有一年也是夏天，四皇子到侯府找老侯爺議事，小姐備了消暑的酸梅湯，還特意給他們幾個侍衛也留了。但夫君一碗都沒喝，我問他為何不喝，他回說怕喝多了跑茅廁，耽誤替主子辦事。真是個傻瓜啊！四皇子的侍衛又不只他一人，主子都不在意了，偏他是個傻的。他不但傻還老實，只要是四皇子的吩咐，即便是瑣碎的跑腿他都親力親為。」

「有次他替四皇子送書信給小姐，趁著等候回信時突然跑來找我，看著他一臉憨厚地從懷裡掏出一朵被壓得皺巴巴的花，當時覺得他帥氣，現在想起也不知這人究竟懂不懂風情。」

「後來他隨著四皇子上戰場，積累軍功，一直做到了家將。我二十歲那年，已成了四皇子妃的小姐將我們幾個年紀大的丫鬟配人，我以為約莫是配個小廝或管事的，哪想到他找四皇子來提親。

那時我的出身是幾個大丫鬟中最差的，可他還是選了我。」

三娘的父親早逝，母親又體弱多病，她被賣進侯府沒多久，母親也去世了。那時她年紀小，連自己姓啥都搞不清楚，還是侯府負責採買的管事給她起了個名叫三丫。後來她升至小姐身邊的大丫鬟，她並非對他無情，只不過後來他成了將軍，她便覺得再配不上他了。她只是個孤女，連個姓氏都沒有。可是他仍然來提親，並不在乎她的出身，婚後還將他的姓氏給了她，這才有了杜三娘。

杜三娘說完往事便直直地看著慧馨道：「……我要繼續等他，他會回來的……」

這天回皇莊的路上，謹恪望著一聲不吭的慧馨，以為她對三娘與劉太醫的事不死心，「……要不咱們去找劉太醫的母親說說，讓她退了那什麼李家的小姐？」實在不行，她還可以用西寧侯府來壓那老太太，她就不信一個太醫的老娘敢與西寧侯府作對。

慧馨聽了謹恪的話，噗哧一笑，「妳呀，這話以後可不能說呀，不知的人還以為咱們要仗勢欺人呢！」

謹恪訕訕一笑，她可不就是這麼想的嗎？

慧馨嘆了口氣說道：「……強扭的瓜不甜。事到如今，即便劉家退了親，三娘也看不上他們了。依我看也是，劉太醫根本配不上三娘。」

【第八十六回】承嗣

慧馨拿起桌上的紙仔細研究，上面寫的是她當初拜託謹飭對杜三娘所做的調查。

三娘的父母早亡，家中也沒有兄弟姊妹，她的父親是單傳，母親的娘家也早就杳無音信。杜將軍這邊還有三個弟弟兩個妹妹，兩個妹妹早已出嫁，三個弟弟則一直在鄉下務農。

慧馨轉身出屋去找謹飭。

「……想請姊姊幫著打聽杜將軍家裡的情況，主要是他三個弟弟們的情況。」慧馨說道。

謹飭已經從謹恪那兒聽說了杜三娘的事，當初慧馨託她打聽杜三娘的情況時，她也知道三娘是孤女，「這事不難，我給外面遞個口信兒就行。只是杜將軍家裡的情況只怕不好，他父母和兄弟一直在鄉下，這十幾年都未與杜三娘聯繫過，更沒來探過她，若是想讓杜家照顧她，他們未必會同意。」

「……三娘已經不可能再嫁了，我想也許可以過繼個孩子，若杜家裡有合適的孩子便再好不過。她無法再嫁又非守寡，將來老了連入義莊的資格都沒有。今年她是我的莊客，我還可以照顧她，可明年就不一定還是我的莊客了。我想盡量在今年內幫她安頓下來，估計皇后娘娘那兒也樂見有人能為她老來送終。」

謹飭思索了一會，說道：「……過繼子嗣的確是良策，倘若杜家有合適的自然好，實在不行的話便從庵堂裡抱養一個吧。三娘沒有娘家撐腰，這孩子一定要選好，不能將來養大了卻忘了恩。妳放心吧，杜家那邊交給我，我會交代他們查清楚。」

謹飭的人很快便傳了消息回來，寫得很詳細，有厚厚一疊。

當年杜將軍將大部分的薪俸都送回杜家，本是希望父母能置上幾畝田改善家裡的境況。只是杜將軍忙著打仗，沒時間關照家裡。杜父見大兒子當了官，希望其餘三個兒子也能有出息，便把他們都送去學堂讀書。本想著老大當了將軍，將來也能替自己兄弟謀個一官半職，萬萬沒想到當沒幾年將軍便出了事，還差點連累了家裡。

那三個兒子沒能憑自己混出個名堂，家裡又沒了杜將軍的接濟，只好回鄉下種地。他們的日子不太好過，當初杜將軍給的積蓄也所剩不多。

過了這些年，杜家老二有兩兒兩女，老三則有三兒一女，而老四有一兒兩女。慧馨思忖這三個倒挺能生的，既然孩子多生計又困難，估計對過繼孩子多少會考慮，兒子女兒應該都可以。慧馨將這些紙張放好，準備今日過去時勸勸三娘。

大抵是想通了，心思就放開了，杜三娘這幾日的氣色反倒比前些時候好些。

慧馨試探著跟三娘說：「三娘，妳是否想過過繼個孩子，等妳老了也有人可以照顧妳……」

杜三娘聽了慧馨的話，眼睛一亮，興許她真該過繼一個孩子，等將來她過世了，也有個人給她與夫君清明掃墓，過年焚香。

「若是真能過繼個孩子，那我也算有福氣了，只是哪有人家願意把孩子過繼給我呢……」三娘說道。三娘過繼孩子，自然是要記在三娘與杜將軍的名下。

「我聽說杜將軍還有三個兄弟，他們這些年日子似乎也不太好過，孩子生了好幾個，家境有些困難，也許他們會考慮，只是選哪個孩子得謹慎考慮，妳覺得如何？」

杜三娘看了慧馨一眼，心知她必是打聽了杜家，才敢與她提，真是個貼心的孩子。「當年夫君出事，我怕連累他們，不敢與他們聯繫。夫君還在時，我也只同他回過一次家。因著夫君是四皇子的家將，我們成親後一直住在皇子府分給我們的院子裡。本來想等打完仗，我們可以闢府另居，再將公公婆婆接過來一塊兒住……」

「聽說杜將軍的三位弟弟都讀過幾天書，想來應是識得體統，妳過繼子嗣，也是為了杜將軍好，想必杜家能明白的。」

慧馨見杜三娘一副沉思，坐在椅子上一動不動，便再接再厲地勸道：「說起來，光憑打聽到的消息也當不得真，不如下次休假時，我陪妳去杜家看看？」

杜三娘想了一下便回道：「也好，我也該去探探老人家了，這些年我沒能替夫君盡點孝……」

【第八十七回】
許久沒回的杜家

今日陪同三娘去杜家，慧馨特意讓木槿替她挑了一身樸素簡單的衣裳。她不打算以主人與僕人的身分去，而是以三娘親友的身分陪同。不論哪個人家，都不願將自己的孩子過繼給一個奴僕。而且過了今年，三娘應該不用再當莊客了，看在皇后娘娘的面子上，皇莊多半會派給她管事之類的差事。

慧馨乘著謝家的馬車趕到集市，三娘果然已經等在那裡了，她身旁還放了兩袋米麵，一籃子新鮮的豬肉，籃子裡還擺著一罐子鹽一罐子油。米麵對農家來說實用，肉油鹽則算奢侈品了。

把東西抬上馬車，慧馨與三娘坐在車廂裡，旁邊還坐著木槿。木槿將茶水擺好，安靜地坐在一旁偷偷打量著三娘。三娘早就察覺到木槿的目光，她對慧馨莞然一笑，並沒有說什麼。

杜家住在京城郊外的李家村，據說杜家祖上戰亂年代逃荒到這裡的。馬車行了快兩個時辰才到李家村。慧馨掀起窗簾一角向外看，村口有幾個孩童在玩耍，看他們的衣著，雖然樸素卻沒有補丁，周圍房屋大多都是土坯的，看來李家村是比較富庶的村子。

馬車停在杜家門口，木槿上前敲門，慧馨與三娘等在一旁。

杜家四媳婦正在院子裡餵雞，聽到有人敲門，放下盛雞食的盆子，一邊開門一邊扯開了嗓門問：「誰呀？」

木槿見開門的是個年輕的小媳婦，客氣地說道：「這位嫂子，杜家大郎的娘子來看望杜老爹和杜大娘了……」

杜四家的聽了這話卻是沒反應過來，愣愣地望著木槿，又看看木槿身後的杜三娘與慧馨，過了好半天才發現杜三娘有些眼熟，「……大嫂？妳是大嫂？」

三娘對著老四媳婦微點了下頭，這個老四的媳婦她還能認出來，只是不記得名字了，「是我，妳是老四家的？」

老四媳婦趕緊請她們入屋裡，邊走邊喊：「娘，大嫂來了。」

慧馨邊走邊打量杜家的院子，這院子中等大小，在農家算是比較大的了，除了四間正房，還有單獨的廚房，左邊種了些青菜，右邊養著雞，除了雞棚，旁邊還搭著一座草棚，不知道做什麼用途。中間還有一口井，這朝代能自己打井的農家算是村裡數一數二的了。

老四媳婦將杜三娘與慧馨領進屋，安了座，這才道：「爹他們出去幫工了，這幾日村裡老陳家蓋屋子，有空的人家都幫忙了，可以管一頓飯的。娘在屋裡頭休息，她這幾日不太舒服……」

杜大娘原本躺在炕上歇息，最近家裡事多，她年紀又大又擔心女兒，加上天熱，便有些挺不住了。忽然聽到老四媳婦喊大郎媳婦來了，難道是有大郎的消息了，老人趕緊從炕上爬起來。

老人一進屋就拉著杜三娘的手問：「老大家的，可是有大郎的消息了？」

杜三娘見了老人眼睛有些濕潤，又聽她問起大郎，聲音有些哽咽，搖著頭道：「娘，媳婦不孝，到現在才來看您……」

老人見杜三娘這副模樣，便明白三娘並非為大郎而來，眼神黯淡了下去，大手抹了抹眼角，「……妳這孩子說哪裡的話，是爹娘沒用不能照顧妳，把妳一個人丟在京裡……」

慧馨聽她們說話，心下有些不自在，覺得她不好再待在屋裡，她終究是個外人。忙起身與三娘說：「……帶來的東西還在車上，我去叫人抬下來。」

老四媳婦也忙說，「……我去幫忙，娘與大嫂慢慢聊。」

慧馨與老四媳婦便出了屋，隱隱聽到屋裡傳來哭泣聲。

木槿正候在馬車旁，慧馨讓車夫幫著老四媳婦將米麵等東西抬到廚房，又向木槿使了個眼色。

木槿眨眨眼睛與老四媳婦聊起了家常，木槿在進謝府前也是跟著父母在鄉下種地，同老四媳婦自然更有話說。

放好東西，老四媳婦聽著屋裡的聲音小了，忙進了屋給老人家與三娘沏茶，順便也端了一杯給慧馨。

慧馨故意端著茶坐到了水井旁的石墩上，離著老四媳婦遠遠地，方便木槿跟她套話。

【第八十八回】
決堤了

木槿幫著老四媳婦餵雞，又跟她一塊摘菜葉，慧馨坐在石墩上四下打量，耳朵卻朝著木槿她們那兒，似乎老四媳婦正在問慧馨與木槿的身分。

不過盞茶工夫，老四媳婦又被喚進了屋，出來後對慧馨說道：「小姐先坐著，我去趟陳家。」陳家離這不遠，沒一會老四媳婦便跟在一位老漢身後回來了，慧馨估計那八成是杜老爹。

老漢直接推門進了屋，老四媳婦則去廚房提了水壺，給慧馨的杯子添了水，然後進了廚房。再出來時，手裡端了個碗，裡面放著幾塊小餅，「沒什麼好的，早上才做的餅，裡頭放了銀丹草，您嘗嘗看。」銀丹草便是薄荷。

慧馨忙謝了她，用筷子夾了一塊放入口中，薄荷的香味散開，清爽可口。

老四媳婦見慧馨喜歡，好似鬆了一口氣，「妳坐著，有事儘管叫我，我去把肉醃上。」因著天熱，新鮮肉類保存不了多久，老四媳婦先用三娘帶來的鹽把肉醃了，放進籃子裡，再將籃子吊在井裡。夏日的井裡，是院裡溫度最低的地方。

眼看快到晌午了，看來得在杜家用午飯了，木槿幫著老四媳婦做了飯。

用過飯，杜三娘仍與杜家兩老在屋裡說話，慧馨估計她可能已經向兩老說了過繼的事，既然說了這麼久看來沒這麼簡單。

直到申時，慧馨她們才離開杜家。三娘的眼睛有點紅腫，慧馨將茶水倒在手帕上給她敷在眼睛上，這才問起事情說得如何。

杜三娘的確把過繼的事跟兩老提了，兩老也同意了，只是兩老希望三娘過繼他們小女兒的兩個孩子。原本杜五妹嫁給了隔壁村的富戶為妾，先後生下一兒一女，去年富戶病逝，家產被主母霸佔，還將杜五妹與兩個孩子趕了出來。如今杜五妹帶著兩個孩子住在娘家，靠父兄接濟。只是杜五妹生兒子時落下了月子病，經過這番打擊，身子更是一日不如一日。

杜家這些年人口日益增多，日子越來越不好過，又多了杜五妹三口，杜家三兄弟開始心有不滿，尤其三個媳婦明裡暗裡諷刺杜五妹。偏杜五妹與兩個孩子又是有志氣的，三人在院裡搭了草棚住在裡面，雖不能下地幹活，但杜五妹會做些針線，村裡有人需要幫工也去做，今日三人便都是去了陳家幫工。

兩位老人心疼女兒與外孫，可另一邊又是兒子與孫子，也很為難。既然三娘想過繼孩子，不如就過繼女兒的，這樣他們也有人照顧。

三娘有些拿不定主意，她對杜五妹完全沒有印象，而且杜五妹的孩子畢竟是她夫家的，若要過繼，勢必還要找到那家去。既然那家的主母不是個好相與的，這事便不好辦。

慧馨也覺得三娘的顧慮有道理，只得建議她，「……要不妳先把杜五妹母子接到皇莊住幾天，看看他們品性如何，若是合適，咱們再從長計議；倘若不合適，諒他們也沒膽子賴著不走。」

慧馨回到謝府，便直接回了自己的院子休息，今日沒有午睡，一下午都有些懶懶地沒有精神。

慧馨剛躺下沒一會，突然聽到從院裡傳來聲音，好像是謝睿過來找她。忙從榻上爬起，吩咐木槿打水給她梳洗。

慧馨才收拾好，謝睿便急急進了屋。謝睿有些臉紅得說道：「打擾七妹休息了，二哥實在是有急事要同妹妹說……」

慧馨給木槿使了個眼色，一群丫鬟在木槿的帶領下都出了屋。她行到桌邊給謝睿倒了杯茶，緩緩道：「二哥別急，喝口茶慢慢說。」

謝睿端起茶杯一飲而盡，他一聽到消息就十萬火急地來找慧馨，這杯茶不但可以解渴，還能壓壓他的火氣。

謝睿動手又給自己倒了一杯，看著氣定神閒，坐在對面的慧馨嘆了口氣，感覺自己這個做哥哥的真失敗，還不如妹妹沉得住氣。

慧馨見謝睿已連飲兩杯，這才開口問：「二哥，究竟出了何事讓你如此慌張？」

謝睿放下茶杯，一臉嚴肅地說道：「南方大堤決口，淹了數千里，燕郡王被困潭州已有數日。南方各州府一直隱瞞不報，燕郡王身邊的一個門客僥倖逃了出來，才把消息傳到了京裡。」

【第八十九回】

顧承志來訪

大堤決口，百姓死傷無數，可這事卻只是剛開始，後續被牽連的人家只會越來越多。「燕郡王如今身困潭州，朝廷又要亂了，不知今年會有多少百姓家破人亡，妻離子散，又有多少官員抄家滅族。一個不好，今年的秋闈也會被取消。」謝睿說道。

「天災人禍，此乃人力所不及。南方州府敢隱瞞燕郡王被困一事，想來燕郡王是沒有危險的。否則不管他們拖的時間再久，也難以保住他們的腦袋。而且只有一個門客傳了消息回來，以燕郡王的身分和能力，若真有心傳消息，州府估計也沒那麼大能耐阻擋。也有可能是燕郡王故意幫那些官員爭取時間，災情可能沒那麼嚴重，只要洪災及時控制得當，情況便不會太糟糕。」慧馨說道。

「確有這個可能，剛才大哥也說，那門客多半有問題，這麼大的事州府哪能這麼容易封鎖消息。只是今年的朝堂恐怕難以太平，大趙這才平穩了十幾年，皇上只怕要不高興了。」謝睿說道，秋闈三年一次，除非逢舉國大事，否則不能隨意取消。

「索性咱們謝家沒人涉及這方面，只要別被連累就好。二哥與大哥在外跟朋友來往，也得謹慎注意。這回正是風口浪尖，不知有多少人要丟了性命。」慧馨鄭重說道，古代的連坐可不講道理的。

謝睿點點頭，「還有三個月便是秋闈了，我等一下去跟大哥商量，我們乾脆閉門謝客，專心讀書。」

慧馨覺得這樣也好，秋闈將至，各地學子陸續集中在京城，各方勢力都會提前角力，為自己的陣營多吸收學子。像謝家這樣走清流路線的，不參與任何一方勢力更有利。

❖

南方大堤決口的消息，不可避免地影響了靜園的氣氛。大趙的權貴有多少被牽涉其中惴惴不安，又有多少在背後竊喜幸災樂禍。

連謹恪的情緒也低落了，無精打采地騎在驢子上，「不知道大表哥現在如何了，是否離開潭州了？」

慧馨無奈地安慰她道，「燕郡王一定會沒事的，江南大營就在潭州，有軍隊在，他們肯定會保護燕郡王的。那些州府的膽子再大，也不敢看著燕郡王陷入險境而不管。我看啊，那個門客多半有些危言聳聽，而且他是在出事前離開潭州，未必知道真實情況。而那邊的官方又沒有壞消息傳來，就說明燕郡王肯定無事。」

「大姊也是這麼說，還說那個門客已經被皇爺爺派人看管了。」謹恪說道。

「那就別擔心了，打起精神來，小心別從驢上摔下去了。」

皇莊的人們依然如往常一般，南方的洪災對他們似乎沒有影響。慧馨兩人在魚塘轉了一圈，想找個遮陽的地方休息一會，畢竟靜園內的氣氛著實不佳，在皇莊反而自在些。杜三娘過來要她們到她家休息，慧馨則在心裡琢磨該不該做個遮陽傘。

顧承志正等在杜三娘家門口，他打聽到慧馨與謹恪每日下午都會來皇莊，今日專門過來找她們。

上次顧承志負責京城賑災，大哥派了門客幫他。門客們覺得兩萬兩太少，而受災的人也只有二十三家，事情很容易辦，只要買點糧食與衣服發放便夠了。可顧承志卻記得慧馨跟他說的，專門派了人去小燕山向嚴先生請教。嚴先生曾做過太祖的軍師，太祖建立大趙後，嚴先生便隱居在小燕山。嚴先生的主意非常好，皇祖父還誇獎了他。

慧馨見到顧承志有些意外，行過禮後說道：「……聽說承郡王上次的差事辦得很好，還得了皇上誇獎，恭喜您呀！」

上次賑災顧承志用兩萬兩在京郊買了幾畝地，又置了些材料，幫災民建了屋，又把地交給他們耕種。聽說為防止這些災民將房子與地拿去變賣，還規定等他們種地滿五年，即可按市價的一成購買那些房屋與土地。災民們本來因天災已心灰意冷，沒想到朝廷給了他們屋子及田地耕種，高興之餘還專程跑去太子府感謝承郡王。

顧承志不好意思地揉揉鼻子，「哪裡，我只是聽了妳的提醒，又去找了嚴先生，主意都是嚴先生提出的。」

「那今日承郡王為何事而來呢？不會是想釣魚吧……」慧馨說道，從上次魯郡王帶人來過後，再沒人來釣魚了。

顧承志臉色一沉，「南邊的事妳知道了吧？」

慧馨奇怪地看了顧承志一眼，「您是說大堤決口的事？這事估計京城沒人不知了……」

「這事妳有什麼看法？」顧承志問道。

「承郡王怎麼會來問我，小女子什麼都不知。莫非承郡王是擔心燕郡王？既然南方沒有消息過來，燕郡王肯定不會有事的。」

「不是我大哥，我大哥他沒事。他身邊的侍衛是皇祖父親選，早有消息傳回來了，那門客是被人收買了。大堤決口後，大哥便駐守在潭州，一方面安撫災民，另一方面……決口的大堤是工部五年前才建好的主幹，洪水淹沒了數百的村莊城鎮，百姓死傷無數，不但工部對此事難辭其咎，朝中不少重臣也牽涉其中。」

南方長年洪水氾濫，十五年前，先帝時期經過長期的爭辯，朝廷終於決定建設南方大堤，防洪蓄水，花了十年的時間才完成這個工程。因歷經了皇帝更替，負責此工程的人換了一批又一批，從最初決定實施這項工程，朝廷上有半數的人都與這件事有關。

慧馨了然，本來燕郡王的做法也沒錯，只不過現在被那門客用這種方式抖了出來，將燕郡王與南方各州府都置於尷尬之地。

「莫非朝廷已有決定了？皇上要再派誰去南方？說起來，事出得真不是時候，秋闈將至，這種消息傳到京城，學子們估計沒法安心讀書了。若是有人藉此挑撥他們，工部的大門可得當心別被學子們給踏扁了。」慧馨問道。

「皇祖父這次多半派南平侯去調查，我也想一同前往，所以今日特意來找妳，想妳給我拿個主意，看我該怎麼做？」

「承郡王太看得起小女了，我哪有主意，還是另外詢問賢士吧！滿朝大臣，太子府又有許多門客，再說承郡王還可請嚴先生出山，他即使一心隱居也必不忍心看到生靈塗炭。」

「嚴先生我打算親自去請，但我也想聽聽妳的說法，妳比那些門客聰明多了。」顧承志很認真地說道。

慧馨心中一動，便道：「那我得多謝承郡王賞識了，只是我最近有一心事擾神，若能得承郡王的相助，或許能更專心地為郡王效力。」杜三娘過繼子嗣的事若得承郡王一臂之力，那不論是杜家或者杜五妹的孩子，就簡單多了。

「妳儘管說，只要我幫得上，即便傾太子府之力都沒問題。」顧承志信誓旦旦地說，還怕慧馨不信，又忙說道，「爹娘很疼我的，我的要求他們從沒拒絕過，我自己也有人，小事他們可以直接辦。」

「承郡王真是仗義，不先問問我是什麼事，不怕被我害了。」慧馨一臉俏皮。

「我知道妳不會做害人的事，這便夠了。」

「我這事不過是件小事兒，稍微借用承郡王的手下與名號便行，這我們稍後再詳說。您快將南方的事情仔細跟我講講，燕郡王那兒的情形究竟如何？」

「大哥賑災原本還算順利，只是災民數量龐大，進展有些緩慢。還好各州府看在大哥的面子上，救災的銀兩與物資都沒有苛扣。誰知前段時間停了幾天的雨突然又下起來，大哥怕引起災民恐慌，便從江南大營調了兩個小隊過去看守災民。大堤決口時，正是這兩個小隊保護大哥退到潭州。只可惜災民人數眾多，來不及撤退……」

「那如今潭州如何了？」

「聽說雨還沒停，幸好潭州地勢高，在那裡還算安全。」

「那救災的物資呢？」

「先頭運到的糧食，大半都被洪水吞沒了。所幸江南大營在那邊，儲糧應該夠支撐一段時間。皇祖父已下了令，江南大營全力支持救災。」

「那朝廷裡各部官員的態度呢？」

「原定給大哥的賑災銀兩有一半之前就已撥下去了，如今災情擴大，只靠這剩下的一半必定不夠。要戶部再撥錢，他們又不情願，當年為建這條大堤，幾乎耗掉一半的國庫。有要求嚴懲相關人等的，也有推卸責任的，如今朝堂上整日爭論不休。皇祖父也心煩不已，這條大堤從先皇到皇祖父都傾注了心血，本欲緩解南方水災，這才過五年就決了口，皇祖父傷心失望下恐怕要血洗朝堂了……」顧承志越說越沉痛。

慧馨嘆了口氣說道：「今日這番只怕沒人能想到，只我有一問請教承郡王，還請見諒。」

承郡王直盯著慧馨說道：「妳儘管問吧，只要能緩解目前的局勢，我什麼都願意做。」

「如今南方災禍乃是天災加人禍，承郡王覺得應先救濟災民？還是先追查相關失職官員？」慧馨肅容問道。

【第九十回】
大家一起上賊船

顧承志迎著慧馨的目光回道：「自然是救濟災民為先，那些官員事後處置也不遲，他們是跑不掉的，而且……」此事涉及的官員眾多，倘若倉促處理，只怕不僅影響朝堂安定，更會動搖大趙的穩定局面，否則大哥與父親也不會先把事情壓下來。況且皇祖父也說過百姓乃國之根基，若不能及時安撫災民，大趙的根基便不穩。

慧馨點點頭，顧承志能將災民放在官員前，就比一般的官宦子弟強，「承郡王能這般想是百姓之福，且處置官員自有皇上聖裁，與其浪費力氣與官員勾心鬥角，不如踏踏實實地為百姓做點實事。」

燕郡王故意拖延時間，雖說意在穩定民心，但皇帝未必樂見自己的孫子瞞著他袒護地方官員。燕郡王與太子一派這局已經提前輸了，若按那個逃出來的門客所說，並將事情真相公佈出來，各州府必難逃罪責，而燕郡王也難脫包庇下屬、辦事不利之嫌，太子一派的處境可謂艱難。聽說已經有御史上摺質疑燕郡王此次賑災之行。

承郡王年幼又是燕郡王的親弟弟，若是可以做出成績來補救，在皇上與皇后面前便可求情，最起碼皇帝不會對整個太子府不滿。

顧承志本就抱著替燕郡王彌補過錯的心思，給太子府爭取戴罪立功的機會，聽慧馨這樣說，越發覺得慧馨果真了解他，「但救災的物資與銀兩無法解決，沒有時間等戶部那些人搗糨糊[1]了，而且賑災涉及不只一個戶部，還需朝中許多部門配合。這些人往日只知互相推脫扯後腿，如今大堤決口，人人都想著怎麼脫身，我該如何讓他們配合救災呢？」

慧馨一笑，「要他們配合你，其實不難，只要將他們跟你綁在一條船上即可。」

「綁在一條船上？那該怎麼做，總不能把這些官員全都擄走，帶著一起去南方吧……」顧承志疑惑，似乎認真考慮擄走朝廷官員的可能性。

「這倒不必，你只需帶某地的人一塊去便行，那裡集結著全大趙最有影響的勢力。先掌握了她們，她們會替你想法子讓這些勢力相互配合。」

顧承志仍不明白，大趙有這樣的地方嗎？他順著慧馨的目光向前看去，那是往靜園的方向。

❖

南方水患，皇后娘娘親自帶領後宮眾妃往大護國寺祈福，為南方受災的民眾點了萬盞長明燈。

皇帝隨後欽點南平侯前往南方，代替燕郡王處理救災事宜，同時，皇后派出靜園眾女協助南平侯前往南方賑災，安撫民眾。

這消息在朝堂引起軒然大波，京城各家貴婦們突然來往頻繁，皇后的宮門差點被各家夫人們踏平了。

但皇后這回態度出奇強硬，「女士院乃全大趙女子的典範，這是先皇后建立女士院的初衷與其存在的意義。如今國家有難，她們雖一介女子，仍可貢獻一己之力。別說什麼有失身分，當年先皇后也曾為征戰的將士洗手做羹湯，親身照料受傷的士兵。大趙建國之初，邊疆戰事不斷，先皇后也曾派女士院的學子往前線，已成為大趙的美談。如今女士院從先皇后手裡傳到我這兒，即便無法將其發揚光大，也斷不允許有人墮了女士院的名聲。倘若哪家的女兒不能與百姓同甘共苦，便直接從女士院除名，不必去災區了。」

眾家夫人聽了皇后這話，自然不敢再說什麼。沒有哪一家真敢提退出，倘若自家女兒因此事被女士院除了名，不僅全大趙人都知道，這輩子都甭想再找到婆家了。

因救災刻不容緩，時間緊迫，三日後眾人便啟程了。

南平侯一馬當先行在賑災隊伍的最前頭，承郡王則緊跟在隊伍最後。承郡王因安置京城災民處置得當，成效顯著，被皇帝特許協助南平侯一同前往南方賑災。

【注釋】

①指推三阻四、不配合的意思。

靜園眾女行在中間，四人一輛馬車，算上行李共出動了二十多輛馬車。隊伍的最後方是押送糧草的車隊，兩側則有負責保護的士兵。

慧馨四人坐在同輛馬車裡，直到出城一段距離，謹恪才敢偷偷把窗簾掀開一角。雖說這次賑災肯定要吃不少苦頭，但畢竟是她們第一次離開京城，內心難免好奇雀躍。

隊伍走的是官道，兩旁並無風景可賞，只有穿著輕薄布甲的士兵在隊伍兩側。可是光這些也讓謹恪覺得新鮮了，而慧馨也趴在窗口看了一會。

大熱天裡四人一輛馬車著實不舒服，既悶又熱。加上得盡快趕至災區，隊伍的行進速度較快，車箱顛簸得厲害，無法看書與喝茶，更沒法做針線與寫字。

除了偷看窗外的風景，四人實在無事可做。風景看煩了，慧馨便取水葫蘆喝了幾口酸梅湯，這次她們出行只有十名嬤嬤跟著，因為人手不足，她們連衣服都得自己清洗。

中午她們到了驛站，眾人下車吃飯，承郡王過來傳話，用飯時間只有半個時辰。而南平侯則未停下，先行趕往與燕郡王會合，承郡王留下來負責靜園的隊伍與運載糧草的馬車。

驛站早得了消息，給她們安排好飯菜。四人一桌只有兩素一葷，乾糧是饅頭。小姐們八成沒吃過這般簡單粗糙的飯菜，不少人發出了驚呼。還好這兒離京城沒多遠，眾人還記得她們此行的目的，即便有些不滿，卻無人敢抱怨。

慧馨倒吃得有滋有味，她即便外表年幼卻擁有成年人靈魂，兩輩子的經歷總多得過這些嬌貴的小姐們，懂得惜福，有得吃便該滿足。

見謹恪三人似乎不太能適應，飯菜吃得少，便勸道：「多吃點吧，這驛站離京城近，算是條件比較好的了，再往後頭多半只會更差。現在能多吃就多吃吧，咱們還得熬好些日子呢，苦頭還在後面。」

三人覺得慧馨說得有理，只得盡量多吃。慧馨優雅迅速地解決了午飯，喚了小二要了些涼茶裝在水葫蘆裡，大熱天她們出汗多，水也得多補充。慧馨順便替她們三人也裝了涼茶。

接著慧馨又取出另一個水葫蘆，在裡面放了藥材，倒入熱水。這個水葫蘆裡放的是防中暑的藥材，她準備與謹恪三人分著喝，以免在車裡悶得中暑了。她還讓小二包了幾塊乾糧與肉乾，之後的旅途茫茫不知，總得未雨綢繆，準備點吃食有備無患。

驛站旁邊有一家雜貨店，慧馨過去轉了一圈，裡面什麼都有，一應俱全，從繡品到竹簍全都有，甚至還有胭脂水粉……店主正給他的小孫子做風車玩。慧馨忽然心中一動，請店主再做兩個風車給她，只是要把扇葉做得更大一些。

等她們回到馬車上，慧馨將車廂兩側的窗簾拉起，把風車固定在車窗上。大扇葉恰好遮擋住外人往車窗裡探的視線，而馬車行進後，風車的扇葉轉了起來，徐徐的風便吹入車廂裡。當然沒有電風扇那麼涼快，但聊勝於無。

車廂裡有了風，涼快了許多，謹恪三人看著風車既是新奇又意外，連跟在車外的士兵看著風車也嘖嘖稱讚。

當晚她們在驛站休息時，許多人來詢問她們車上的風車，慧馨便把風車拿下，方便她們照著做。吃完飯洗漱過後，慧馨四人坐在桌前歇息，順便商討之後要做些什麼，天天呆坐在馬車裡，實在枯燥透了。

謹恪拿出一段紅繩說，可以翻花繩玩。謹飭不置可否，慧馨也不太敢興趣。花繩是小孩喜歡玩的，她們這年紀已經不太適合了。

謹諾提議不如打打葉子牌，可惜驛站沒有賣葉子牌。在這朝代，葉子牌這種遊戲大多是富人家太太小姐們消遣玩的。慧馨受葉子牌啟發，想起了紙撲克，但現在絕非出頭的好時機。

謹飭喜歡下棋，可惜馬車太顛簸不適合。這讓慧馨想起了五子棋，只要拿張紙和筆就能玩了。正當慧馨要向她們講解五子棋的玩法時，卻傳來了敲門聲。慧馨起身打開門，見是顧承志站在門外，忙請他進屋。

【第九十一回】吃足苦頭

謹恪見進來的是顧承志，眼睛一亮，「表哥怎麼過來啦？是不是帶好吃的給我們啊？」

顧承志揚揚手裡的布包，「驛官剛送了幾個果子來，瞧妳們晚上沒吃多少，就拿來給妳們嘗嘗。」他邊說邊打開布包，裡面是幾顆乾淨的桃子。

幾人各抓了一顆桃子忙著啃，這水果今日滋味特別甜，旅途中得多吃些青菜水果，否則腸胃易消化不良。

吃完桃子手上滿是黏黏的桃汁，慧馨便道：「我去打點水來吧！」便端著水盆出了屋。

顛了一天的車，大家都很累了，許多房間已經熄了燈。慧馨向守在井邊的士兵打了招呼，旁邊一位士兵幫她提水倒在盆裡。

顧承志見慧馨從井邊正要往回走，忙上去喚她。賑災用的糧食與銀兩本來就不足，這次押運至災區的糧食戶部還算給得痛快，但他仍舊擔心後續的進展。

慧馨聽了他的煩惱後笑著說：「我哪有本事支使戶部，但我聽說乙院有位周玉海小姐，她的一個姑姑嫁給了戶部尚書，一個姑姑嫁入了錢糧李家，而且周小姐還準備參加今年的選秀。皇后既然發話讓靜園的人協助賑災，殿下與侯爺只管差遣便是。殿下只要知人善任，必可事半功倍。現下殿下想必對靜園的小姐們還不甚了解，我那兒正好有本冊子，可以送給殿下仔細研究。」

慧馨把水盆放在井邊，去了放行李的馬車那拿了本冊子給顧承志，這正是當初慧嘉給她的那本，記錄了靜園每個人的身分。出發賑災前，靜園特許了兩日休假，她特意從謝府裡拿出，便是想著顧承志會用得著。

路程進入第四天，離京城越遠，驛站越來越少，她們開始在野外吃午飯，人手短缺，為爭取時間，靜園的人得自己動手做飯，所以排了班輪流做飯。

天氣雖然沒那麼熱，但空氣中不少水氣，濕熱感愈發明顯。謹恪她們不太適應，慧馨倒罷了，她本在江寧長大，相比京城的乾燥，她更適應南方。

到第八天，天空不時下雨。幸好他們帶有尚衣局特意趕製的一批雨衣，這些雨衣讓外面行走的士兵舒坦不少。幾次道路過於泥濘，為防馬車陷在泥裡，她們只得穿著雨衣下車，跟在馬車旁邊步行。

等隊伍到達潭州時，慧馨她們已經折騰得夠嗆了，一路上因怕衣服洗了乾不了，身上衣物也許久沒有換了。承郡王將靜園眾人安排在離潭州最近的驛站休憩，留下一隊人馬守護，帶著賑災的物資，先前往與燕郡王、南平侯會合。

因著能用的物品都被搜羅至災區，這個驛站相當簡陋，但靜園眾人顧不上挑三揀四，急忙洗漱一番，一沾上床鋪便不想動了。

此時南平侯派人前來通知，眾人在此休息兩日再入城，到時百姓會出來迎接。

這段路程中，不少人因為太辛苦而偷偷流淚，感到委屈，但眾人倒是前所未有地齊心協力。她們都心裡頭明白，即便辛苦也得繼續往前行，這不僅因為身負著皇命，更有無數人在盯著她們，有對她們感到期待的，也有想看笑話的。尤其是那些想入靜園而無法稱心的，京城可有不少，她們可不想以後被人嘲笑。

慧馨四人洗漱過後坐在床上，驛站房間有限，這段時間她們必須合住，總勝於在馬車上過夜。慧馨拿著針和藥膏，她們腳上都磨起了泡，得挑破水泡敷上藥膏，趁這兩日將傷養好。等進了城，估計又得忙碌起來。

說起來，每次路被雨水沖得泥濘，而沒法子坐車時，慧馨便會懷念起上輩子的水泥地，不知這年代能否找點啥替代品來鋪路啊？泥土路實在太容易被破壞了。

幸好今日沒再下雨了，只不過天仍舊陰陰的，外面晾的衣服再不乾，她們就沒衣服可換了。驛站的飯菜也很簡便，一盤鹹菜炒青菜配一碗米飯。這一路下來，靜園眾人已能適應這些粗糙的飯菜。慧馨在剛啟程那幾天購買的肉乾等乾糧，早就被她們在路上吃了個精光。

當眾人都在休息養傷時，韓沛玲、崔靈芸與陳香茹三人卻在屋裡忙著商量事情。甲院只她們三人，這一路也只有她們是三人一輛車一間屋。

崔靈芸冷眼看著韓沛玲與陳香茹在一旁爭論，感到實在無趣，便推門出去找別人聊天。韓陳兩人正在爭論，後日入城由誰來領隊，這份榮譽她們自然不願便宜其他人。再說這次皇后娘娘沒有指定靜園的總負責人，她們自然要爭取。因此後日帶領隊進城的人若獲得了百姓的認可，便有可能成為默認的負責人。

韓沛玲聽了陳香茹吹噓的話，仍不住諷刺道：「……聽說你們陳家當年也有份參與江南大堤的工程，如今大堤決了口，身為陳家一份子，還有臉見災民？倘若災民發現咱們靜園的領頭人是陳家人，你打算如何向他們交代？」

陳香茹聽了這話，氣得牙根癢，正因陳家也陷入這次江南大堤的泥淖裡，她才急欲在賑災行動中做出點看頭。可家裡頭也確實遞了消息給她，自從大堤決口後，群情激動，燕郡王還專門從江南大營調了四個小隊維持潭州的治安。

陳香茹無可奈何，只得向韓沛玲妥協道：「我們是來協助賑災的，只要一心為百姓，誰領頭又有何要緊。既然妳非要打頭，那到時妳就走在最前頭好了。」族長已經向她承諾，會全力支持她這次賑災，她必定要做得比韓沛玲更出色。

❁

南平侯與燕郡王如今都暫居潭州州府裡，這段時日則忙著交接賑災工作。再過兩日燕郡王就得趕回京城述職，而南平侯要邊交接邊重新安排相關工作，兩人都忙得腳不沾地了。

顧承志一到州府，聽侍衛說燕郡王正與南平侯談論救災物資的事，便興匆匆地跑去書房。

燕郡王見了弟弟自然高興，但仍不免先責罵他一頓，不在家裡孝敬爹娘卻跑到災區來，實在太魯莽了。

顧承志腆著臉對著自家大哥直笑，搞得燕郡王很無奈，只得放過他。

顧承志轉頭朝南平侯喊了一聲「舅舅」，南平侯揉揉他的腦袋應了。南平侯挺喜愛這個侄子，身為皇家子弟，雖然年幼，卻已經有擔當了。

顧承志坐在一旁，不打擾南平侯與燕郡王的談話。直到燕郡王說到擔心後續救災銀兩與物資跟不上，他才跳了起來，從懷裡掏出了幾張紙。

這一路上他仔細研究靜園各人的身分，對她們之間的關係也做了進一步的調查，又抽空跑去找慧馨商量，方才擬出了這份對靜園人員的安排表。

顧承志將這表格拿給兩人看，表格是慧馨教她做的，比平鋪直敘更加直觀。他指著其中一張說道：「這張是我擬出負責後續物資安排的人員，不對，並非讓她們負責。舅舅先指定自己人負責，再讓靜園這些人協助。這位周小姐，還有其他幾位的家人，與戶部的官員都有關係，她們肯定能出上力。而且她們吃了這麼多苦才到潭州，也想做出點成績。皇祖母派她們來，便是幫咱們的，舅舅儘管差遣，她們一定也樂意的。」

燕郡王原本聽南平侯說，皇后娘娘派了靜園的人隨後就到，他還有些埋怨皇祖母怎麼送些累贅到災區來。如今看到顧承志對她們的安排，幾乎各人都能派上用場，頓時明白皇祖母的用心。他有些感慨地拍拍顧承志的肩膀，「不知不覺間，四弟也長大了，也能幫家裡分憂了。」

南平侯看著顧承志寫的這幾張紙，若有所思，半天才問道：「……你小子什麼時候這麼能幹了，是不是找了高人指點啊？」

顧承志不好意思地摸摸鼻子，「……來之前，我去小燕山找了嚴先生，上次京城賑災，他就給我出了好主意，我覺得他對南方賑災肯定也有想法，所以才……」說起高人，顧承志下意識地隱去了慧馨，他打從心底不願讓燕郡王注意到慧馨的存在。

而燕郡王一聽是嚴先生出的主意，似乎鬆了一口氣，四弟不過十歲，如何能看透皇祖母的安排呢？可惜他不知道，靜園被派到災區來，正是顧承志聽了慧馨的話後向皇后進言的。

【第九十二回】密謀

潭州的百姓還是頭一遭見到這麼多官家小姐，而且態度又都平易近人。因為靜園此行是為了扶民，要拉進官家與百姓的關係，她們入城時便沒有戴上帷帽。

第一次經歷百姓夾道歡迎的場合，慧馨覺得她們的表現還算得體，她與謹恪甚至將馬車上插的風車送給路邊的孩童，其他人自然有樣學樣，給了災民不錯的第一印象。

南平侯將靜園的人安置在潭州城的悅來客棧，中等大小的客棧，正好讓靜園整個包下。州府那兒雖然還有房間，但靜園全是女子，與南平侯他們住在一塊著實不便。

正當韓沛玲與陳香茹思量如何插手賑災事務時，南平侯那邊派人來宣佈對靜園眾人的安排，大部分人每日都得去南平侯那兒協助處理賑災事宜。南平侯直接指揮靜園眾人，對於韓陳兩家的小動作並非毫不知情，卻絲毫不給二人插手的餘地。

留下的人不多，有慧馨與謹恪，韓沛玲與陳香茹，再加上乙院的三人總共七人。謹恪與謹諾在靜園時醫藥學得不錯，自然被分派去幫忙整理藥材，賑災除了安置災民，還得預防疾病。慧馨等七人可忙得很，每日都得趕去災民安置點探望災民。韓沛玲與陳香茹對此安排頗不情願，想負責更重要的事。尤其當聽到周玉海如今負責後續物資供應，韓沛玲動不動便以此挖苦陳香茹。

慧馨與謹恪沒工夫管這二人的互相冷嘲熱諷，顧承志已託她們暗中留意災民拿到的物資，以防有人偷梁換柱。聽說之前有人曾將賑災米換成糙米，幸好發現及時，才沒造成重大的影響。燕郡王將相關失職人員在城門口斬首示眾，這事之後，那些有心人老實了許多。

慧馨她們去安撫災民，主要是幫助安置點的婦女做飯，或者給孩子們講講三字經裡的故事。如今最受災民歡迎的是謹恪講的算術。自從謹恪掌管她們的財務後，她從慧馨那裡學了幾手算術法，如今也算是個算帳高手了。她們原想教授這些小孩們一點實用的技能，謹恪講了一堂算術後，連大人都跑過來聽了。

只不過堅持了四天，慧馨便受不了這兒惡劣的環境。

潭州的安置點建在東城的一間破廟裡，由於每日都有周邊的災民投奔至此，房間早就不夠，如今廟裡的每間屋子都得擠下一二十人，廟周圍還搭了很多草棚。由於人太多，衛生條件自然差。幸好這些日子天氣較涼，蚊蟲沒有出動。南平侯又很重視瘟疫的預防，災民的飲用水全都得煮過。

再者是災民的營養問題，即便有賑災的糧食，可只能讓大家不餓肚子，想吃飽吃好斷不可能。大人還能扛著，小孩卻越來越瘦，抵抗力變弱便易生病。過了這段時間，氣溫勢必回升，到時候瘟疫爆發的可能性必會大增。

顧承志每日傍晚都到悅來客棧巡視，靜園人員的安全不容疏忽，他還能順便聽慧馨與謹恪回報安置點的情況。

慧馨便趁這時與顧承志說道：「過幾日天氣估計要變熱了，這麼多人擠在安置點非長遠之策，侯爺與殿下對接下來災民的安置有什麼安排？」

顧承志搖搖頭說道：「侯爺這段時間帶人去了江南大堤，要把決口的地方先堵上，不然洪水永遠停不了。大哥前天已啟程回京了，還不知京城那有什麼變動。現下潭州就我一人，每日忙得團團轉，還好侯爺走前先將人員安排好，我負責監督便行。」

「越來越多災民投奔到潭州，潭州恐怕難以承受，而且災民一直隨意安置也不行。殿下在京城賑災時做法得當，應能明瞭災民需要長久能居住的地方。」

「我也思考過這些，只不過這回災民人數眾多，怕只怕朝廷給銀兩不夠，人手也不足，真有些力不從心啊！」

慧馨想起上輩子國家遇到天災的處理方法，覺得還是很實用，便同顧承志仔細地說起來。顧承志雖是頭一回聽到這種做法，卻也覺得可行性很高，而且能有效解決潭州的災民問題，便立即趕回州府，寫了信讓人快馬送至南平侯處。

當天深夜南平侯便趕了回來，馬上找顧承志商量。

顧承志說道：「……侄孫覺得這種點對點互助的辦法值得一試，將災民分散到周圍的縣市村莊，一村對一村，一鎮對一鎮，由周圍未受災的村莊接受災民。朝廷本就有鼓勵農民開荒的律法，這些災民過去便可開墾荒地，擁有自己的土地。而救災的銀兩可用在這些地方為災民建房，如此一來便算安定下來了。災民前往開荒，接受災民的村莊也能獲得更多收益。」

南平侯沉吟一番，他比顧承志顧慮更多，「這辦法不錯，災民能安居樂業，人數又分散開，還能避免有心人利用這次水災煽動民眾。」潭州這次也是大傷元氣，要恢復以往的繁華得需幾年的時間了。

「只是有個問題，侄孫擔心百姓難離故土，洪水退了，他們仍會想返回家園，不願去其他地方定居。」

南平侯聞聽此言，嘆了口氣說道：「他們的家園回不去了，江南大堤的缺口太大，已無法修補。工部水利司的人如今在勘察地形，準備將此處引流為長江的一支分流。被淹沒之處多半無法再居住，其他地方幾年內也不利人民居住。」

顧承志沒想到決口這般嚴重，「……那麼負責大堤工程的人……」

「調查大堤工程是之後的事了，皇上自會派人負責，咱們這次只要完成救災的使命就是了。」

南平侯打斷了顧承志的話說道。南平侯賦閒在家十幾年，除了皇上偶爾派他做些事，朝堂上的事他早都不聞問，這次江南大堤的事他更加不想管。

南平侯當下便決定將點對點互助的計畫定下，「事不宜遲，我們把災民遷移的事今晚定下來，儘快實施，明日我會親自去安置點安撫災民，跟他們講清楚。選擇較富庶的地方安置災民，讓當地官府多些照顧災民。等災民安定下來，還需再派人去走訪確認。」

這一夜，南平侯忙著與顧承志商量災民遷移的事，整晚都未曾闔眼。

❖

就在同時，悅來客棧這頭有個黑影翻窗進了韓沛玲的屋子。由於韓陳崔三人實在合不來，一知道客棧有足夠的房間，三人便各佔了一間，如今悅來客棧裡，只有她們三人是單獨一間房。

潭州晚上沒有月亮，韓沛玲發現有人進來，既不害怕也不點蠟燭。

來人毫不客氣地往桌前一坐，開口說道：「三妹近來可好？大哥讓我來看望三妹，順便問問三妹可曾與南平侯掛上關係了？」

韓沛玲皺皺眉頭，這個庶出的四哥越來越沒有規矩了，要不是他武藝高對大哥還有點用處，她肯定要教訓他一頓，「四哥這話說笑了，妹妹與南平侯男女有別，怎可私相交往。大哥究竟有何交代，四哥還是直說了吧。」

來人也不怕被韓沛玲識破謊話，只咧嘴恥笑了一聲說道：「三妹不是作夢都想嫁入南平侯府嗎？這麼好的機會怎能輕易放過呢！」

韓沛玲聽此人還在以這事作文章便氣上心來，雖她對南平侯有心已不少人心知肚明，可也不能讓人拿來笑話，「四哥請自重，婚姻大事父母之命，妹妹的婚事自有爹娘做主，四哥如此敗壞妹妹的清譽，倘若被父親知道，定要責罰四哥的。」

來人見韓沛玲真帶了氣，怕她回去跟爹告狀，也知玩笑要適可而止，忙說道：「三妹息怒，四哥不過是替三妹著急罷了，怕妹妹白費了心思。」

韓沛玲冷哼了一聲，「四哥不必費心了，妹妹該做什麼心裡有數，不勞煩心。家裡頭不會讓四哥來一趟，盡說這些廢話吧。」

來人往韓沛玲的方向看了一眼，冷笑一聲，「老爺子讓我來跟妳說一聲，後日會有人入城，三妹要保證他們能順利進入安置點。」

韓沛玲疑惑地問道：「有人要進安置點？是什麼人？」

這人走到韓沛玲的身邊壓低音量耳語了幾句，韓沛玲聽了大吃一驚，「……怎麼能這麼做！這可是……」

來人看著韓沛玲吃驚的樣子，不以為然地說道：「這有何不可？無毒不丈夫，死幾個人算什麼。這次水災是個好機會，三妹不在乎，家裡頭可不會放過。這事若成了，不但能扳倒太子一派，連南平侯都有得受了。許家倒了，咱們韓家才能做真正的外戚。」

【第九十三回】
計畫趕不上變化

慧馨她們今日剛到安置點，便發現南平侯帶來的人守在外面。慧馨感到有些奇怪，南平侯昨日還在大堤那兒，怎地今日就回來了。

顧承志正在門口等她們，見她們到了，忙過來跟她們說道：「侯爺正在裡面，災民安置有了新的安排，幾位姊姊快趕緊過去吧！」

韓沛玲等人急忙往裡走，慧馨則故意拉著謹恪落後了幾步，她心知顧承志肯定有話跟她們說，否則不必親自在這等。

「……江南大堤沒法修了，災民必須盡快轉移，侯爺已做了安排，明日開始讓災民分批離開，妳們倆這兩天得多費心些。」顧承志說道。

慧馨點點頭，「災民早一天離開，便可早些安定下來，一直待在安置點也於事無補。哦，對了，我昨晚還想了些事，像救濟的銀兩可按人頭發放。孤兒寡母可以結合為互助戶，又如失去父母的孤兒，和失去孩子的老人可結成一戶，互相幫助生活。倘若銀兩實在不足，還可以鼓勵當地富戶提供扶助，不一定非得捐助銀兩，捐獻物品也好，還能減少當地官員從中剝削的機會……」慧馨舉了不

少上輩子的災民安置做法。

「……不過這些想法，殿下還需與侯爺仔細商討後細細籌畫。還有一件事，不斷有新災民湧入潭州，我覺得最好另闢一處安置。將災民分散開，控制安置點的人數，這幾日蚊蟲慢慢多起來，必須重視疫病防治。」

❖

這日夜裡，韓沛玲入夜後點燃了一支盤香。她坐在床邊看著徐徐上升的香煙，若有所思。約莫盞茶工夫，昨夜那名黑衣男子又翻窗進了韓沛玲的房間。

「何事喚我？」男子的聲音有些嚴厲。

「明日的事不成了，南平侯要把災民分散到其他處，今日已安排好了，明天就有災民會離開，他會在安置點監督。家裡安排的人絕不能讓他看到，南平侯經驗豐富肯定會看穿。」

「明日他會去安置點？怎麼那麼巧？……三妹……這事可是父親親自籌畫，妳不會一時心軟，給南平侯通了消息吧？」男子眼神犀利地盯著韓沛玲說道。

「四哥真會說笑，妹妹怎麼可能違背家裡的決定。昨晚你才將消息告訴我，今早南平侯比我更早便到了安置點，肯定早有此打算，與我有何關係。」

「三妹，妳對南平侯的那點心思，家裡哪有人不知？如今事已至此，我必會如實稟報父親，這次同著南平侯一塊來賑災的官員，也有咱們家的人。不過這個良機，家裡不會輕易放棄的，來日方長，這賑災也非一日兩日能做完。我知妹妹從未拿我當哥哥看，可我這做兄長的卻不能像妹妹這般不懂事，少不得要多奉勸幾句。妹妹這輩子都姓韓，永遠也脫不開韓家，往後行事還是多替家裡頭想，別胳膊肘往外拐，即便將來嫁了人，也還要娘家給妳撐腰的。我不耽擱時辰了，這就立刻給家裡送信，這事還不算完，三妹留心等哥哥的消息吧。」男子也不多留，撂下這幾句話便翻窗走了。

韓沛玲走至香爐邊熄了香，對著剩下的半盤香忽然發起呆來，心忖人是不是得到越多便會想要越多呢？父親從參將到兵部尚書，大姊從獲封淑麗妃到生下小皇子，族人的野心越來越大。父親一邊想她嫁入南平侯府拉攏南平侯，另一邊又想整倒許家，整倒皇后，這是將她當成什麼？又可曾想過她的感受？在父親與大姊眼中，她不過是個可利用的女兒罷了。

❁

潭州州府這邊，南平侯許鴻煊剛與下屬商議完，正打算歇息，他昨日趕回來與顧承志商量到快天亮，早上才睡了一個時辰不到，這會正是乏了，明日還有許多事要做，他得養好精神。

此時門外卻響起了敲門聲，「侯爺，沈侍衛有要事稟報。」

許鴻煊用手抹了把臉，聲音有些低沉地說道：「進來。」

「侯爺，城外發現了韓家的人，還有兄弟在城內見到酷似韓家四公子的人。」沈三是跟隨許鴻煊打過仗的人，許鴻煊辭官後，他們幾個「老人」便一直跟在侯爺身邊做了侍衛。

「終於來了，爺正等著他們呢，城外的派人盯緊，韓四那邊留意看看他都與誰聯繫。韓四為人詭詐，派機伶點的人去跟著，別跟得太緊，免得打草驚蛇。」

「爺放心，兄弟們曉得。咱們也不是第一次與韓家人交手了，聽說這位韓四公子功夫不錯，兄弟們都手癢得很呢！」

「要動手以後有的是機會，叫兄弟們收斂點，這次賑災非同小可，馬虎不得。韓家人向來陰險，韓四這趟肯定不是來做好事的。」

「爺說的是，可惜這韓四公子是個庶子，平時只跟著韓大公子跑腿。這次若來的是韓大公子，咱們便能抓住他，到皇上面前告韓家一狀。」

「收拾韓家還用不著咱們，皇上心裡有數呢！」許鴻煊說道，這幾年朝堂上風波不斷，皇上看似聽之任之，實則心裡早有盤算。

❀

慧馨與謹恪還點著油燈繼續忙碌，她們正在製作標牌。

今日忙了一天，替災民登記和分配，還得安撫災民，幫著明日動身的災民收拾物品。頭批轉移的災民明日便要出發，一應事務今日都得備妥，安置點人人都忙碌了整天，慧馨她們直到太陽快下山才回到客棧。

這會兒她們忙著製作的標牌，是給剩下的災民用的。慧馨覺得應好好規範安置點的管理，往後住在安置點的災民可配發標牌，以控制人數與方便管理，安置床位與領救災物品也可憑標牌進行。所以顧承志的人白天砍了許多竹片，慧馨與謹恪打算今晚用漆墨把牌子按照安置點的房屋床位標號，漆墨是用漆、墨和著油調和而成，防水不易掉色。

謹恪忍不住打個哈欠揉揉眼，慧馨抬頭說道：「還有三十個便完成了，等災民轉移後，咱們就輕鬆了。」

【第九十四回】
一波還未平息

幾天下來，安置點的災民已經撤離了大半，剩下的人也陸續在安排中。顧承志在慧馨的建議下，把安置點的所有事務加強規範化。標牌對應每個災民，又對應床位與救災物品的領取，有效地控制了物資錯領或多領。

為保持安置點的環境整潔，顧承志命士兵和災民合作進行一次徹底大掃除，打死老鼠無數。如今安置點每日都有人打掃，定時用艾葉熏房與院子，更調集了一部分蚊帳，但仍不足所有床位使用，慧馨提議將蚊帳改成可拆卸的紗窗與紗門，如此每間屋都能防蚊蟲。廚房那兒則每日熬大鍋的綠豆湯，每人每日至少可喝到一碗。

慧馨一直對古人的衛生觀念不敢苟同，為了讓災民重視衛生，她幫助顧承志制訂一組規章，諸如床單被罩需隔幾日清洗、飯前廁後洗手、夏季高溫每日都得洗澡、出太陽時得晒被褥等等。

大部分災民都不識字，慧馨便將規章的內容畫成簡單的圖片，掛在安置點一進門的牆上。為了讓大家能每日洗澡，她提前在安置點實現了她未來計畫的一部分，把一間屋改成淋浴房，上頭則懸掛有洞的木桶。為了節水，把木桶部分設計成，必須一隻手拉著木桶上的繩子，桶就會傾斜，水才會從桶旁的洞流出來。

規章開始執行的第一日，許多人都不能適應，在顧承志的支持下，慧馨耐心地向災民解釋，並監督他們執行。幾日下來，安置點的變化顯著，乾淨整潔、規範有序，無論災民或官家派來的人員，做起事來都井井有條。

這幾天謹恪跟著慧馨忙著監督，看著乾淨整潔的院子頗有成就感。只是……她扭頭看看旁邊的韓沛玲，韓小姐最近有點心不在焉啊！經常對著慧馨畫的規章簡圖發呆。

謹恪用胳膊捅捅身旁的慧馨，附在她耳邊低聲說：「不知道韓沛玲怎麼了？最近經常發呆呢！」

慧馨聞言側頭看了韓沛玲一眼，她近來忙著安置點的事情，其他人倒沒太注意。這會兒發現韓沛玲神情確實有點怪異，一副心事重重的樣子。

慧馨眨了眨眼，看到在另一頭忙碌的陳香茹，心中一動。陳香茹最近很配合顧承志的命令，洗被褥做飯都親手幫忙。慧馨也樂得見她這般積極，關注她的人越多，自己便能更低調行事。

慧馨拉著謹恪走到陳香茹身邊，一副很擔心的模樣說道：「陳姊姊，韓姊姊近來是否不舒服？看她近來老是在發呆呢！」

陳香茹抬起頭來看了看韓沛玲，皺皺眉。韓沛玲這哪裡是生病，分明是有心事。陳香茹說道：「我看她不像生病，大概有些累了，回頭我會勸她多休息，你們不必擔心。」陳香茹暗忖是該與家裡頭聯繫了，得多留意韓家的動靜，到目前為止救災進度順利，她也花了不少力氣，絕不能讓韓家破壞了。

南平侯這段時間每日都會親來安置點，大堤那邊他已遞上摺子，後續應由工部負責。現下他的任務便是安置災民的生活，每日都得確實分配轉移災民的賑災銀兩與物資，派人護送災民前往新地方。

南平侯放手將安置點的管理交給了顧承志，皇上派承志到災區，一是想鍛鍊他，二是再給太子府一個機會，扳回這一局。其實皇上對太子與漢王都極寵愛，只是太子這些年被疾病所累，性情大不如前，讓皇上失望，而漢王卻一年比一年做得好，難怪皇上的心也跟著動搖了。幸好太子這幾年沒犯什麼大過錯，皇上便睜一眼閉一眼。

沒想到顧承志這回表現可圈可點，將安置點管理得井井有條。南平侯原以為給顧承志出主意的是小燕山的嚴先生，可嚴先生不在潭州，能在這麼短的時間內做到事無巨細，絕非嚴先生拿的主意。想到此，他狀似無意地往慧馨她們那兒看了一眼。

此時正輪到慧馨與謹恪負責登記新來的災民，她本想將新舊災民分開，可潭州城內實在找不著空閒處了，這事便暫時擱置。不過聽說南平侯在城門外設了醫棚，裡面有不少大夫，凡入城的人都須先在醫棚那做簡單的檢查，患病的人會暫時安排在醫棚居住。

慧馨正趴在桌上寫字，突然覺得一陣惡寒傳來，忙抬起頭四下看了一圈。見南平侯正往她們這邊走，恰巧四目對視一眼，慧馨忙低下頭繼續寫字，才要下筆便發現這樣有失禮儀，忙拉了旁邊的謹恪起身給南平侯行禮。

也許是因為與南平侯初次見面的情況有些尷尬，又知道南平侯對謝家印象不佳，慧馨每回見到南平侯都有點心虛。

南平侯朝她們點了點頭，拿起桌上的冊子翻著幾頁，「字寫得不錯，是在望山書院學的？」

「回侯爺，不是的。男女有別，望山書院是不收女子的。為讓女孩們識得幾個字，家父另闢了一個院子，請了女先生教授家中姊妹。小女的字不過勉強能見人罷了，當不得侯爺誇獎。」慧馨低眉斂首回道。

南平侯微不可見地皺了皺眉，放下冊子，轉頭問謹恪：「在悅來客棧住得還習慣？」

「原本是有些不習慣……但現在已經慣了，跟災民比更要惜福呀！」謹恪笑嘻嘻地回道，有點撒嬌的味道。

南平侯笑著拍了拍謹恪的腦袋，又溫和地安慰了幾句。慧馨在旁邊偷看地發呆，難怪韓沛玲與陳香茹都對南平侯傾心。南平侯不但威武英俊，對親近的人又溫和可親，那張嚴肅的臉竟然是不吝嗇微笑的。

南平侯正同謹恪說著話，他的侍衛飛奔過來，「侯爺，城外醫棚有人鬧事。」

南平侯眉頭微挑，先對慧馨與謹恪說道：「妳們繼續做事吧，不用擔心，不會有事的。」說完這些，南平侯這才轉身往外走。

慧馨見南平侯一副胸有成竹，估計城外醫棚的事，他早就心中有數了。

❖

醫棚這邊分成兩個區，重病區和輕病區。原本輕病區有幾個病人已經痊癒，今日可以進城，但最後檢查時，太醫突然發現，有兩個人混在這些病人裡想進城。然後也不知發生什麼事，這幾個病人便與大夫吵了起來，後來不知誰說了一句：「他們這群在城外醫棚的人都是被傳染了瘟疫的，根本不會讓他們進城，他們只能在這等死……」結果事態愈發嚴重。

其實醫棚這頭大多數病人並不信這話，他們住在醫棚的這幾日，不論飯菜或藥都是好的，而且太醫每日都會來看他們。倘若真想讓他們在這等死，何必費這麼大勁兒管他們，任他們自生自滅便是了。

不過有些人並未經過思考，加上有人挑撥，頭腦就容易發熱。趙三就是一個這樣的人，他與家人在這場洪水中失散了，不知哥哥與爹娘是否仍活著，也許趙家就剩他一人了，所以他絕不能死。本來他今日就可以進城了，但現在卻被攔在了城外。

趙三指著攔著他們的士兵，破口大罵：「……你們憑什麼不讓我們進城？不是說皇上派了大人物來賑災嗎，那大人物在哪呀？讓他出來見我們，我們要問問他，賑災就是把我們這些災民攔在城外嗎？」

那個被他罵的士兵，則大聲厲喝：「……侯爺豈是你們想見就見的，老老實實地回醫棚去，已經派人去州府通報了，有了決定自然會再通知你們……」

城內忽然馬蹄聲大作，跑在前頭的人喊道：「南平侯駕到，何人還在喧譁，還不讓路！」

趙三看著後面一匹馬上下來一個人，周圍的人都低下頭去行禮，在對面人目光的直視下，趙三也彎下了腰。

南平侯看著低著頭的趙三，溫和地問道：「你叫什麼名字？聽你說話有條有理，似乎是讀過書的人？」

趙三茫然地抬起頭，看著眼前的人，這個人雖然威嚴，但似乎並不像別人說的那般不講情理，不知不覺間趙三的火氣好像消下去了，他恭敬地對眼前人說道：「回大人，小人名叫趙三，小時候跟著村裡的先生讀過幾年書。」

南平侯點點頭，「你起來回話吧！」

趙三慢慢站直身子，低著頭恭立在一旁。

南平侯掃視了一圈周圍的人群，之後指著趙三說道：「你是醫棚的病人吧，跟我說說這是怎麼回事？」

【第九十五回】

回程

忙碌了整日，慧馨與謹恪一回到客棧便忙著打水，問嬤嬤要了熱水後輪流梳洗。慧馨真想把客棧也改造個淋浴室，這南方的夏天悶熱得緊，一日不洗澡便渾身難受。

洗完澡，兩人抱著盆子去井邊洗衣服。慧馨上輩子最不討厭的家務，一是洗碗，另一就是洗衣了，不免懷念起洗衣機來……好在這會在井邊洗衣的人不少，有跟她們一起從京城來的嬤嬤，也有在潭州當地找來幫忙的婆子，慧馨與謹恪湊在一旁，聽她們聊著是非。

「聽說今兒侯爺在城外大展威風啊，把一群來鬧事的擋在了城門外。」

「是啊，侯爺可厲害了……」

「哎呦，妳今天是在醫棚那邊幫忙吧，快跟我們說說怎麼回事啊？」

「就是，別賣關子了，快跟我們講講。」

「不就是有一群病人在城門口鬧事，想闖到城裡來，差點跟守城的官兵打起來。後來侯爺來了，說城裡有家人的，可以回去跟家人同住，只不過以後看醫吃藥得自己負責。那些沒有家人的，侯爺也當眾承諾，只要連著七日沒有發熱害冷，便可進城。」

「這些人也真是的，明明在醫棚裡有吃有喝，還有太醫看病熬藥，連銀子都不用付，還不知足。」

「這不是嘛，他們也不想想，萬一真患了瘟疫，倘若進了城，得連累多少人啊！」

「醫棚那邊條件多好，侯爺又不是不管他們，我以前生病都沒這般享福過。」

「妳們別打岔啊，後來怎樣了？」

「那還用說，肯定是乖乖留在醫棚了。城裡有家人的肯定不會進城，自家哪來的錢看病買藥，再說萬一……也不能害了家人嘛！」

「是呀，那些有家人的自是不願這麼進城，只有幾個單身的，故意鬧事，非要進城不可。那幾個擺明了是專惹事的，被他們騙了的那些病人，哪會讓他們得逞，死活拉著不讓他們走。後來還是侯爺發話，先將他們單獨關上七日再處理。」

「聽說關他們的地方，離醫棚不遠，還讓醫棚的人每日給他們送吃的呢！」

「哎，侯爺人真是仁厚，我幼時跟著父母，經歷過侯城水災，那才真是慘不忍睹，水災之後的瘟疫最最可怕，整整三年侯城每日都有人死於瘟疫，最後整個城剩下不到十戶人家。」

「是啊，我以前也聽人說過，水災後瘟疫連治都沒法治，咱們這次幸虧有侯爺來賑災，否則不知道還要死多少人呢！」

「對了，還有叫趙三的，本來也是被人煽動鬧事的，後來侯爺聽說他讀過書，又見他孤家寡人，連家人都沒尋到，特意升了他做管事，負責安置醫棚那邊病癒後可進城的人。侯爺說，趙三是從醫棚出來的，最了解這些人需要什麼，便交給他負責。」

「侯爺真是大人有大量。」

「是啊，遇到侯爺這般為百姓著想的官，潭州人真是有福，不知侯爺會在潭州待上多久啊……」

這一席話聽下來，慧馨打從內心佩服南平侯。有家人的與單身的病人，因心態上本就不同，是應分開的。對內心產生懷疑矛盾的人當眾表明態度，便能取得災民的信任。還有任用原本鬧事的趙三，這招做得最高明，如今誰還能造謠說他虐待病人呢！

❖

潭州州府裡，南平侯正與沈三說話。

「韓家原本找了兩個患了瘟疫的想送進城來，結果見咱們在城門外設了醫棚，進城都得先檢查，他們的人根本無法靠近城門。後來那兩個病人撐不過，韓家這又找了幾個病人。陳太醫親自看過，那幾個只不過是普通的傷風，才放他們進了醫棚。」沈三說道。

許鴻煊點了點頭，「這回兄弟們做得不錯，正好趁這個機會將那幾個刺頭[1]給拔了起來。」

「侯爺說得是，那幾個人裝病賴在醫棚，用盡方法想偷藥材。兄弟們早看不過去，就等著機會收拾他們。韓家又送了這幾個挑事的來，兄弟們正好趁這機會一鍋把他們端了。」

「趁機也給他們個警惕。那個趙三就多觀察一下，要是個好的，不妨以後給他在州府謀個職位。

讓兄弟們不要放鬆戒備，韓家這回事不成，肯定還有後招。再熬上一段日子，朝廷便會派新的潭州知府來，到時再交接賑災工作，咱們便可回京城了。」

❖

接下來的日子依舊忙碌著，不過與剛開始的混亂相比，是好過了許多。在靜園人的齊心協助下，後面的救災工作進行得很順利。而朝廷新派的潭州知府終於到了，新知府大人忙著救災立功，很快便與南平侯交接完工作。

他們當初為了節省時間趕到南方，走的是陸路，這次回燕京不必再趕時間，所以南平侯選擇走水路。靜園的人自然跟隨南平侯一起離開，想到來時的艱辛，她們自然舉雙手同意走水路。

他們出發當日，潭州城百姓都夾道送別。有潭州城的大戶組織了百姓，獻上了代表百姓心意的萬民傘，不只南平侯與承郡王，連女士院也得到了一頂。

看著此情此景，靜園眾人心中萬分感慨，有好幾位眼角還淌著淚。即便她們當初來得不情不願，

【注釋】

①故意滋生事端，不好對付的人。

可此番經歷下來，心境多少有了變化。而當初向顧承志提議帶靜園眾人前來救災的慧馨，更是感慨良多。

回程他們共租了四艘大船，第一艘住的是兵丁，第二艘住的是南平侯、承郡王與部分回京的官員，第三艘是靜園眾人與一些侍衛，第四艘則是一些僕傭與下屬。

慧馨她們上了船，個個都躲進船艙裡。潭州之行結束了，一到京城，她們又得變回謹言慎行的大家閨秀了。在船上的日子，將是此行可以隨心所欲的最後時光了。

慧馨與謹恪癱在床上，一動不想動。這段時日真是累壞了，但是兩人卻睡不著，大概是太興奮了。

「真沒想到，我居然能撐下來，回去跟我娘說起，她肯定不信。」謹恪說道。

「是啊，真沒想到……好在這段時間沒出什麼事，賑災也很順利，咱們的苦吃得也算值得了。」慧馨說道。

「……看以後誰還敢說我不懂事，我可是連賑災都參與了。等將來老了，可以跟兒孫們講講，我也是做過大事的……」謹恪說道。

慧馨忍不住笑了起來，打趣謹恪道：「妳連老了都想到啦……」

「這種受苦的事，就這一次便可，別再有了。」

「那妳可得天天對菩薩說，以後不要再有天災了。」

謹恪想了一會，才認真說道：「……等回去，我也去平安堂供個佛經……」

慧馨閉著眼睛笑了，沒再說話，彷彿睡著了。謹恪沒等到慧馨的回答，瞇瞇眼也睡了。

慧馨兩人是被敲門聲吵醒的，原來已經到了午飯時間，謹飭與謹諾見她們一直沒出來，便來喚她們。飯堂在最下層的大艙裡，慧馨四下看看，發現幾乎靜園所有人都來了。經過這段時間的忙碌，大多數人身體都更強健，這趟走水路倒沒見到有人暈船。

救災期間，謹飭她們與慧馨倆也不常見面，彼此各有分派的任務，一早便出門，晚上回來累得半死梳洗完便睡了，即使在悅來客棧時住在隔壁間，卻沒見到幾回面。

這會兒終於聚在了一塊了，四人說起這段時間在潭州的經歷。一番話下來，慧馨發現收穫最大的還是謹飭。她跟著太醫們整理藥材與預防瘟疫，學到幾手防瘟疫的方法，還從老太醫那裡得了幾副強身健體的方子。

「聽說妳要跟著太醫們，我還擔心你身子撐不撐得住呢！」慧馨說道。

「還是舅爺爺厲害，這次從京城過來的太醫，很多是經過當年侯城水患的，經驗豐富。我剛去時一直怕被傳染呢，沒想到太醫們早就做了萬全準備，我們每日都會喝預防的湯藥。還是舅爺爺最有面子，能從太醫院將這些人挖出來。」

慧馨點點頭，在古代，有實際經驗的人最寶貴。她想了一下道：「不如妳將太醫們的處理方法寫成書，叫《水災後防疫要點》之類的，獻給皇后娘娘或者找陳香茹印成書出售，我聽說承郡王正準備寫本《災後安置點管理手冊》獻給皇上呢！」

【第九十六回】

來者不善

在船上順江而下的日子，出奇地平靜，眾人都在享受這難得的悠閒。由於走水路，她們會路過江寧，慧馨雖然掛念二姨娘與慧嬋，但她們並未打算在江寧停靠，她自然無法去探望。

謹飭窩在艙裡寫她的《水災後防疫要點》，不時還去請教一同回程的太醫，謹諾則成了她的助手。顧承志偶爾會趁著船停時過來看望，其他時候也在忙著整理他的管理手冊。多數時間，慧馨與謹恪都無事可做，便看著江水發起呆。

這日她們的船停靠在鄒城，因風向不對，有暴風雨的預兆，南平侯派人傳了話，眾人要在鄒城休憩，待暴風雨過再繼續行程。

城中不少大戶聽說南平侯一行到了鄒城，遞了帖子上船，想宴請他們。南平侯推辭了宴會，但接受他們提供的住處。畢竟一大群人，鄒城裡沒有足以容納大夥的客棧，倘若分開住，還得留意安全。

晌午之前，眾人便搬入了臨時住處。聽說這園子是當地姓賀的大戶的，賀老爺據說當過幾年官，後來致仕[1]了，在鄒城是數得上的望族。

一聽到她們住的園子是鄒城賀家的，慧馨忍不住挑了挑眉頭。去年謝家在鄒城發生的事，她可還記得清清楚楚。就是在鄒城，漢王與賀家算計了慧嘉。

慧馨記得去年鄒城的繁華，想再到街上看看。她拉了謹恪去找謹飭，在船上憋了這麼久，即便只出去買點針線也好，之後還得在船上待好多天呢，總得有些消遣。

謹飭也想出去走走，她是頭次來鄒城，早前聽說鄒城的繁華可比京城，只不知南平侯是否同意。謹飭帶著慧馨她們避開眾人，偷偷去找南平侯。

慧馨三人站在南平侯住的院子裡等著，只謹飭一人進去見南平侯。

謹恪正等得不耐煩，對著慧馨擠眼睛，就見謹飭出來，後頭還跟著顧承志。

南平侯雖同意她們出去逛逛，但只能去一個時辰，而且還得由顧承志帶幾個人跟著她們。幸好顧承志與她們都很熟，由他跟著不至於太彆扭。

這回她們都戴了帷帽，為了節省時間，顧承志向賀家借了輛馬車。慧馨心心念著上回吃的銀魚羹，便提出先去酒樓吃午飯，然後再去鋪子裡逛，鄒城的鋪子大多集中在一塊，逛起來用不了多久。

謹恪早被慧馨說得心動，連連催顧承志，顧承志取笑著說：「妳這傢伙就是長不大……」

馬車載著她們直往酒樓，因尚未到用飯時刻，酒樓裡沒幾個人，不過為了低調，顧承志還是要了一個包間。

這酒樓菜品齊全，大熱天裡恰有冰品，慧馨五人忙先各叫了一份。這裡的冰品是用木碗裝了幾

【注釋】

①古代的官員退休。

塊碎冰，然後撒上多種時令水果。店家說，他們酒樓有自個兒的冰窖，每逢冬季都會買惠城蔡家的冰來存著，到了夏天再拿出來賣給客人。惠城蔡家是大趙有名的冰商，家中有好幾口泉眼用來冬季造冰。

慧馨他們邊吃著冰鎮的水果邊點菜，難得能吃到冰品，點完菜他們又各添了一份。第二份冰品剛上來沒一會，又有人敲了門，慧馨心想這家店上菜動作倒快。

顧承志帶來的侍衛在門旁，上去開了門，卻發現不是來上菜的，而是小二帶了一個陌生人。慧馨見跟在小二身後的人衣著華麗，慧馨反應過來，趕緊拿起放在凳子上的帷帽戴上，又將謹恪幾人的也遞了過去。

這進來的陌生人慧馨雖不認識，但顧承志卻識得的，此人是韓家四公子，往日裡整日跟著韓家大公子四處招惹是非。慧馨幾個卻是皺了眉，埋怨這酒樓的人辦事不力，怎麼直接帶了外人過來。那帶人進來的小二，看到眾人似乎不歡迎他身後這位公子的模樣，不禁有些後悔，不該收了銀子將人帶過來，可這會人已經進來了，他只得硬著頭皮解釋：「……這位公子說是幾位的好友……」

「行了，你下去吧！」顧承志懶得搭理小二。

韓四直看著包間的門再度關上，這才上前給顧承志行禮，「……沒想到原來是殿下，原本只覺得剛在樓下看到的身影有些眼熟，才過來看看是哪位朋友……這可真巧，竟在這裡遇上顧賢弟。」

顧承志心裡懊惱，韓家的人真是沒規矩，這韓四竟敢與他稱兄道弟。可這會他是微服出來，旁邊還跟著慧馨她們，便不能拿郡王的氣勢喝叱韓四。顧承志只皺了眉道：「……真是巧，韓四公子為何在鄒城，莫非韓大公子也來了？」

「大哥沒來，只有我一人。」這位韓四公子說到這，忽然搖了搖手中的扇子，用扇子遮了面，竟做出一副淒然欲泣狀，「……只道我命苦，這大熱天裡還得走遠路，來這鄒城給娘娘置辦東西。」說著，韓四還大大地嘆了一口氣，好似受了多大委屈般。

慧馨無言，韓沛玲怎麼會有這麼一位兄長呢？這位韓四公子本就生得一副賊眉鼠目，奸妄小人樣貌，如今這副做派，真是膈應[2]得人吃不下飯。

顧承志眉頭皺得更緊了，他早聽說這韓四都是奴顏婢膝地跟在韓大身邊，臉皮厚又最會作態，絲毫想與他結交的心思皆無，只想趕緊將他趕走，「既然韓四公子還得替淑麗妃娘娘辦事，我就不留你了，請自便吧！」

韓四聽了顧承志的話也不惱，反而笑嘻嘻地黏上來，「娘娘的事在下都已辦妥，既然有緣遇到顧賢弟，怎麼也得陪著賢弟在這鄒城裡轉轉。」

慧馨聽了心裡一愣，這位韓四公子莫非想黏著他們不走？倘若他跟著，待會他們還如何能逛街啊！

【注釋】

②令人討厭、不舒服的意思。

顧承志見韓四欲耍無賴，劍眉一豎，出口的話更加不留情面，「不必了，我還有事要辦，你跟著不方便。」

韓四聽顧承志口氣強硬，心知強求不得，便又搖了搖手中的扇子，語帶幽怨地說道：「哎，原想我一個人在鄒城人生地不熟，遇到顧賢弟正好作伴。想來殿下有了靜園的美眷相陪，我跟著只道是礙了殿下的好事了。」

韓四這話說得有些誅心[3]了，若傳了出去，承郡王與靜園的名聲都要受損。

慧馨眼珠一轉，開口道：「韓四公子，古語有云『飯不可亂吃，話不能亂講』。您替淑麗妃娘娘到鄒城置辦物品，我們四人是奉南平侯的命令，給皇后娘娘置辦東西，而承郡王掛念太子妃，便請我們幫著給太子妃也置辦一些。韓四公子在鄒城是辦正事，我等與承郡王也是辦正事。韓四公子還是謹言慎行得好，倘若您剛才說的話傳了出去，只怕別人會問，您將南平侯置於何地？將皇后娘娘置於何地？在您眼裡難不成只有韓淑麗妃才是主子？」

慧馨將南平侯與皇后拉出來作擋箭牌，她就不信這韓四敢去找南平侯對峙。

韓四眼光狠毒地盯著慧馨看，似乎想透過帷帽的輕紗看清慧馨的樣貌。

顧承志哪容他如此放肆，厲聲喝道：「韓四你好大膽，在坐的都是本王的親戚姊妹，你如此放肆，是不將天家放在眼裡嗎？回頭我可得好好與皇后娘娘說說，也好讓娘娘問問淑麗妃，韓家的家教是不是就是如此的？」

韓四心下一驚，以前覺得這位承郡王不過是個被人寵著的小孩，如今行事卻像變了個人，看來這趟賑災讓他長進了不少。

韓四忙作揖說道：「殿下息怒，小的是個笨人，不會說話，還說錯了話，請殿下與小姐們原諒，以後韓四再不敢亂說話了……」

正好店家此時過來上菜，韓四藉機溜出了包間。韓四邊走邊想那個說話的女子會是誰，顧承志既然說她們是親戚姊妹，那這四位小姐多半是幾位公主的女兒。京中有如此膽識的貴女可不多，這女子八成是袁家的袁橙衣了。

韓四陰差陽錯地誤解了顧承志的話，顧承志是故意將慧馨算在親戚裡的，從漢王那邊算起，慧馨還真勉強算是他們幾個的小姨了。

慧馨看了一眼上菜的小二，已不是原來那位了，看來這家酒樓的老闆倒是聰明的，知道小二犯了錯，便趕緊換了。

等上菜的人都退下了，顧承志才與慧馨她們說起了剛才那位韓四公子。

慧馨娥眉微皺說道：「……這韓四應是知道我們跟著南平侯一路回京，看他剛才的樣子，一味

【注釋】

③指揭露、指責他人的思想、用心。

地想賴上我們，該不會是想跟咱們一道回京吧？」

謹飭也皺了眉頭，「看今日這韓四的樣子，被黏上只有麻煩，承志，等回去你得將這事說給舅爺爺聽，無論如何絕不能讓韓四上咱們的船。」

顧承志也是若有所思，回道：「以前在京裡，看他一副狗腿樣跟著韓大，沒想到這般無賴難纏。不過這回在鄒城遇到他，未免有些太巧了……」

【第九十七回】

鄒城賀家

慧馨五人按時回了園子，他們買了些針線與點心，還選購了番邦的精油。精油是為了圓慧馨的謊而買的，她們一股腦地將精油塞給顧承志，讓他負責與南平侯說。

由於回京再過不久便是中秋，慧馨準備繡幾把團扇送人。謹恪則買了許多烤魚絲，還有其他的乾嚼貨。

慧馨忍不住打趣謹恪道：「妳買這麼多嚼貨，小心嚼得牙齒痛啊！」

她們回屋洗漱了一番，慧馨邊拿出針線，一邊思考著花樣與配線，一邊與謹恪聊著天。鄒城與燕京有很大不同，謹恪是看到什麼都稀奇，而慧馨則欣賞鄒城的開放民風，覺得更加自在。將來倘若有機會，可在鄒城附近建個莊子，偶爾來逛逛街兼購物。

兩人正聊著高興，外頭忽然有嬤嬤進來報說，賀家小姐一會過來看望她們。

慧馨挑挑眉頭問嬤嬤：「賀小姐是一人來的？她是只來看我們，還是來看靜園姊妹的？」

這位嬤嬤是從靜園跟著她們出來的，一直近身打理靜園小姐們的事物，見聽慧馨這般問，便明白慧馨有所顧忌，「……賀小姐是自己來的，正挨個房間拜訪每位小姐。賀家是鄒城望族，禮數自然周全……」

慧馨點點頭，看來賀家還懂得一碗水端平的道理，「待會賀小姐來了，直接請她進來便是了。」

慧馨想了一會，打開隨身包袱，拿了兩個藥瓶出來。賀小姐此次定是有備而來，若是來送禮，就用這兩瓶藥作回禮。

賀小姐果然是帶著禮來，原木盒裡放著兩小瓶精油，靜園每人一盒。

賀小姐說道：「鄒城也沒什麼特產，倒是這些番邦的東西還有點意思。外邊人覺得稀罕，鄒城卻到處都是，所以不值什麼，只要姊妹們不嫌棄，當作消遣的玩物也不錯。」

慧馨笑著收了東西，既然所有人都有份，她就算再對賀家有芥蒂，也不能不給面子。

慧馨客氣地回道：「賀小姐破費了，借我們房子住，還送禮。我們從潭州過來，也沒什麼好東西，只有這幾瓶消暑的藥丸請賀小姐收下，這藥丸是在潭州時太醫們配的，中暑時吃一粒就好，我們就借花獻佛了。」

賀小姐眼光微閃，她沒想到慧馨這麼短的時間便備好回禮。她這趟來，一是想趁機結交幾位靜園的小姐，另一個目的也是來探探謝家的態度。雖然謝家二小姐已嫁給漢王，但謝家對賀家的看法還真不好說，畢竟他們曾幫著漢王算計過謝家。她這次送來的禮物也是賀太太精心挑選的，不能太出挑又要脫俗。而送給慧馨的那盒更是花了心思，其中一瓶印度檀香精油極其難得，是賀家有意透過慧馨獻給謝側妃的。她原本看賀太太準備了這個，還擔心慧馨不懂印度檀香精油的價值，倘若不識貨豈不白費賀家的心意。但賀太太卻認為，能在眾多女兒中選了七小姐送入靜園，可見七小姐必有過人之處，正好趁此機會，探探謝家的處事態度。

慧馨拿了藥丸作回禮，自是不想欠賀家的情面。這藥丸雖不多，但畢竟是太醫親手調配。先不說效果，光憑太醫名號，也不是普通家族能拿到手的，真要比較起來，反而是慧馨的回禮更貴重。

賀小姐自然明白這藥丸的價值，這份回禮怎麼都不能推，笑著道：「……七小姐這藥丸真是雪中送炭，我家祖母年紀大了，一到夏天便容易中暑暈倒，有了這藥，便是有救了。這藥丸拿回去正合用，為了祖母我就不客套了。」

慧馨微笑不語，也不戳穿賀小姐的話。賀小姐想要這藥丸又得給自家找個台階，表現出是因家中長輩，而坦然接受餽贈的藥丸，並非貪圖東西才收。

賀小姐又與慧馨隨便聊了幾句鄒城的風土人情便告辭，繼續拜訪其他小姐。對著慧馨，她多少有些尷尬。她故意對去年謝家路過鄒城的事避而不談，只是慧馨的態度不冷不熱的，好似不認得她一樣。賀小姐出門時，有片刻的猶豫，要否給慧馨提點幾句盒子裡的精油。不過她轉念一想，還是不必了，慧馨會否將精油給慧嘉，賀家自有方法從漢王府那兒得到消息，她倒想看看這位謝家七小姐，是否真的城府如此之深。

慧馨見賀小姐告辭，自然不會留她，只是賀小姐臨出門的猶豫她也看在眼裡。慧馨皺皺眉頭，把桌上賀小姐留下的兩盒禮物拿了起來。

盒子是普通原木製的，只在底部寫著名字。慧馨打開寫著她名字的那盒，裡面有兩小瓶精油。打開瓶蓋聞了聞，一瓶是清香的茉莉，一瓶則是濃郁的檀香。慧馨記得上輩子聞過這個味道，是純印度檀香的味道。

謹恪坐在慧馨對面，也打開了她的那盒。慧馨湊過去聞了聞，一瓶仍是茉莉，另一瓶是薄荷。謹恪拿過慧馨的那兩瓶，指著那瓶印度檀香說道：「這瓶味道不甚好……」

慧馨眼神閃了一下，印度檀香有催情的作用，並不適合未婚的女子，那麼賀家是想藉她將這瓶印度檀香送給慧嘉？這一瓶純印度檀香精油估計價值不菲，難道賀家想用這瓶精油討好謝家？

慧馨心下冷哼了一聲，賀家做事也太急功近利了。送這麼一瓶精油給她，若她不懂而自己用了，被有心人發現，豈不要被恥笑？倘若轉送給慧嘉，只要慧嘉一用，漢王府裡沒幾天便會傳出謝側妃用情香勾引漢王了。身在漢王府中，慧嘉豈可自毀名聲。

慧馨將精油收了起來，又再拿出針線與謹恪討論花樣。謹恪對精油也不熱中，畢竟她們這個年紀，還不到擦粉抹油的時候。

【第九十八回】

驚夜

從傍晚開始便颳起了大風，風嗚嗚地拍打著門窗，慧馨只好將門窗都關上。屋裡透不進風，越發顯得悶熱，謹恪受不住跑過去把窗戶推開一條縫，狂風馬上灌了進來，還夾帶著雨水，原來外面已經開始落雨了。雨水從縫隙潲[1]進了窗台上，雨點越來越急，很快流到了地上。謹恪趕緊又把窗戶關好，雨勢太大了。

聽著外頭呼嘯的風聲與雨點砸在地面上的聲響，慧馨的針線也做不下去了。在桌上鋪了紙練字，但這才拿起了筆卻發起呆來。不知怎地她就是有些心緒不寧，這個暴雨的夜晚，讓她想起去年大召寺的那個夜晚，只是今晚的雨勢比那晚更加急遽。

外面又是閃電又是雷鳴，即便想提前上床，也吵得人睡不著，慧馨與謹恪只好趴在桌子上玩起了五子棋。

慧馨正玩得百般無聊，忽覺風雨聲之外，似乎還摻雜了腳步聲。慧馨下意識感到心驚，忙起身

【注釋】

①音同「紹」，指雨斜著落下的意思。

輕手輕腳地走到窗邊，推開一點點小縫往外看。

外面是穿著雨衣的人在走動，慧馨呼出一口氣，在鄒城應該只有他們這群賑災的人才有雨衣，雨衣要從京城傳出來，估計還沒這麼快。謹恪跟在慧馨身後，看她一副小心翼翼的模樣，很是不解。

慧馨打開門，外頭正是靜園的林嬤嬤，「……今晚的雨勢有些大，侯爺擔心園子裡會積水，吩咐將各位小姐暫時挪到花房去，那邊地勢較高，請小姐穿上雨衣跟奴婢過去。」

慧馨仔細打量了林嬤嬤幾眼，見她神色如常，這才同謹恪穿了雨衣跟著她走。

林嬤嬤在前面領路，慧馨與謹恪拉著手跟在後面。壁燈在風吹雨打下不住地跳動，光線十分灰暗。不時劃過的閃電，倒是比壁燈更為明亮。

電閃雷鳴下，慧馨不自覺地握緊了謹恪的手。謹恪忍不住靠近慧馨身邊問道：「怎麼了？有哪裡兒不對勁嗎？」

慧馨看了一眼謹恪，搖搖頭，現在不是說閒話的時候。

當她們抵達花房時，裡面只有七八個人在。她們倆將雨靴脫了，放在一旁的牆根下排好，雨衣則搭在一旁的木架上。林嬤嬤將她們送到這兒之後便又轉身離去，應該是去接其他人了。

大抵賀家的人不常在這個園子居住，花房裡只零星地放著幾盆花。中間擺放一些桌椅，應是今晚才準備的，慧馨拉著謹恪找了靠角落的地方坐好。

慧馨看了看其他人，見沒人注意到她們，這才與謹恪小聲說起話來，「侯爺突然將我們都集中到花房，我擔心今晚要出事。妳注意到沒？嬤嬤們帶人過來都是一間屋一間屋逐個來的，倘若怕淹水換地方，應該把握時間讓大家今早過來。可是嬤嬤們似乎並不著急，而且我們剛才走過來時，院子裡頭很安靜……除了打雷下雨。我覺得嬤嬤們故意將我們分批帶過來，怕是不想讓人聽到動靜，打草驚蛇了……」

謹恪想了想，這才覺得剛才一路行來都沒有遇到其他人，確實有些不對勁，「……妳的意思是？」

「我也不清楚，只覺得今晚有點不對勁。不過既然嬤嬤們不慌張，估計侯爺已有了萬全的安排。咱們還是先待在這裡吧，不過得多注意外面的動靜。」慧馨說道。

慧馨兩人在後面小聲地嘀咕，門口那邊又有幾個人到了，謹恪見是謹飭與謹諾，忙揮手招呼她們。

慧馨見謹飭一臉凝重走過來，心知她可能知道些什麼，但謹飭如果不說的話，她也不好問，畢竟是南平侯吩咐的。

謹飭一坐下，便小聲地囑咐她們道：「提起精神注意著周圍的動靜，今晚可能有人偷襲園子。待會承郡王會帶人來保護我們。我們幾個注意著其他人，別讓人從這屋裡出去了。」

謹恪心下一驚，真被慧馨猜中了，忙問道：「什麼人這麼大膽子，竟敢襲擊咱們住的園子？」

謹飭沉吟片刻，沒有回答謹恪的問題：「不用擔心，侯爺那早就得了消息，已經在園子裡安排好了人馬。咱們只要待在這花房裡，便不會有事。」南平侯早得了消息，有人會襲擊賀家的園子。正好今晚下起了暴雨，侯爺便放出消息說，他帶了大部分人馬去碼頭檢查船隻，此時靜園正是守衛空虛之時。賊人必不會放過今晚的機會，而南平侯卻已佈下了天羅地網。

靜園的人陸陸續續到了，只缺了韓沛玲與袁橙衣。顧承志帶著侍衛來了，侍衛們將花房裡空空的花架子挪成一排，當作屏風將眾人隔在後面。

顧承志免不了先編幾句說辭安慰眾人，「……今晚雨勢甚大，賀家這園子許久沒有住人，很多地方已經堵了，侯爺正帶人在園子裡疏通溝渠。等園子裡積水排掉，大家便可回房了。還請各位小姐體諒，稍安勿躁。」

有幾人原本對這麼晚被叫到花房有些不滿，如今聽說南平侯親自在外面督導排水，自也不好多說了。

謹飭對顧承志點了點頭，示意會幫著注意花房裡的眾人。慧馨也暗暗打量著其他人，注意那些神色緊張的和神色不滿的。

不知南平侯如何安排，慧馨豎起耳朵也聽不到外面除了風雨聲之外的動靜。倒是顧承志守在門口，站得筆直，他似乎長高了些，比最早見他男扮女裝時還高了。

這時，有侍衛進來向顧承志稟報，只見顧承志皺了眉頭走過來找謹飭，「袁姊姊好像感染了風寒，還在屋子裡，太醫下午出去會友，現下還未回來。要不表姊先過去看一下，別耽誤了袁姊姊的病情……」

顧承志的聲音不大不小，周圍幾桌應該都聽到了。慧馨雖不知袁橙衣出了什麼事，但她與韓沛玲一直不出現，不免讓人懷疑，顧承志故意讓周圍的人聽到袁橙衣病了，大概是為了幫她遮掩。

謹飭接收到顧承志的眼色，說道：「我這就去看看吧！」轉回頭又對慧馨說：「妳跟我一起吧！」

慧馨點點頭，穿上雨衣雨靴，跟著謹飭與顧承志一同出了花房。

顧承志出了屋才對謹飭與慧馨說道：「袁橙衣不舒服，韓沛玲正與她在一起，無論如何妳們都要將她們從屋裡弄過來，偷襲的人快來了。我讓侍衛陪妳們去，我得在這守著，妳們要注意自身安全。」

慧馨與謹飭互相攙扶往袁橙衣的院子走，這會園子裡的路比剛才更難走了。

袁橙衣正躺在床上抱著肚子難受，下午吃過晚飯，韓沛玲便來找她聊天，還帶了幾個冰品，說是找賀家人出去買的。天正熱，她也沒多想，幾個冰品頃刻吃了乾淨。可是從剛才便開始鬧肚子疼，估計是冰品吃太多涼到了。

袁橙衣哼唧了一聲，見韓沛玲還坐在一邊，忍不住瞪了她一眼。

韓沛玲一直注意著袁橙衣，自然看見了袁橙衣瞪她的那一眼，「妳別瞪我，又不是我要妳一口氣全吃光的，我才吃一個，沒嫌妳貪便宜，妳還好怪我……」

慧馨與謹飭推開屋門，正看到袁橙衣與韓沛玲大眼瞪小眼。慧馨接過謹飭的雨衣掛在門口的臉盆架上，上面已經掛了一件紫紅色的雨衣，估計是韓沛玲的，看這顏色，應該是韓沛玲專門找裁縫量身訂做的。

謹飭見袁橙衣額頭上滲出了汗，看樣子不似作偽，趕忙上去給她把了脈。慧馨則站在一旁偷偷打量韓沛玲，只覺得她與下午見到的那位猥瑣的韓四公子一點也不像。

謹飭把完脈又問袁橙衣幾句，才說道：「應是吃多了寒食，傷了脾胃，回頭吃幾劑溫藥就好了。」

袁橙衣點點頭，仍舊躺在床上沒有動。

謹飭皺皺眉，問道：「妳現下可還能動？這雨越來越大，我們得儘快去花房那邊。」

袁橙衣搖搖頭，她感覺到肚子正不停地蠕動，「不是我不想動，實在是動不了，肚子裡頭正鬧天宮呢！」

謹飭回頭向慧馨使了個眼色，她們無論如何都得想辦法離開這屋子。賊人既是有預謀的偷襲，定然早已打聽到她們的住處，留在這太危險了。

慧馨打量了袁橙衣一番，走上前說道：「袁姊姊肚子不舒服，是否想要……上茅廁？」她們住的屋子是這園子的客房，屋裡沒有預備馬桶，倒是靠近花房那邊有個茅廁。

袁橙衣原本沒想到，如今聽慧馨問起，再加上肚子蠕動得厲害，當真覺得想上茅廁了。

慧馨忙拿了袁橙衣的雨衣雨靴給她穿上，然後跟謹飭兩人一塊扶著她往外走。

韓沛玲見走在前面的三個身影，雖想將她們留下，可一時也想不到什麼主意。她一個人走在後面，低著頭，趁著旁邊的侍衛沒注意，偷偷地將手帕丟在地上，但願四哥能發現找過來。

【第九十九回】
殺劫

慧馨看著面前的茅廁，十分無語。賀家這個園子估計真的許久不曾住人，加上這茅廁位置又有點偏僻，大概賀家事先來打掃的人都給忘了。這會風雨交加之下，這個茅廁已是水漫金山……

袁橙衣看著眼前已沒法使用的茅廁，哎吆一聲就抱著肚子要往地下滑。

慧馨趕緊用力撐住她，謹飭皺著眉頭朝四下看了看，她們已耽誤不少時辰，沒時間再去找別的茅廁了。

謹飭看了看茅廁旁長勢茂盛的草叢，說道：「要不……妳在那邊湊合一下吧，我看妳這樣也堅持不到另一間茅廁了，讓侍衛們退開，我們幫妳擋著……」

袁橙衣雖然十分不情願，但她也知道自己撐不住了，只好勉強點頭同意了。

韓沛玲此時卻有些猶豫地說道：「……要不妳們去吧，我想先一步到花房去……」

袁橙衣冷哼一聲：「妳想先走？不行！若非妳帶了冰品給我，我哪用受這份罪，妳甭想丟下我先走！」

韓沛玲見謹飭與慧馨看她的眼神有些異樣，心知此時無法丟開袁橙衣了，只得咬牙瞪了袁橙衣一眼，這才亦步亦趨地跟在她們身後，往草叢茂密的地方走。

袁橙衣找了個隱密的地方，見慧馨三人圍在她四周轉過身，這才蹲下身去。

慧馨看看她們所在的這片草叢，幸好她們都穿著雨衣，否則又是雨水又是泥巴，還有樹枝草叢劃來劃去，沒有雨衣擋著，肯定早就沒法見人了。

忽著一道閃電劃過，慧馨瞪大了眼睛，斜對面的草叢裡似乎有個身影。慧馨用力地掐著自己的手心，忍著痛不尖叫出聲。她深吸了口氣，讓自己盡量鎮定下來。她可以肯定，那邊的草叢裡正窩著一個人。

慧馨咬著嘴唇，強迫自己用眼角餘光往那個方向看去。草叢裡的人似乎戴著斗笠，有一瞬間慧馨屏住了呼吸，她看到了那人的臉。不知道是賊人藝高人膽大，還是仗著今晚雨大不會被發現，草叢裡的人竟沒有蒙面。

慧馨不可置信地低下頭，這張臉她認得！正是她們下午才見過的韓四！韓四那雙猥瑣的眼睛，此刻正在閃電下狠毒地盯著她們，還有他身側偶爾反射電光的刀劍。

難道今晚偷襲園子的人是韓家的人？難怪剛才韓沛玲不想她們過來，難道袁橙衣的腹痛也是韓家故意弄出來的？

慧馨努力控制著自己的表情，不讓人察覺她的異樣。此時侍衛們不在身邊，倘若賊人暴起，就憑她們幾個根本不夠砍的。

袁橙衣蹲了一會，紓解過後果然覺得肚痛輕了許多。只是周圍環境太糟糕了，她俐落地整理好衣裙，快步離開草叢。

慧馨聽到身後悉悉索索的聲音，之後又是腳步聲，應該是袁橙衣好了。她扭頭向後看去，果然見袁橙衣正向著韓沛玲走去。慧馨咬著嘴唇，也向韓沛玲身邊走去。她邊走邊思索，有什麼東西可以充作武器，又有什麼辦法可以通知外面的侍衛？

大概是腳還有些軟，地上的泥水有些滑，袁橙衣走得又快又急，突然滑了一腳，她「啊」的一聲向後倒。慧馨急忙上前要扶住她，沒想到卻是一旁的韓沛玲先抓住了袁橙衣。

袁橙衣的這聲尖叫驚動了草叢中的人……韓四已經從草叢中跳出，舉著刀劍向她們衝過來。電閃雷鳴下，刀劍的光影從慧馨幾人的臉上閃過。

袁橙衣被對面舉著刀劍的身影嚇得目瞪口呆，原本跟在袁橙衣身後的謹飭尖叫起來。慧馨俯下身在地上抓了兩手泥巴，向韓四扔了過去。

可惜慧馨顯然沒有學武的天賦，那兩團泥巴都沒打中韓四，也沒有對韓四造成任何威脅。慧馨的手在地上又摸了兩把，她抓到了一塊石頭。就在她把手上的石頭扔出去的同時，原本站在最靠前的韓沛玲與袁橙衣的身影動了。

那一刻，慧馨感覺那兩個身影的動作彷彿慢鏡頭般，她看到了動作的每一個細節。其中一個身影，將另一個身影用力地甩了出去，那個身影倒在地上。只是慧馨看不清她們的臉，看不到她們的表情，不過卻想起了韓沛玲那件與眾不同的紫紅色雨衣，一瞬間，一個念頭劃過慧馨的心底。

就在韓四的刀越來越逼近袁橙衣時，慧馨快速地跳了起來，衝著倒在地上的袁橙衣喊道：「韓姊姊小心啊！袁姊姊妳快跑！」然後她衝到韓沛玲身前，在她還沒反應過來之前，一個用力將她推倒在袁橙衣身上，轉身拉著謹飭往草叢外面跑。

慧馨在賭，她賭韓四沒法清楚地分辨她們四人，畢竟雨勢這般大，唯一的照明只有偶爾劃過的閃電，她們四人又都穿著雨衣，他不可能看到她們的臉。只要韓四稍微猶豫了，她便能爭取到些許時間。她還賭守在外面的侍衛動作夠快，既然是顧承志派給她們的，應該都是箇中好手，但願他們能夠及時趕來。

慧馨拉著謹飭拚命往前跑，哪還顧得上腳底打滑，完全不敢回頭看。就在慧馨感覺自己快要滑倒時，原本守在外面的侍衛終於出現了。

這次出來找袁橙衣，顧承志指派了六位侍衛保護她們。慧馨直到看著侍衛們躍過了她們身後，她才一頭摔在地上。

四名侍衛上前與韓四纏鬥在一塊，有兩人停下來守在慧馨與謹恪身前，其中一人問道：「我等來遲，讓小姐們受驚了。小姐可曾受傷？」

謹飭正扶著慧馨站起來，見到侍衛便鎮定了下來，「我們沒事，袁小姐與韓小姐還在裡面，你們快過去看看。」

另一位侍衛向那位侍衛使了個眼色，便往草叢裡尋找袁橙衣兩人去了。剩下的那位侍衛護著慧馨與謹飭又往外退了些。謹飭扶著慧馨，剛才那一摔，把慧馨的腳給扭傷了。慧馨兩人還有些驚魂未定，眼睛盯著打鬥聲音傳來的方向，似乎想穿過重重雨幕看到那邊的情況。

以慧馨與謹飭的眼力，完全無法看到草叢裡的打鬥。慧馨感覺過了好一會，才看到袁橙衣扶著韓沛玲，在另一位侍衛的保護下走了出來。被韓沛玲甩出去的袁橙衣好像沒事，倒是被慧馨推倒的韓沛玲走路一高一低，似乎傷了腿腳。

慧馨迅速與謹飭對視了一眼，看來謹飭也見到了韓沛玲將袁橙衣甩出去的那一幕。慧馨與謹飭盯著韓沛玲，怕她再搞出小動作來。

當事人袁橙衣好像沒看到慧馨與謹飭的神色般，急道：「剛才滑了好大一跤，摔得痛死了。」然後又指著慧馨說道：「妳呀，跑得倒是快，就是不看路，把我們韓小姐都撞倒了，害她腳都扭了，還不給妳韓姊姊道歉……」

慧馨眼光微閃，感覺謹飭握著她的手也緊了一下，馬上反應過來，笑嘻嘻地向韓沛玲道歉：「韓姊姊，我不是故意的，剛才沒看清路才撞著了妳，妳別跟我計較啊……」

韓沛玲此刻心亂如麻，她擔心的是正在打鬥的韓四被人認出來。今晚的行動肯定是不成了，她此刻最希望的便是能撇清關係，包括剛才她故意將袁橙衣推倒的事情，她才是那個最不希望再追究的人。

韓沛玲顧不得思索袁橙衣是有心還是無意，忙順著慧馨的話道：「剛才實在兇險，我都嚇懵了，哪還能怪妳。總歸咱們四人是有驚無險，何必還計較那些。看妳好像也扭了腳，沒事吧？」

慧馨馬上皺了臉，一副苦哈哈賣乖的模樣，「……我剛也滑倒摔了一跤扭了腳，倒是挺疼的……」

謹飭雖在事前便得到南平侯的囑咐，但她原本只知道今晚會有人偷襲，卻不清楚是何人如此大膽。如今看韓沛玲的所作所為，便猜到此事與韓家肯定脫不了關係。只是南平侯也叮囑了她，今晚的事要做得乾淨，不留痕跡，不能走漏風聲。聽南平侯說，賊人故意選在回程的路上對靜園的小姐下手，倘若此事被人知曉，不僅南平侯的辦事能力受到質疑，更有損靜園的名聲。

謹飭往打鬥聲傳來的方向看了一眼，嘆了口氣說道：「這賀家肯定是有錢人，引得賊人晚上來偷東西，倒是咱們倒楣，給碰上了……」

袁橙衣也嘆了口氣道：「今晚的事妳們誰都不許說出去，萬一教人知道了我在那草叢裡……這賀家的下人真是偷懶，連茅廁都……」

韓沛玲也立即表態：「都怪我一時嘴饞，差了賀家的下人去買冰品，他們肯定是貪了錢，買了壞東西，害橙衣肚子疼，妳們可不許說出去啊，萬一讓人家知道我被個下人騙了，還不得嘲笑死了。」

慧馨則在最後對今晚的事做了個結案陳詞：「……不過是我們去花房的路上，雨太大，地太滑，我與韓姊姊不小心滑了一跤，這才扭傷腳的。」

四人這一番表態後，又關注起草叢那頭的打鬥。似乎聲音小了，有兩位侍衛從裡面躍了出來，其中一位像是領頭的，「那賊人狡猾，已是翻牆逃走，小的派了兩人去追，我等還是護送小姐們去花房吧！」

【第一百回】
警告

慧馨四人回到花房，幸好她們都穿著雨衣雨靴，不然這一番折騰，肯定沒法直接到花房見人。眾人的目光都集中在她們身上，謹恪似乎看出了慧馨腳不舒服，走過來扶著她。慧馨委屈地說道：「外面雨勢極大，路都快不能走了，我與韓姊姊不小心摔了一跤，差點害得袁姊姊她們也摔倒。」

周圍有幾人聽到了慧馨的話，捂了嘴笑。慧馨在謹恪的攙扶下，回到了座位上。謹飭也對望過來的謹諾搖搖頭，這裡不是說話的地方。

約莫過了快一個時辰，南平侯親自帶人到了花房告知雨不知何時才會停，溝渠全都通了一遍，吩咐眾人可以回屋了。回去後門窗也要關好，小心風雨吹進屋裡。

原本有不少人對於待在花房裡一個多時辰頗有微詞，不過這會對著和藹的南平侯，她們一句抱怨的話也說不出了。

暴風雨仍沒有停下的趨勢，雨水沖掉了一切的痕跡。若非慧馨親身經歷，她也不會想到今晚有人闖入院子。

慧馨在謹恪的攙扶下回了屋子，躺在床上向謹恪講述剛才發生的事。慧馨這時心裡才湧起一陣陣的後怕，雖然這回沒有人受傷流血，可說起來真是比大召寺那夜更加兇險。她真不敢相信當時會那樣做，倘若侍衛沒能及時趕來，她與謹飭可能比韓袁死得更早。

這一夜慧馨一直睡不安穩，豎起耳朵聽著屋外的動靜，除了風聲雨聲，還有其他的聲音……等靜園的人都安頓好之後，南平侯則忙著對今晚的事情收尾。

「稟侯爺，除了兩個服毒自盡的，其餘全部生擒。」沈三說道。

「那人呢？」南平侯說道。

「屬下將他關在柴房了，那邊比較偏僻，周圍沒有人。兄弟們把他弄過去時也很謹慎，沒讓人看到他。只那小子武功當真了得，不知跟誰學的，幾個兄弟費了好一番工夫才擒住。要說他膽子也夠大的，來偷襲竟然沒有蒙住臉，也不怕被我們認出。」

「你不知道，那小子的家世並不簡單，他的幾個舅舅都在軍中待過，只可惜幾個有出息的去世得太早。當年他們家老頭為了娶他娘，也費了不少心思，只可惜……聽說他娘也是懂武藝的，估計是跟他娘學的。」

「這麼說，那老頭子果然對不起他們娘倆了，若真能策反他，那對付他們家就更有把握了。」

南平侯點點頭站起身，「走，我們去看看他。」

韓四從沒想過自己也會有徹底失手的一天，他被人用布袋罩了頭綁住，丟在這地方已經好一會了。韓四不安地動動手，心裡恨透南平侯。

本來今晚的計畫應是完美無缺的，他看准今晚南平侯外出，園中守衛不足時，偷襲靜園的人。家裡當初派他南下破壞南平侯的賑災行動，可惜在潭州被南平侯識破。他便改了注意，在路上下手，還專對靜園的人下手。只要事成，南平侯不但賑災功績大打折扣，還得背上保護不力的罪名。而且靜園的人只要出事，她們的家人自然也會怨恨南平侯。

下午韓沛玲派人給他送來賀家的位置圖，他因為記恨下午碰到顧承志時袁橙衣說的話，便給韓沛玲捎了一粒藥丸，讓她下在袁橙衣的吃食裡，到時他得好好折磨折磨她。

只沒想到一進入賀家的院子，韓四便發現屋裡根本沒人，每間屋裡都空蕩蕩的。正當韓四在園裡四下搜尋時，看到了韓沛玲留下的帕子，便在草叢裡發現了四個女孩，雖然他看不清她們的模樣，但知道韓沛玲的雨衣比靜園其他人的顏色更深。因為看不清人，聽到其中一個女孩的喊聲，韓四猶豫了，若是誤傷韓沛玲就麻煩了。沒想到就這一瞬間，侍衛就過來了。此刻韓四才明白，他們分明是中了南平侯的埋伏。

韓四正努力掙脫綑綁，房門突然響了，有人走了進來。韓四深吸一口氣，想擺出防禦的姿勢，只可惜他手腳都被綁著，動也動不了。

罩在韓四頭上的布袋被人取了下來，韓四瞇了瞇眼睛才看清來人正是南平侯，他正似笑非笑地看著韓四說道：「……韓四……」

次日，天色依然陰沉得可怕，暴風雨一直沒有停歇，眾人只得窩在自己的屋子裡。

慧馨站在窗邊看著院子裡的樹木發呆，謹恪發現了慧馨的反常，只得勸著說道：「妳別擔心了，不會有事的，舅爺爺很厲害，他肯定會處理好的。」

慧馨聽了謹恪的話，嘆了口氣沉默著，繼續望著外面的樹木。她現在擔心的已不是昨夜裡的事，昨夜她也算破壞了韓家的計畫，不知韓家會不會找她算帳……謝家肯定鬥不過韓家。

就在慧馨又要嘆氣的當口，她從窗口看見顧承志帶人進了她們的院子。顧承志過來傳話，南平侯要見慧馨。

慧馨惴惴不安地低頭看著鞋面，南平侯坐在對面盯著她，她心虛地不敢抬頭，不過即使她不抬頭看，也能感受到南平侯看著她的目光絕不溫和。

慧馨覺得頭皮都要發麻了，南平侯終於開口了：「妳很機伶，救了袁橙衣。不過妳膽子也很大，差點害死欣語。」

慧馨也一直後悔昨晚她太衝動了，「……是小女思慮不周，莽撞行事了。」

南平侯不置可否地哼了一聲：「妳好像不只昨晚膽子大，聽說昨日下午，還在酒樓裡與韓四公子鬥嘴？」

慧馨詫異地抬頭看了南平侯一眼，「當時小女只想替承郡王解圍了，並非有意惹怒韓公子。」

南平侯的面色越發嚴厲，「替承郡王解圍？承郡王乃皇上的親孫，大趙的郡王，用得著妳替他解圍嗎？看妳的樣子，應該知道襲擊妳們的人正是韓四了。不過，妳知不知道，袁橙衣昨晚會生病遇險，正是韓四算計的，而韓四之所以要害她，就是因為他以為，那個讓他在承郡王面前難堪的人是袁橙衣！」

慧馨臉色刷白，震驚地看著南平侯。

南平侯冷笑一聲：「妳該慶幸的，袁橙衣做了妳的替死鬼。幸好韓四不知是妳，否則他要對付妳，跟捏死一隻螞蟻沒區別。」

竟然是她連累了袁橙衣，慧馨深吸了口氣。是啊，她最近似乎太得意了，原本應有的謹慎都忘了。她既然看出了韓四是個奸詐的小人，便應該避開他。寧可得罪君子，切勿得罪小人，這道理她早就懂得的。

「……我……韓四……韓家……」慧馨一時說不出話來，她昨日下午得罪了韓四，晚上又破壞韓四的行動。韓四雖然誤會了，可韓沛玲卻清楚知曉昨晚喊話的人是她。事實上她把韓四與韓沛玲都給得罪了，她憑什麼跟韓家對抗呢？

南平侯看著慧馨的臉色變得毫無血色，心知這丫頭終於害怕了，這才又開口說道：「知道害怕了？以後做事要謹慎些，妳也不想因妳的行為不當，給謝家帶來災禍吧？此事就到此為止，我既然帶妳們靜園的人出來，便會負責。韓四與韓沛玲那兒，我會處理掉，他們不會再找妳麻煩了。」

慧馨只覺得一時心情大起大落，雖然她不知南平侯如何擺平了韓家兄妹，但南平侯能幫她處理此事，她既意外又驚喜。想來南平侯必是言出必行，既然鄭重跟她說了放心，此事肯定沒問題了。

慧馨忙感激得又給南平侯行禮：「多謝侯爺，侯爺之恩小女必會記在心中，謝家也會記得侯爺的大恩的。」

「我不過是做分內之事，對你謝家並無施恩之意。」南平侯說道，他忽然皺了下眉，想起了什麼事，又問慧馨道：「在潭州，是不是妳給承郡王出的主意，將安置點規範管理的？」

慧馨猶豫了一下說道：「小女從小便愛看書，在書本上讀到過一些前朝對災疫的處置，想著或許有用，便對承郡王講了。然具體的辦法與規章，都是承郡王與其他大人商議後制定的。」

南平侯認真地打量慧馨一番，說道：「多讀書多懂些道理，是好事。不過急功冒進的人，命都不長，我奉勸妳以後做事再謹慎些。我看妳身上掛的名牌寫的是謹言，這名字當真適合妳……」

慧馨出了南平侯的屋子一路走回自己的院子，她邊走邊思量。最近她大概生活得太順意了，沒碰到找她麻煩的人，加上承郡王幾乎採納了她所有的建議，便有些拿翹了，警覺性下降，南平侯說得對，急功冒進的人都不長命，她該收收心了。

慧馨回到屋裡趴在床上，昨夜她沒有睡好，如今放下最擔心的那塊石頭，便有些睏意湧上。在睡著之前，她一直反省著最近犯下的錯。

【第一百零一回】一巴掌和回家了

韓沛玲坐在床邊，神不守舍地看著手裡的帕子。

昨晚眾人各自回房後，南平侯派人過來找她。韓沛玲以為韓四已經逃脫，所以她不擔心南平侯會責難她，只要沒有明確證據，南平侯也無法將她怎麼樣的。

韓沛玲來見南平侯，心裡多少有些雀躍。可惜她一進到屋裡，就看到南平侯一臉寒霜地將一條帕子丟給她，那條帕子正是她故意丟在路上的那條。

此時此刻，韓沛玲看著手裡的帕子，不禁回想昨晚南平侯說的話：「韓小姐，要保管好自己的東西，否則被有心人撿去，做些栽贓之類的事，妳就說不清了。韓小姐對袁橙衣做的事，應是無意之舉吧？於本侯而言，昨夜並無特別事情發生。不過是雨太大，眾位小姐在花房避了會雨，什麼襲擊之類的事根本子虛烏有。我想韓小姐應知道如何向韓尚書回報。本侯希望今晚之事不會再有人知道，更不會有人提起。」

韓沛玲用帕子遮著臉仰躺在床上，父親要她算計南平侯，南平侯要她欺騙父親，她的那點念想，有誰會在乎呢？

袁橙衣帶著她的表妹王芳來找韓沛玲，王芳與袁橙衣一樣，同屬乙院。袁橙衣推開門見屋裡只有韓沛玲一人，給王芳使了個眼色，便一人進了屋。王芳則守在門外，顯然袁橙衣要與韓沛玲單獨說話。

韓沛玲打起精神招呼袁橙衣，她到桌邊倒了杯茶，拿起準備端給袁橙衣。

袁橙衣見韓沛玲端著茶走了過來，忽然冷哼一聲，揚起了右臂。「啪」的一聲，一個巴掌落在韓沛玲的臉上，韓沛玲震驚地愣住，茶杯也摔落在地上。

韓沛玲捂著臉，瞪著袁橙衣，恨恨地道：「……妳竟敢打我……」

袁橙衣瞇著眼睛反問韓沛玲：「怎麼我打不得妳嗎？妳是什麼金枝玉葉嗎？」

見韓沛玲氣得說不出話了，袁橙衣又輕蔑地看了一眼還在地上滾動的茶杯，「倒杯茶就想盡釋前嫌了？妳真以為我是傻瓜？妳以為昨晚害我的事便這麼算了嗎？我先打妳這一巴掌，再跟妳算昨晚陷害我的帳。」

韓沛玲長這麼大，頭一次被人打，也是氣急了：「昨晚什麼事啊，昨晚不是根本沒事發生嗎？」

「我昨晚當作沒事發生，不過是不想在外人面前把事鬧大。但今日妳得將事給我說清楚！妳說，昨晚我會肚子疼，是不是妳下了藥？還有妳在賊人面前把我推出去，妳是不是認識那賊人，跟他串通好了的？」袁橙衣忽然抓住韓沛玲的手臂，一副絕不放過她的姿態。

袁橙衣一連串的發問，讓韓沛玲有點懵，不過她明白此事絕對不能向袁橙衣透露，便是死賴，她也必須賴到底。

「妳胡說八道些什麼！我怎麼可能與賊人有關係，當時我不過是被嚇得慌了神，才不小心將妳推倒的。那些食物我本是好意拿給妳嘗嘗，妳自己吃多了，吃壞了肚子，如何能怪我。再說妳我遠日無怨，近日無仇，我為何要害妳？」韓沛玲一副氣憤的樣子說道。

「我才不信，妳分明是狡辯，哪有那麼湊巧的事？韓沛玲，妳騙得了別人，騙不了我。妳最好現在就跟我說實話，否則回了京，我必會告訴我娘，讓我娘進宮告訴皇后娘娘！」袁橙衣根本不信韓沛玲的說辭，她又不是三歲小兒，在靜園待了快四年了，能升至乙院的人怎會被如此牽強的理由騙倒。

無論袁橙衣怎麼說，韓沛玲都不能說實話，「袁橙衣，妳不要用皇后娘娘來嚇唬我，即便是皇后知道了，也是要講道理的。我沒做過的事，妳別想栽贓陷害我。再者南平侯已明確吩咐了，昨晚的事都不許再提，更不可對任何人說。妳再胡說八道亂說一氣，咱們便到南平侯跟前評評理，我看妳到了南平侯面前還能否這般盛氣凌人！」

「妳竟然還想到侯爺面前評理，妳以為侯爺不清楚你們韓家人的德行嗎？說得冠冕堂皇，好似真的清白，誰不知侯爺看在皇上的面子上，根本不會追究你們韓家。既然妳今日不肯告訴我實情，雖不知你們韓家究竟為何要害我，但這個仇我袁橙衣記下了！」袁橙衣咬牙切齒地撂下狠話，便不再理會韓沛玲轉身要走。

韓沛玲卻是直接把頭一扭，「隨妳怎麼想吧，我看妳根本就是昨晚嚇壞了腦子，我不與妳計較便是了。」

袁橙衣正往外走，忽然停下腳步，轉過身似笑非笑地看著韓沛玲道：「韓沛玲，說起來妳對南平侯的那點心思，京城誰不知道，我等著看妳心想事成的那日會有多風光了。」

韓沛玲目送袁橙衣出了門，然後虛脫般倒在了床上。

❋

慧馨萎靡了一天，一場好覺之後重新振作了起來。而暴風雨在下了一天一夜之後，也終於停了。靜園眾人再度跟著南平侯上了船，船隊繼續向京城行去。

慧馨整頓好心情，準備做幾件繡品，過了中秋節日越來越多，她得準備幾件拿得出手送人的禮物。

其中一把團扇是送給慧嘉的，她原想畫幅菊蟹圖後繡上，後來想起漢王撿到畫的那樁「冤案」，便放棄了畫畫，改繡了一幅白貓撲蝶圖。慧馨繡得細緻，小貓周身的毛似乎根根能數清楚。小貓的耳朵內廓，慧馨選用了粉色線故意做出弧度，彷彿小貓的耳朵正一動一動，再用了白色的線繡小貓的全身，繡好的貓兒栩栩如生、維妙維肖，而蝴蝶更是繡得豔麗。扇子兩面都十分生動，好似蝴蝶與小貓都活了般。

謹恪看到慧馨繡的扇面，嘖嘖稱奇。慧馨的女紅原在丙院便算數一數二，但她心思多在製作些新奇實用的玩意兒，這般用心地繡東西，倒是第一回。

不過謹恪沒工夫關注慧馨做女紅，她最近忙著畫畫。自從在潭州見到慧馨所畫的安置點簡易指示圖後，便對這種表達風格很感興趣。慧馨給她畫了一篇四格可愛版漫畫，內容是謹恪吃太多嚼食導致牙痛的故事，謹恪捧著這畫笑了好一陣，便自己動筆畫了起來。慧馨發現謹恪似乎對漫畫很有天份，於是建議她將此次潭州之行用這種方式畫下來。

謹飭忙著完成她的《水災後防疫要點》初稿，在船上可向太醫請教，回了京城就不方便了。由於慧馨四人都有事要做，所以在船上的日子，過得又平靜且忙碌充實。

當船停靠在長滬碼頭時，慧馨忽然覺得心裡有點失落。為了未來她嚮往的悠閒生活，她仍得繼續在京城奮鬥。長滬碼頭上早有聞訊而來的百姓迎接她們，只不過這回她們不能再像入潭州城時那般親民了。靜園早已派了馬車在碼頭迎接，眾人戴著帷帽，矜持端莊地上了馬車。

她們要回靜園休整三日才能休假，這三日裡靜園沒開課程，好讓小姐們重新適應靜園的氣氛。

謹飭的書已整理好，等休假回去讓父親找人詳加檢查後再呈給皇后娘娘。謹恪的四格漫畫也積攢了不少，她的確很有天分，準備在休假時向娘親獻寶。慧馨則因這次在刺繡細節上下了許多工夫，直到抵達京城，僅繡好送慧嘉的那一把。她把團扇包好，準備休假時給漢王府遞帖子，去探望慧嘉時順便將團扇送給她。

❀

休假那日早上，依然是謝睿與謝亮同來接她。兩人都精神奕奕，滿面笑容。這次南平侯帶著靜園人眾南方賑災，成績斐然，功績不小。靜園眾人的表現也可圈可點，給皇后娘娘與女士院長了不少臉。慧馨從謹飭那聽說，南平侯會上摺子，表揚三十位靜園表現傑出的女子，慧馨有幸與謹飭她們一起在表揚名單上，她們今年年末升乙院的事大致可以確定了。

慧馨回了謝府照舊先向大太太彙報南下賑災的經歷，大太太聽得連連唏噓，連坐在一旁聽八卦的慧妍都拉著慧馨的手說：「真是辛苦妹妹了，看這手好像都起繭子了。」

大太太慈愛地望著慧馨說道：「看這小臉也瘦了，這兩日在家可得讓妳好好休息休息，補一補。」

慧馨心知大太太有意示好，自家人她自然得接著：「那慧馨先謝過大伯母了，這段時間，可把我給饞壞了。不過好久沒見二姊了，慧馨很掛念她，還要麻煩大伯母給漢王府遞帖子了。」

大太太有些羨慕地道：「不麻煩不麻煩，妳們姊妹的感情真好……」說完，好似有無限感慨地看了慧妍一眼。

【第一百零二回】

漢王妃

謝家長房有兩女，長女慧婷是姨娘所出，前幾年已出嫁，聽說是嫁給了某個小地方的一家富戶，以當年大房的情況，庶出女兒能嫁給富戶也算體面。不過似乎慧婷出嫁後，便很少再與謝家聯繫。而慧婷的生母馮姨娘，一直很得大老爺的寵愛。如今大太太守在京城的府裡，而馮姨娘則跟著大老爺去了官邸，在身邊服侍。

慧馨微笑不語，長房的私事她不想摻和。她也是庶出之女，自然對嫡母與庶女，太太與姨娘間的矛盾有深刻的體會。

從大太太屋裡出來，慧馨去了謝睿那。今年的秋闈並未受到南方洪災的影響，仍按原定時間在中秋之前舉行，即所剩不到一個月的時間了。

慧馨坐在謝睿的書桌前，謝睿笑咪咪地拿出一本書，放在慧馨面前，微笑道：「這是送七妹的生辰賀禮，雖然七妹今年的生辰沒能在家裡過，又有些晚了，不過總歸是為兄的一番心意。我聽木槿說妳喜歡看書，便找了書來。」

慧馨愣了一下才反應過來，她的生辰是六月初九，那時她們靜園的人正在趕往潭州的路上。她自己都忘了，如今她已經十歲了。

慧馨拿起桌上的書，書頁上用狂草寫著《十方遊記》。這是一本很有名的遊記，據說是前朝一位法號十方的僧人，遊歷大江南北後寫成的。謝睿送她的這本算得上古本了，十分難得，可見謝睿是下了一番工夫的。以前在江寧，每逢慧馨生辰，最多不過是太太賞碗長壽麵罷了，沒想到這回，謝睿不但記得她的生辰，還專門準備了禮物給她。

慧馨欣喜地向謝睿道了謝，她由衷地覺得有個哥哥真不錯啊！

謝睿見慧馨高興，覺得自己到處託人找書的工夫沒白費。慧馨向謝睿講起他們南下的經歷，這回她講的比向大太太報告的更多了幾分實質內容。

謝睿聽著慧馨講起路上見聞，還有在潭州如何分配責任、安置災民、分發食品等補給，心中非常激動，彷彿身臨其境一般，其實他也想同她們一道去幫助災民。

慧馨見謝睿兩眼發亮，說道：「二哥將來做了官，就有機會施展自己的抱負了。所以二哥現下要專心讀書，為自己搏個前程。離秋闈的日子越來越近，千萬別為其他事情分心了。」

等慧馨回到自己院子，木槿木樨都是兩眼淚汪汪地看著她。慧馨看著這兩個，從江寧一路跟著自己到京城的丫頭，突然覺得這個京城謝府的小院子，也算是自己的家了。

木槿看著慧馨，好似是自己受了委屈般說道：「小姐，您這趟吃了不少苦吧……瞧您都瘦了……還黑了……」

木樨也點點頭，她是個行動派，立即取鑰匙打開一個匣子，從裡面拿出兩盒東西，「小姐……

這是以前太太賞下的膏脂，讓木槿給您抹上吧！」

木槿接過木樨遞過來的膏脂說道：「是啊小姐，您可得注意保養了，這出去一趟晒成這樣，讓太太知道了，肯定要責怪奴婢們沒好好照顧您。這兩天您在府裡，就由奴婢給妳抹這膏脂，等您回靜園時，也一併帶了去吧。」

慧馨噗哧一笑道：「瞧妳們說的，好像我現在這樣沒法見人了。妳們又沒有跟著我一塊去南方，太太怎麼會怪罪妳們？再說妳們家小姐還是丙院的人，不能帶東西進園的。」

木槿見慧馨不以為然，忙回道：「可不能這麼說，這京城裡的小姐比咱們江寧的小姐都要講究。我聽四小姐屋裡的丫頭說，大太太每月都為四小姐置辦新東西，京城流行的東西都是一日一變。還說大太太嫌京城天氣乾燥，專門在瓊芳閣給四小姐置辦了全套的保養脂膏。四小姐每晚都是又塗又抹的，小姐您可不能大意了。現在您年紀小看不出來，等再過幾年要出嫁時再保養便晚了，女子還是白白淨淨的好。」

慧馨聽得好笑，跟木槿打趣道：「妳剛說京城流行的東西一日一變，也許改天京城流行起黑皮膚了，以黑為美啊！」她可不要亂往臉上塗東西，雖說古代的化妝品都是天然的，但高檔的美容品又大多都含鉛。慧馨覺得不需要這些東西，她現在可是天生麗質的年齡。

慧馨說這話其實是句玩笑，不過她沒想到的是，沒多久京城真的流行以黑為美。起因是靜園這次休假，不少小姐出門會友，她們晒得微黑的皮膚，讓那些整日待在閨房小姐們自慚形穢不少，於是黑便成了另一種地位的象徵⋯⋯

慧馨笑完便問起木槿府裡近來的情況，謝府倒沒什麼大事，就是大少爺二少爺忙著讀書，大太太依舊帶著四小姐四處做客，而四小姐的親事還未定下來。

慧馨讓木樨將她南下之前帶回的包袱取出，裡面有兩個她為謝睿與謝亮縫製的書包，給他們秋闈準備的。當初她們出發之前，慧馨怕來不及趕回來，便提前做好這兩個書包。剛才大太太已經發話，今晚大家一起吃晚飯，慧馨打算將書包給兩位哥哥。

晚飯進行得很和諧，只有一個消息令慧馨有些擔憂，漢王府回信兒請四小姐與七小姐明日一道過去。大太太與慧妍高興地商量著明日該穿的衣衫、搭配的首飾。慧馨則疑惑，莫非慧嘉要插手慧妍的婚事？

次日一早，慧馨帶著鄒城賀小姐送的精油與她親手繡的團扇上了馬車。大太太另外讓她們帶了兩隻臘鴨，是用杜三娘每月給謝府送來的鴨子做的。大太太有一個陪房的婆子最擅長做這類吃食，慧馨嘗過，的確別有風味。

慧馨與慧妍隨著漢王府的丫鬟來到內院，木槿幾個丫鬟仍被擋在院門外。慧馨已見怪不怪，慧妍卻是頭回來漢王府，心裡不免有點惴惴地。

慧馨察覺慧妍的不安，忙安慰她道：「王府比一般人家規矩大些，不過王妃是個和藹的人，等我們給王妃請過安，便可去見二姊了。」

當她們走進屋內，卻只見漢王妃一人。行禮後，漢王妃給她們賜了座。

慧妍有些拘謹，慧馨便先開口說道：「……從南方回來，路過鄒城時，買了點花草精油，沒什麼稀罕的，就是份心意。」說著，慧馨將賀小姐送她的精油遞了過去，當然盒子她已經換掉了，裡面兩瓶精油都在。賀家是漢王的人，在王府應有耳目，估計要不了多久，他們便會知道她將精油都送給了王妃。

王妃讓丫鬟接下了盒子，問起了慧馨南下的事情。慧馨盡量如實回答，畢竟她們此行是公開的，王妃有的是管道知道詳情。

問完了慧馨，王妃又關心起慧妍。從她的年齡，興趣愛好以及在京城交了哪些朋友，都談到了。慧妍起初還緊張，可後來發現王妃對她很熱情，便放開了許多。

慧馨不解，王妃看似對慧妍更感興趣，而且她們在這坐了一時間了，王妃卻一句不提慧嘉，讓慧馨很疑惑。

眼看王妃與慧妍話題越扯越遠，慧馨只好趁著丫鬟來添茶時，向王妃問起慧嘉。

王妃這才說道：「……謝側妃跟隨王爺去了封地巡視，最快也要下個月才能返回。妳們不必掛心，王爺年年都要去封地巡視。雖然謝側妃不在，妳們也不必拘束，就當這裡是妳們家好了。」

慧馨趕緊扯起嘴角微笑，給她們一百個膽子，也不敢將漢王府當自己家啊！王妃這次讓她們進府，顯然是有意要見慧妍。

向王妃告辭離開後，慧馨很不安，見王妃多半是想給慧妍做媒，只是王妃這背後的目的，只怕不簡單。大房這邊她不好直接勸，只好將事拖到慧嘉從封地回來，由慧嘉從漢王府那邊下手更好些。

慧妍自漢王府出來便一直掛著笑容，她也察覺出王妃對她很關心。而且她與慧馨離開時，王妃特意賞了她們每人各兩匹京城最時興的料子。前幾日大太太原要給她置辦，大老爺正好沐休回來，訓斥了大太太一頓，責備她近來將慧妍寵壞了，此事只好作罷。如今王妃恰好賞了她，回去正好讓大太太給她做幾身新衣裙。

慧馨回到府裡，思來想去也想不出好法子，能阻止大太太與漢王府聯繫。好在秋闈在即，大太太這段時間全心為謝睿與謝亮準備，沒心思應付其他，只希望慧嘉與漢王快點回來。她吩咐木槿時刻注意大房的動靜，倘若有什麼要事，便到皇莊那捎信給杜三娘，杜三娘自會轉告她。

【第一百零三回】

晒日賞月的日子

在慧馨她們離開的這段時間，杜三娘將魚塘與作坊都照顧得很好。按時清塘換水，拋灑藥餌，也努力維持鴨蛋作坊那兒，鹹鴨蛋與松花蛋的品質，每月給謝府和西寧侯府送些莊上的新鮮產物。她們的人手不多，但杜三娘處事有條不紊，既不誤事，也沒聽到莊客們抱怨。

如今魚塘已不需慧馨與謹恪長時間盯著，有娟娘與花姑在那輪換值守。薛玉蘭那頭，夏季裡即便如何勤快打掃，豬圈仍有臭味。所以慧馨兩人每隔幾天會去薛家打個逛，而她們倆來皇莊時，大半的時間都賴在三娘的院子裡躲清閒。

現下慧馨與謹恪正坐在三娘家院子裡大樹下乘涼，這棵樹估計有幾十年的樹齡，枝葉茂盛，坐在下面乘涼比屋裡頭爽快許多。

謹恪這幾日與三娘一起做帳，要將她們離開這段時間的帳務補上。慧馨反而比較清閒，在一旁做針線。

喜姊過來又給她們添了一遍茶水，見慧馨在做針線，好奇地想上前瞧，又怕慧馨會惱了她。

慧馨抬頭朝她一笑，招招手，問道：「妳也喜歡做針線嗎？」喜姊是杜五妹的女兒。

當初南下賑災之前，慧馨請求承郡王替她處理杜三娘過繼子嗣一事，承郡王攬下這事後交代給一位姓邱的屬下。

後來杜三娘將杜五妹與她的兒女都接到皇莊，與她住在一塊。杜五妹的大女兒便是喜姊，小兒子名叫順子。杜三娘與杜五妹三人相處了一段時日，覺得她們人品佳，再者又同情杜五妹的遭遇。杜五妹身子差，又愛操勞，杜三娘心知她是掛心兒女的將來，便決定過繼順子，全了她與杜老爹家、杜五妹家三家人的心意。

原來這些年杜五妹夫家的主母一直使壞，順子與喜姊都沒上族譜。主母將杜五妹三人趕出家門時，一文錢也沒給他們，她對順子過繼一事倒是樂見其成，等順子過繼給杜家後，便可名正言順擁有全部財產。因此過繼進行得相當順利，還找了族長在過繼儀式上做見證。

而杜家這邊，杜老爹請了里正來，在族長與里正的注視下，杜老爹讓杜二郎把「杜順」二字添在了杜大郎與杜三娘的名字下。

喜姊是個機伶勤快的孩子，平日裡幫著杜五妹做家務。杜五妹身子骨不好，三娘經常叫她歇著，可才一轉身杜五妹又忙上了。三娘心知她是心裡不安，便也不再管她，只吩咐喜姊多分擔些。喜姊只有九歲，雖比慧馨小幾個月，但卻比慧馨長得壯，個頭也比較高。

順子今年七歲，這會去莊裡的先生那學字，每日下午兩個時辰。順子性子乖巧，小小年紀便知幫著母親與姊姊做活，估計在原來的家沒少吃過苦。三娘聽說他以前還是個小少爺時，跟著他父親給嫡子請的夫子認過幾個字，便給莊裡的先生交了束脩，讓順子過去讀書。杜三娘希望順子將來當個讀書人，不要只做個莊稼人或像大郎般當兵打仗。

杜五妹身體孱弱，三娘有心給她補補，但買了補藥杜五妹又嫌浪費不肯吃，三娘只得在院子裡養了幾隻雞，好歹讓她每日吃些雞蛋，剛才喜姊便在忙著剁雞食。

慧馨心知喜姊跟著杜五妹學過針線，便叫她去取了針線簍，兩人坐在樹下，慧馨耐心地教授喜姊針法。慧馨經過靜園女紅課的訓練後長進不少。而喜姊只跟著杜五妹學過些簡單常用的技法，見慧馨肯教她自然欣喜。

順子下了課從先生處回到杜三娘的院子，一見慧馨與謹恪，便先過來給二人請安，才又回了屋讀書。跟在他身後的小黑狗黑子，屁顛屁顛地跑到慧馨與謹恪身邊嗅嗅，便乖巧地趴在慧馨旁的地上。

上個月娟娘家的母狗生了一窩崽子，三娘抱了一隻回來養。以前三娘有些瘋癲時，別人不敢惹她，見了她也會躲著走。如今他們娘兒四人住在這，沒有個成年男子在，是有些不踏實，所以三娘才想起要養隻狗。

這隻小狗通體全黑，就叫了「黑子」。黑子還太小，走路有些不穩卻喜歡蹦來蹦去，每日跟在順子後頭去先生家，又跟回來，搞得謹恪開玩笑說，是不是黑子也認字了……黑子也很乖巧，跟慧馨、謹恪熟悉後，每日下午趴在她們腳邊，跟她們一塊在樹下乘涼，或被謹恪鬧著玩耍。

帳務很快補齊，謹恪便清閒下來。她不喜歡做針線，應付一下靜園的女紅課還成，若讓她像慧馨般一天到晚拿著針繡，她可吃不消。

她畫的南下賑災的四格漫畫，已完成交給了安成公主。偏偏她又手癢，不時拿出紙筆來畫，只是不盡興。正巧那日她們到三娘家時，三娘正在院子裡聽順子背誦《幼學》。慧馨便向謹恪提議，不如將幼學的內容畫成圖冊，然後按照圖冊刻雕版，印刷成冊出售，那麼她們也可開印刷所與書鋪了。謹恪管不上將來能否印成冊子出售，她只要有得畫就開心，便一頭忙入畫冊了。

每日晚飯後，慧馨都會拉著謹恪到花園散步消食，為了防止蚊蟲叮咬，她們特意找李醫師討教，尋了些草藥放入隨身佩戴的香囊裡。興許古代花草在天然環境中生長，藥性顯著，驅蟲效果極佳。

散完步，慧馨與謹恪搬了躺椅，在房門前的廊簷下賞月納涼，這是慧馨一日中最喜歡的時辰。

每當她凝視天上的皎月，便忍不住思考，這個月亮與她上輩子見著那個，是不是同一個呢？古人說「千里共嬋娟」，是不是她在這裡看著月亮，她的視線會被月亮折射到她的親人那兒呢？

靜夜裡，琴聲從樂室傳來，間或夾雜著女孩的說話聲和笑聲。夏季燥熱，大家就寢時間都晚了些，便聚在樂室裡談天說地。為了通風，樂室的窗戶全都開著，點了香來驅蚊，有那風雅的就當是焚香彈琴吧！果然去了趟南方長進不少，眾人言談舉止都多了些大家之氣，整日橫眉斜目嘀嘀咕咕的人少了。

不過慧馨仍不喜與他們摻和，人多是非便多啊！自從謹飭透露她們今年升乙院的事已八九不離十後，慧馨決定從現在起要平平安安混到年末。其他事則本著多一事不如少一事，有事不如無事的態度，她得再度夾起尾巴低調行事。

慧馨偶爾自我反省時，也覺得自己有點狡猾。憑著些小聰明，給承郡王出了些點子，但真正辛苦執行的都不是她。別人都覺得她人善良，可只有她自己最了解自個兒，就像三娘的事，倘若當初三娘沒有分到她名下，她肯定不會去管這檔事的。

說穿了，她只是為了讓自己活得更好而努力，按照她原本的計畫，在靜園的第一個目標便是儘快升入乙院，畢竟丙院只能待三年，越到後面越是爭得厲害。如今這個目標已達成了九成，只要熬過時間便萬事大吉。接下來的目標是賺錢，等她進了乙院便開始存錢。慧馨自始至終從未想過入甲院，能入乙院便算對謝家有了交代。她在靜園的終極目標，便是在乙院如魚得水，順便賺些零用錢。

在靜園裡賺的錢，都是她的私房錢，謝家無權干涉。將來離開靜園，她肯定會有用到錢之處。她在謝府每月只有二兩銀子的月銀，即便都省下了，可存到她十四歲，也不過一百兩左右，所以一旦進了乙院，便要更努力賺錢。

❋

當慧馨悠哉地過著她的小日子時，朝堂上對這次洪災的賞罰下來了。

南平侯一行自然是勞苦功高，在朝為官的官員今年的考績肯定是優。南平侯回京後便卸了職，皇上特別賞賜了不少珍寶。

燕郡王則因處事不利、應對不當，被皇上勒令閉府反省。承郡王協助南平侯有功，得了皇上的誇獎。不過皇上並未明著賞賜承郡王、懲罰燕郡王，而是賞賜了太子妃。

皇上如此行事可謂用心良苦，燕郡王與承郡王都是太子的嫡子，若是表面上貶一個賞一個，那些眉高眼低的人必會在他們兩人間生出些是非來。太子妃是兩人的生母，承郡王尚未單獨建府，將承郡王的功勞歸於太子妃教導有方，別人便不能再說三道四了。

八月七日，秋闈開考，謝家大少爺謝亮與二少爺謝睿下場。這一日，慧馨特意去平安堂上了兩炷香。

【第一百零四回】

中秋

秋闈之後，杜三娘派喜姊與順子去了趟謝府，帶回了大少爺與二少爺應試順利的消息，眼下就等十月放榜了。

慧嘉與漢王終是趕在中秋前回到了京城，中秋宮宴，漢王必得參加。

慧馨繡好兩把團扇，為了適當活動下疲倦的手臂和肩膀，慧馨開始了每日下午開始訓練狗的活動。她縫製了一個骨頭狀沙包，與黑子玩起了我丟你撿的遊戲。

這個月靜園的休假特意排在中秋，慧馨一大早提著滿滿的竹籃，謝亮與謝睿已滿臉喜氣地候在馬車旁。籃子裡放著慧馨在廚藝課上做的各種口味的月餅，還有一小瓶皇后娘娘賞下的桂花釀。靜園眾人南下賑災有功，皇后娘娘考慮到此時不宜鋪張浪費，便賞賜靜園每人一瓶桂花釀。聽說這桂花釀是宮中祕釀，往年只賞給重臣。慧馨本想嘗一口，可惜瓶口上封了蜜蠟，她不敢擅自解封。

見謝亮與謝睿都面露笑容，想必這次秋闈成績理想。在江寧時，謝老爺曾按照秋闈的規矩，組織望山書院的學子做年末的大考，讓考生們提前適應試場環境，對參加秋闈有絕大的優勢。當慧馨聽說這事時，她忍不住在心裡讚賞謝老爺「高明啊」。

時逢中秋，大老爺從京畿趕了回來。院子裡豎起三丈高的旗杆，上面掛著兩只燈籠，照亮了整個院子。燈下的大香案上擺著祭品，每只月餅都是特意做的，足有成年人的手掌般大，西瓜雕成了蓮花狀，只是今年香案上多了一瓶御賜桂花釀。

今日慧馨見到了傳說中的四少爺謝皓，他是大房的庶出少爺，生母在生下他之後不久便去了。謝皓從小養在大太太身邊，聽說課業比大少爺謝亮學得更好。他自己也很用功，整日關在屋裡讀書。再過三年，就輪到他參加秋闈了。

大太太按人頭把月餅切開分好，皇后賞下的那瓶桂花釀則由大老爺開封，每人倒了一盅。慧馨那杯被她一口抿掉了，桂花香濃唇齒留香。剩下的桂花釀，由大老爺和三位少爺分著喝了。而裝桂花釀的瓷瓶，被大太太專門挑了間屋子供了起來。

見謝皓難得放下書本，謝亮便提議帶謝皓與謝睿去賞花燈，慧妍也吵著要一塊去。謝睿見慧馨也是一臉期盼，便提議帶兩位妹妹同去，只要多帶幾個婆子跟著便是了。

街上的景象讓慧馨十分好奇，以前在江寧，謝老爺不許她們上街，所以這中秋節日的熱鬧景象，慧馨倒是頭一次見到。

街上掛滿了花燈，燈下還綴著燈謎。來來往往的人群中，有不少結伴出行的女子，也有不少像她們這樣被丫鬟婆子環繞著的小姐。

還有賣吃食的攤子，攤主賣力地吆喝著吉祥話，吸引來往人群的注意力。慧馨很想嘗嘗，但慧妍嫌棄那些攤子不乾淨，慧馨只得小小地遺憾便作罷。

他們行至一個路口，直走可到御街，今日那邊集中了不少花燈，還有雜耍班子在那邊表演。左轉可到慶春樓，今晚那兒也有花燈，不過是在慶春樓的園子裡。

慧妍想去看慶春樓的花燈，但慧馨不想去。她們休假前，謹飭跟她提過，今晚慶春樓那邊魯郡王宴客，請了不少京裡的達官顯貴。

慧馨說道：「聽說慶春樓的花燈會保留到重陽，咱們改日再去看不遲，倒是御街那頭，過了今晚可就沒了……」最終慧馨他們選擇了去御街。

御街果然比剛才路過的其他街道更加熱鬧，許多人都在猜燈謎，用謎底換兔子燈籠。謝睿也給慧馨與慧妍換了兩個。這兔子做得維妙維肖，眼睛還用朱砂點了紅睛。

他們逛了這麼長一段路，慧妍有些乏了，見旁邊有家無名茶樓，便想去歇歇腳。謝亮要了一個二樓的包間，慧馨他們叫了茶水，趴在窗旁看著樓下街景。

隔壁包間傳來聲音，估計是有客人來了。無名茶樓不算大，建築也並不顯眼，大概就是這原因，這家茶樓今晚還有空餘的包間。

原本守在門外的婆子進來稟道，隔壁來的人是大理寺卿盧家的少爺與小姐。

慧馨看了謝睿一眼，果然見他的臉有些紅。慧馨偷笑，這古人真是容易害羞啊！不知隔壁盧家的四小姐來了沒，慧馨倒想提前見見這位未來的二嫂。

謝盧兩家是未來的親家，既然兩邊都沒有長輩在，便由謝亮帶著謝睿與謝皓去問好。隔壁有盧家少爺在，慧馨與慧妍則不方便去了。加上慧馨兩人都不認得盧家小姐，未經長輩介紹不合規矩。謝睿回來時，神色略有失望。慧馨猜想大概是盧四小姐這回沒來，古代女子定親後便在家備嫁，不再輕易出門，以免沾惹了傳言，有損自己的名節與未來夫家的名聲。

見時辰差不多了，謝家五兄妹準備回府，才出了房門沒走幾步，慧馨便發現一個熟悉的身影。南平侯正扶著太夫人上樓，他竟然沒參加魯郡王的宴會。

謝亮幾人不認得南平侯，只有慧馨認得。南平侯幫慧馨解決了韓家的威脅，也算是謝家的恩人，所以慧馨忙叫住謝亮幾人，等南平侯進了包間，他們應該過去請個安。謝亮四人聽說那人竟是南平侯，都是既興奮又緊張。

南平侯進房前，回頭看了眼立在一旁的慧馨幾人。慧馨等小二送了茶水後出來，方才帶著謝亮等人過去，請守在門外的侍衛通報。他們進房時，南平侯正在給太夫人斟茶。

慧馨先上前給南平侯與太夫人請安，見南平侯並無不耐之色，才介紹起謝亮四人。

南平侯聽到謝亮與謝睿參加了今年的秋闈，便多問了他們幾句。那次南平侯去謝府探訪謝老爺，慧馨就聽說南平侯文武雙全，當時她還不太信，如今聽南平侯問兩人的問題，都恰落在重點上，才相信南平侯當真是人才。

一番對答下來，南平侯對這幾個謝家的孩子印象提升不少。因著曾在謝家內宅被人算計，南平侯對謝家很是厭惡，尤其之後謝家的二女兒嫁入漢王府，他更將謝家當成了拒絕往來戶。

這次南下賑災之行，讓南平侯對慧馨的印象有了變化。他有時看不透這女孩，隱隱覺得她與其他人不同。如今從謝亮、謝睿的言談間來看，即便有些拘謹，但答得卻是可圈可點。這兩個孩子雖年少仍需琢磨，卻也算得上可造之材。

太夫人見慧馨幾人離去，這才嘆了口氣。南平侯縱然是國之棟梁，卻只能蒙塵，賦閒在家。南平侯有感太夫人所想，給自己倒了杯茶，品了一口說道：「……娘為何嘆氣，莫非易宏又拿假茶騙人了？兒子嘗著好像味道真的不對。」

太夫人噗哧笑出聲道：「我嘗這碧螺春風味地道得很，你啊，別老欺負易宏，他不過就開了這茶樓，你還老挑他刺。你也就這麼個從小長大的朋友，小心他哪天生氣不理你了。」

太夫人話音剛落，門外的侍衛來報，茶樓老闆易宏公子來給侯爺與太夫人請安。

易宏一進房，便發現太夫人與南平侯都笑著看他，南平侯更是笑得不懷好意。易宏摸摸鼻子，南平侯肯定又在算計他了，不知他又哪裡惹到這個煞星了……

慧馨跟在謝睿身後出了茶樓，忍不住又回頭看了一眼這家茶樓。這茶樓雖名為無名，但它的老闆絕非泛泛之輩。能在御街的繁華地段包下一家小茶樓，只怕比經常上大茶樓的人更有身分。

回到謝府，慧馨仍然沒有回自己的院子，古代中秋講究越晚睡越好，睡得越晚越長壽。大太太興起打葉子牌，幾人便過來相陪。慧馨不擅長這牌，便換了大太太身邊的丫鬟相陪，自己坐在一旁看熱鬧。

直到大太太盡了興，眾人方才散去各回各院。慧馨回屋後留了木槿說話，今日忙碌了一整天，直到此時主僕二人才能說上幾句悄悄話。

木槿斟酌了一番詞句才說道：「……大太太前段時間給四小姐置辦了許多衣裳首飾，後來被大老爺訓斥一番才收斂了許多。只不過前幾日大太太親去漢王府送了中秋禮，回來後又忙著給四小姐打首飾了，昨兒還聽那邊傳出消息，大太太想託漢王府那邊替四小姐找教習嬤嬤……」

【第一百零五回】
年末大考

為何又要找教習嬤嬤？謝家在慧嘉出嫁前，請了好幾波教習嬤嬤來教導小姐們，那幾位嬤嬤教的都足夠了。慧馨在靜園能言行不出錯，與這幾位嬤嬤的教導不無關係。按說該學的東西都已經學了，怎麼還要替慧妍找教習嬤嬤？難道大太太去漢王府，從王妃那裡得了什麼信兒？

慧馨一覺睡到卯時，昨夜大家睡的都晚，現下院子裡頭還靜悄悄。外面天還不是很亮，慧馨起身點了床頭的蠟燭，拿出《十方遊記》來讀。

木槿木樨準時在卯時三刻醒來，雖然平時慧馨並不住在府裡，但她們做事仍按著規矩。慧馨在入靜園前曾叮囑過她們，切記遵守規矩，別讓人挑了錯。所以即使慧馨不在府裡，她們依舊按點起床做事。

木槿見裡屋亮點燈，匆忙進去，見慧馨正靠在床頭看書，便道：「小姐怎麼不多睡會，昨晚歇得晚，今日又有要緊事，不如再躺一會？」

慧馨笑著說道，「在靜園習慣早起了，那兒沒人服侍，早上都是自己洗漱，每日更要提前起來。人睡覺的時辰固定了，時間一到便自然醒了。我這會也不睏，幫我打水梳洗吧，吃過早飯還要去給大太太請安。」

慧馨這頓早飯喝了兩碗皮蛋粥，還配著醃黃瓜等小菜吃了一小塊饅頭。雖然這下仍屬秋老虎的天氣，但清晨還頗涼爽，胃口自然佳。

早飯後因時辰還早，慧馨便在院子裡看看花，活動活動四肢。這年頭的大家閨秀講究行止端方，劇烈和大幅度的運動不能做。

給大太太請過安後，慧馨在屋裡整理之前搜集來的香料種子。大太太這兩日面露喜色，慧馨幾次言語試探，大太太一句也不多說。而慧妍那邊更是守口如瓶，但瞧她們母女兩個眉來眼去，肯定有事。

慧馨正專心將種子整理上冊，木槿匆忙從外面趕回來，向慧馨稟道：「……謝側妃派了金蕊送東西過來，是封地那邊的土產。奴婢聽說東西不少，除了給府裡的，各位少爺小姐還有單獨的份，金蕊這會兒去了四小姐那邊，估計著一會便過來了。」

慧馨點點頭，這次恰逢中秋，她不能去漢王府探望慧嘉，如今慧嘉能派金蕊出府辦事，看來慧嘉這段時間日子過得不錯。

慧馨吩咐木槿接下金蕊送來的金絲棗，便問起慧嘉的近況。

「……原本以為這夏天前往封地是件受罪的事，側妃娘娘在去程還有點中暑，沒想到封地那兒竟比京城涼快許多。娘娘還學會了騎馬，每日與王爺一起出去巡視。那邊只有娘娘與王爺兩位主子，府裡頭規矩也沒京裡這般講究，娘娘感到自在了許多。那邊的金絲棗長得好，娘娘便帶了不少回來，給幾位小姐嚐嚐。」金蕊回道。

「側妃娘娘身子好，我就放心了。」慧馨說道。

「娘娘記掛著七小姐，說請小姐下次休假時去府裡賞花。」

「我曉得了，可是漢王府的桂花要開了？倒教我想起咱們江寧謝府的桂花林，記得以前還自個兒採來釀酒，可惜咱們京城府裡沒有。上次大太太去送節禮，可惜我沒能跟著去看看……」慧馨說道。

金蕊接過慧馨的話頭繼續說道：「……側妃娘娘一直掛念著七小姐，擔心七小姐去南方會不會吃苦？人是不是瘦了？您上次沒跟大太太一起去府裡，娘娘便招了大太太過去。聽說七小姐一切安好，這才稍微寬了心。大太太又向側妃娘娘說起，王妃跟她提起了選秀，便請求娘娘給四小姐找個好的教習嬤嬤……」

慧馨眉毛一挑，漢王妃竟然挑唆謝家大房送女兒去選秀，不知這是漢王的主意，還是漢王妃自作主張，「……側妃娘娘可曾答應大太太？」

「娘娘說，這事兒得先問過王爺，雖說找教習嬤嬤是女人家的事，可如今咱們謝府行事也代表著王府的臉面，不是隨便哪個阿貓阿狗都能進府的。」

慧馨點頭，「側妃娘娘說得有理，咱們謝府給姊妹們請教習嬤嬤，前後也有好幾位了，應該沒有必要再單獨替四姊請嬤嬤了。但若大伯母實在不放心四姊，依我看側妃娘娘身邊的嬤嬤們都很不錯，都是識大體懂人情的。」

慧馨讓木槿送了金蕊出去，自己坐在桌前若有所思。漢王妃挑唆謝家大房送女選秀，此事定然成不了的。即便大太太糊塗了，還有大老爺。大老爺為官多年，懂得趨利避害，此事肯定過不了大老爺那關。

待得木槿送人回來，慧馨找了木槿說話，「……聽說給大老爺趕車的是趙三家的大兒子，妳找機會在趙三家面前漏個口風。」這事還是早點讓大老爺知道得好，時間拖久了，讓有心人看出端倪，恐怕對慧妍的名聲不好。

❖

中秋後回到靜園，丙院有了新任務。宮中藏書樓存有數千古籍名畫，可惜為了保存而無法在人前展示。呂婕妤從中挑選了三幅長卷古畫，命靜園丙院眾人合力將畫繡於黃絹之上，並作皇后壽辰靜園賀禮獻上。

這三幅圖是《洛神賦圖》、《富春山居圖》和《五牛圖》。皇后壽辰在十一月，為了按時完工，教授女紅的陸掌衣將丙院眾人分成了三組同時開工。

慧馨被分在《洛神賦圖》組，她們這組的人都是女紅高手。這三幅圖裡《洛神賦圖》最長，最難繡。

慧馨揉揉眉角，起身出了屋子望著天。長時間盯著繡，眼睛相當疲倦，得不時地望望遠處，緩解眼睛疲勞。

慧馨嘆口氣，這次呂婕妤讓她們製作的繡品，簡直是期末大考，還是那種一人出錯連累一片的考試。

如今丙院上午的課程已停止，繡房這邊全天候有宮女輪班值守，從卯時到酉時開放，其他時辰則由嬤嬤們檢查後落鎖。

謹飭見慧馨還在望天發呆，便走了過去拍拍她的肩膀。謹飭與慧馨同一組，她們組為了防止有人使壞，商量好繡房開放時，她們組至少得有三個人同時在繡房。雖然宮裡派了宮女輪值，但小心使得萬年船。倘若繡品上出了任何差錯，最終倒楣的是她們全組人。尤其她們這一組，可說是三幅圖裡任務最艱鉅的。

謹飭左右看看，見周圍沒人，便拉了慧馨到一邊說道：「……皇后娘娘原本考慮到南方水患才剛過，百姓生活仍舊困苦，不準備大肆操辦壽辰的。可西北羌斥派了使者先一步送了信來，羌斥王派了他的弟弟與兒女來朝賀皇后壽辰，十月份便會到達。」

西北羌斥族？「……是那個跟我朝打了二十多年的羌斥族？」慧馨問道。

謹飭點點頭，「自從今上登基後，與西北簽訂了和平條約，西北已經有十多年沒有戰事了。羌斥王弟與王子王女此來，意義重大。而且今年恰逢選秀之年，再半個月便要開始了，皇上大概想藉這機會，開大趙與羌斥通婚之例。」

「……通婚？」慧馨詫異道。

「此事外頭知道的人家不多，妳家若有適齡的姊妹，不打算通婚的話，便別參與選秀。」謹飭道。對古人來說，與外族通婚因難以適應當地環境，婚後大多早逝或生活不幸，因此多數人並不喜與少數民族通婚。回頭這事得和大太太說聲，她肯定會打消讓慧妍參選的念頭。

慧馨一直覺得當今皇上與西北羌斥王間關係有些說不清，當年皇上還是皇子時，與同樣是王子的羌斥王打仗，一打便是十幾年。等兩人一成了王，一當了皇帝，立即簽了和平條約，可見這兩人很有遠見卓識。

當年若非西北一直打仗，也許四皇子的兵權早被太祖奪了。而南平侯小時候也是被送去西北，杜三娘的夫君也是在西北失蹤，四皇子與四皇子身邊的人，似乎跟西北特別有緣。

無論真相如何，在慧馨看來，能不打仗當然最好。事實上通婚也不見得是壞事，記得上輩子的歷史課上，就專門講過文成公主與松贊干布的婚事，這可是流傳上千年的佳話。聽說當年文成公主是主動應徵作松贊干布的夫人，雖然松贊干布早逝，不過文成公主仍然在西藏積極地生活了三十年，直到現今，西藏到處可見文成公主廟與塑像。其實女人的生活，不只取決於生存環境，還取決於當事人的心態吧！

慧馨寫了條子讓杜三娘送去謝府，條子是給謝睿的。知會大老爺羌斥族的事情，還是讓謝睿去辦較妥當，順便也讓謝睿給謝亮打個招呼。倘若通婚順利，下一步便是通商了。

【第一百零六回】

偷梁換柱

慧馨有意讓謝睿把羌斥族進京朝賀的消息告知大房，讓謝睿賣大房人情，尤其是謝亮，謝家的兄弟之間齊心，謝家的女兒在外更有依靠。

慧馨連著繡了一個多時辰了，有些口渴，便起身回臥房喝水。為了怕汙染了繡品，這段時間不許帶茶水點心入繡房，所以慧馨沒有隨身攜帶她的水壺。

這些日子京城的秋老虎來得猛，慧馨一直不太適應京城乾燥的天氣。這幾日又要忙著繡圖，又怕犯了秋燥，便特別跑去平安堂開了降燥茶飲用。可惜水壺不能帶到繡房裡，她便只能繡房和住處兩頭跑。

慧馨喝了幾杯茶，又打水擦了把臉，但覺心頭仍是有些煩躁，便坐在書桌前，鋪好紙拿起筆……其實這幾日對著臨摹的古畫繡圖，搞得慧馨有些手癢，心裡老想那幅洛神賦圖，她已經很久沒有真正地動筆畫畫了。可是她對慧嘉承諾過，再不用自己的畫風作畫。

慧馨深吸口氣，默了一遍金剛經，心情平靜了許多，這才又淨了手，準備回繡房。剛出門，慧馨就遇到了謹恪。

謹恪這次被分在《富春山居圖》那組，《富春山居圖》不難繡，但因她們用的是黃絹，原圖上的留白部分需要用白線來補效果，所以也比較費時間。

「午睡到現在才起？」慧馨問道。這幾日她們忙著繡圖，又分在不同組，所以起居時間岔開了。

「繡了一整個上午，眼睛又瘦又累的，中午便多睡了會。」謹恪說著，還用手揉了揉眼睛。

慧馨忙抓住她的手臂，制止她道：「別用手揉眼睛，小心腫起來。我聽妳嗓子有些啞，先進我屋裡喝點茶水吧！」

慧馨拉著謹恪又回了她的屋子，給她倒了降燥茶，又去樂室端了杯涼茶過來，「用這涼茶敷敷眼睛，一會便舒服了。往後妳別一直坐那裡繡，繡一會歇一會，活動活動手臂肩膀，眼睛也可以望望天，就不會這麼累了。這活計才剛開始，要是累壞了，後頭完不了工才麻煩。」

慧馨將茶水倒在手帕上，給謹恪敷在眼睛上。謹恪舒服地呼了口氣，「妳下次舒展活動時叫我一聲，我老是忘記。這繡活真夠累人，下回進宮，我可要找皇奶奶訴訴苦。」

慧馨好笑地拍拍她的肩膀，捉狹道：「訴苦妳還是別想了，咱們這次的繡品是要作為壽禮獻給皇后娘娘的，妳為了這跑去訴苦，娘娘肯定要罵妳不孝了。妳也別急著繡，山居圖就是工夫活，日子肯定夠用的。」

「我就是怕自己繡錯，眼睛直盯著那針頭了。」謹恪有些抱怨地說道，她對女紅不擅長，技術不過馬馬虎虎。

「妳先將圖的部分仔細繡好，慢著點沒關係，留白的地方繡起來快，倘若到時真來不及了，我們來幫妳。」慧馨說道。

慧馨與謹恪在屋裡折騰了一會才又出門，結果看到院子裡不少人行色匆匆地往繡房的方向去。慧馨與謹恪對視一眼後加快了腳步，繡房那邊不會出事了吧？

一跨進繡房，慧馨就看到幾個人正愁眉苦臉地把繡布從繡架上往下拆，旁邊幾名宮女正在幫忙。這幾個人是五牛組的。

慧馨走到謹飭身旁問道：「這是怎麼了？她們怎麼要換繡布？」

「剛才五牛組有人忽然暈倒，正好倒在旁邊人的身上，那人正巧拿著剪刀在裁線，結果這一下剪刀失了準頭，紮在繡布上。繡布劃了好大一條口子，徹底沒法用了。五牛組這幾日算白忙了，已經派人去找陸掌衣了，要拿新的黃絹過來，她們得從頭繡起了。」謹飭說道。

「暈倒的人呢？」慧馨問道，《五牛圖》算是三幅圖裡最簡單的了，她們這時重做時間上還趕得及。

「剛才請了李醫師來看過，說是坐的時辰太久，猛一起身，導致氣血上湧，才會暈倒，這會人已經送回房歇著了。」謹飭說道，「依我看那人多半不是故意的，她自己也是五牛組的，從早上一直繡到現在，聽說連午飯也沒吃。」

慧馨搖搖頭嘆息，古代女子平日活動量小，身體都偏弱，若是不小心，很容易生病。這繡活才剛開始，倘若不注意身體，後面可撐不下來。

五牛組發生的事，正好給眾人提了醒，再沒人敢不吃飯連著做繡活了。

皇后壽辰雖在十一月分，可是按規矩賀禮得提前半個月獻上，她們繡完後還得先交到尚寶閣裝裱修飾。所以在九月底她們必須完成刺繡，然後交給尚寶閣的人。

她們的時間很趕，好在大家都知道此事的重要性，每日待在繡房裡趕工的人越來越多。不過時間越到後面，大家越是小心翼翼，到了臨近交工的時候出錯，可沒有時間再讓她們補救了。

慧馨她們這組更是加倍重視，所有人每日幾乎都待在繡房裡。繡圖完工的部分也都用油布蓋著，免得弄髒了。

這一天，眼看他們這一組再兩日便可完工，慧馨剛結束上午的繡活，準備去吃午飯時，原本坐在她旁邊的人忽然咦了一聲，慧馨趕忙轉身回頭看，那人正一臉驚慌地拿著圖冊與繡圖做比對。

慧馨走過去問道：「怎麼了？」

「這……我好像繡錯了，這邊少了兩棵樹，還有這邊的也少了，這該如何是好？拆起來要好大一片……」那人越說越急，慌得眼角淌滿淚水。

慧馨認得旁邊這人，她的繡工比慧馨還要好，而且是她們這組繡得最快的。

慧馨立刻拿起圖冊幫她比對，發現竟真的繡錯了。而且繡錯的地方有幾處靠近圖中間部分，這下子至少有一半要拆掉重繡。

周圍的人聽到動靜都圍了過來，同組的人也都過來幫忙對圖，確認的確是繡錯了。

慧馨見那人已經哭了起來，柔聲勸道：「……索性還有幾日的時間，重繡也來得及，要不妳歇一天吧，現下這個樣子，若再出錯才是真麻煩。」

謹飭也在一旁勸道：「……大概是妳前幾日太心急才出了錯，這會兒先休息吧，養足精神，後面才不會出錯，以妳的繡工肯定能趕上時間。」

眾人見她此時神情落寞，便紛紛勸她，終是將她勸回去休息了。慧馨用油布把她的那邊蓋好，又回到座位上，拿起圖冊比對自己的部分。

這一對比，慧馨嚇了一跳，她在前面居然也漏繡了東西。慧馨擦擦額頭上的汗，又將圖冊與繡布比對了一回，的確是漏繡了。慧馨深吸口氣，好在漏繡的地方是在右上角，只拆那個角落即可。大抵是她這段時間心弦繃得太緊，反而容易犯錯，好在還有時間補救。

慧馨嘆了口氣，轉頭向謹飭說道：「我也漏繡了東西，大概是太在意這次的刺繡了，一開頭便繡錯，這麼久都沒發現……」

謹飭聽慧馨說她也出錯，眉頭一挑，忙拿起冊子比對自己的部分。周圍有不少人都聽到了慧馨的話，紛紛像謹飭般重新比對自己的繡圖。結果不一會，繡房就炸開了鍋[1]。

「……怎麼我也繡錯了，這樹是朝右歪的，被我繡成了靠左……」

「我也是啊……這可怎麼辦？我繡錯的可是在正中間，要拆掉好大一片啊……」

「哎呀，我這個仕女的衣衫竟然少繡了一條飄帶……」

「我竟然也繡錯了，這仕女手裡少了一把蒲扇……」

「……我少繡了一匹馬，我不記得這棵樹下有馬呀？」

「哎呀，我這輛車上也少了一條飄帶，怎麼會這樣？我一直都小心謹慎呀！」

慧馨轉頭看看謹飭，這情形不對勁，怎麼可能她們洛神組的所有人都出錯。

謹飭臉色鐵青，指著她繡布上的一處說道：「我也繡錯了，這艘船的二樓，圖冊上有四個人，可是我只繡了三個人。還有這裡，圖冊上的這棵樹是五葉的，可我只繡了四葉……」

慧馨皺著眉，搖頭說道：「不應該呀，這不對勁，不可能我們每個人都犯錯的，她們幾個還經常檢查繡好的部分，不可能這麼多人同時犯錯的……」

慧馨心裡納悶，不可能有人換了她們的繡圖，繡房外有全天候的輪班值守，這麼大的一幅繡品，沒人能神不知鬼不覺地換掉。而且這繡圖分明就是她們的，慧馨對自己的繡工還能分辨，這繡布上確實是她繡的，除非……

【注釋】

①指一時之間事情傳開，人群的聲音吵吵嚷嚷。

【第一百零七回】

圖冊

慧馨站起身，將放在一旁的圖冊都拿起來，仔細地看了一遍，回身指著圖冊上的幾個地方說道：「……看這裡，『六龍儼其齊首，載雲車之容裔』，洛神賦上說的是六條龍，這可圖冊上卻有八條。還有這裡『左倚采旄，右蔭桂旗』，可這圖冊上卻是彩旗在右，桂旗在左……不對，這圖冊有問題，並非我們原來用的《洛神賦圖》的臨摹本！」

這本圖冊根本不是發給她們的那本，最多只能算仿本，並非嚴格按照《洛神賦圖》臨摹的！也就是說這些天她們使用的，不是最早用的那本，他們的圖冊被人給換了。她們原來用的是藏書閣裡的臨摹本，為方便她們繡圖，藏書閣特意將臨摹圖裁成了可拆開的冊子。

謹飭聽了慧馨的話，趕緊將慧馨手上的圖冊拿過來看。果然如慧馨所說，這圖冊上畫的內容與洛神賦不符。謹飭忙到門口喚了一名宮女，急道：「快去通知丙院的三位嬤嬤，還有立刻派人去找陸掌衣來，快去！」

回轉身，謹飭又對繡房裡的眾人說道：「大家先暫時停下手頭的活，《洛神賦圖》的圖冊出了問題，先等嬤嬤們與陸掌衣過來處理此事吧！」

慧馨走出屋，找了守在外面的一名宮女說道：「妳去將剛才回屋休息的女公子請回來，跟她說繡房這邊有事，陸掌衣馬上就過來了。」

林趙杜三位嬤嬤很快就到了，從眾人這了解了事情經過，決定暫時封閉繡房，「……眾位女公子先將手上的繡活停下，正好這會到了午飯的時辰，不如先去吃飯吧！繡房要暫時封閉，直到陸掌衣過來。」倘若真有人將圖冊掉了包，事情就麻煩了，而此事還需陸掌衣過來核對圖冊後才能確定。

謹恪跟在慧馨身邊往飯堂走，見慧馨與謹飭都皺著眉頭，也覺得事態嚴重，道：「剛才我也核對了我的部分，沒發現出錯的地方。」

慧馨面色凝重地道：「剛才發現出錯的都是洛神組的，這事只怕是衝著我們組來的……」《洛神賦圖》最難，而且圖面也最長，負責的人最多，如果這一組出了事，年底的升階立即少了近一半的對手。像謹飭與慧馨，雖說名列南平侯呈報的賑災有功名冊，但若壽禮出了錯，照樣別想在今年升階。

眾人用過午飯又回到繡房的院子，繡房的門已經打開，門口守著六位宮女。繡房裡面，陸掌衣已經到了，正在察看三幅圖冊。

陸掌衣的面色越來越沉重，《洛神賦圖》的圖冊果真被人掉了包，她現在手上這本不過是拙劣的仿畫，雖然畫風酷似原圖，但細節卻錯誤頗多。

陸掌衣心下嘆息，千防萬防，就怕繡品出了錯，沒想到被人在畫冊上動了手腳，這事勢必要上報呂婕妤與皇后娘娘。只剩七日尚寶閣便要來靜園取繡品了，倘若無法按時完工，陸掌衣也要擔上責任。

林趙杜三位嬤嬤見陸掌衣的神色凝重，便知圖冊真的出了問題。

陸掌衣抬頭向三位嬤嬤說道：「……圖冊被人調換了，不過，只有《洛神賦圖》被調換了，其他兩幅都沒有問題。此事事關重大，調圖之人手段惡劣，定要稟報呂婕妤。」

三位嬤嬤彼此使了個眼色，林嬤嬤這才說道：「……靜園出了這種事，我等也會向皇后娘娘稟報，將換圖之人查個水落石出。」圖冊被人偷天換日，她們負責守繡房的人責任最大，只有將換圖之人查出來，才能減輕她們的失察之責。

陸掌衣與三位嬤嬤出了繡房，對集中在院子裡的眾人確認了洛神組圖冊被換之事，最近進出過繡房的人都有嫌疑，等她們將此事稟告皇后與呂婕妤後開始盤查。

慧馨聽完陸掌衣的話，忍不住說道：「……陸掌衣與三位嬤嬤要追查調換圖冊之人，我們自然得配合，只是繡品尚未完工，時日已不多，目前的當務之急應是找回原圖，繼續完成繡品。一旦耽誤了獻壽禮的日期，我們負責洛神賦圖這組，也要承擔責任。所以還望陸掌衣與三位嬤嬤務必儘快找回原圖才是。」

周圍洛神組的人紛紛附和慧馨的話，這事肯定要查，但繡品仍必須按時完成才行。

陸掌衣點點頭說道：「各位女公子不必著急，藏書樓還有幾份《洛神賦圖》的臨摹本，待我立刻回宮稟告呂婕妤，便去取來給各位。各位今日便先休息一下，等圖冊取來還要辛苦各位了。」

還好有多餘的圖冊，說實話，調換圖冊之人未必會保留原圖。

慧馨這組人聽了陸掌衣的話，心知也只能如此了。因三位嬤嬤與陸掌衣要趕著回宮稟告此事，繡房再度關閉，連另外兩組人今日也被迫休息一天。

慧馨幾人各自回房休息，等新圖冊一到，她們勢必更加忙碌。慧馨閉著眼睛，躺在床上午休，希望圖冊被調換的時間不要太久，繡錯之處便可少一些。

翌日一清早，陸掌衣親自送來了新的圖冊。慧馨拿著新的圖冊，先是仔細看圖冊的細節，才與繡品比對。果然原先以為繡錯的地方沒錯，反而昨日和前日繡的幾處有錯。看來圖冊是在前日，或者大前日被換掉的。

為了避免繡布留下針眼，慧馨拿著剪刀把線從根部剪斷，才一根根取下。刺繡這種工作，有時拆線比繡線更麻煩。幸好更動的地方不多，剩下這幾日應足以完工。

而坐在慧馨旁邊的那位也大大鬆了一口氣，昨日以為繡錯的並沒錯，只有昨日多繡了一匹馬，如此改起來容易多了。

基本上大家都只是近兩日繡的地方錯了一兩處，更動的部分都不大。這回她們洛神組應能按時完工，剩下的端看三位嬤嬤能否查出圖冊是誰調包的。這幾日能進繡房的，除了丙院眾人，只有幾個宮女和嬤嬤們了。

【第一百零八回】小燕山之行

繡品終於按時完工，尚寶閣的高公公親自帶人來到靜園，花了兩個多時辰檢查了三幅繡品，才對眾人說道：「眾位女公子辛苦了，這三幅繡品技藝精湛，與原圖絲毫不差。《洛神賦圖》人物維妙維肖，景物細緻生動；《富春山居圖》如行雲流水，仿若身臨其境；《五牛圖》形貌真切，憨態可掬。咱家恭喜眾位圓滿完成這些差事，現下咱家便就帶著繡品回宮覆命。」

看著高公公帶著繡品出了靜園，眾人都鬆了一口氣。林趙杜三位嬤嬤還在查找調換圖冊之人，每日都有人被單獨叫去問話。隨著時間的推移，此事波及的範圍也在擴大，除了能進入繡房的宮女嬤嬤，連廚房的人都被叫去問話了。

然後調查突然停止，因為選秀的日子快到了。靜園有不少人是待選的秀女，甲院的三位全是，乙院則有一半，丙院沾她們的光，皇后娘娘特意准了靜園七天假。

謹恪約了她過幾日一起去登小燕山，慧馨正愁著這七日怎麼找藉口出門遊玩呢，謹恪的邀約她自是欣然應允。

回到謝府，慧馨立刻察覺到大太太與慧妍的面色不甚好，肯定是遭大老爺訓斥了。大太太總想藉由親事攀高枝也是情有可原，畢竟自慧嘉入了漢王府，謝府在各個方面都比以前強了許多。

謝家原就沒有根基，大老爺們在外地做官，人情人脈經營定是不易。如今看在漢王府的面子上，奉承大太太的人定是不少。從縣令夫人到京城貴婦這個轉變，大太太一時之間被權勢迷惑沖昏了頭腦倒是可以理解。

一般人家通常不願送女兒去選秀，而自願選秀大多有兩個目的，一是等待皇帝賜婚，像韓沛玲與崔靈芸這種，另一則是想入宮為妃，像陳香茹與周玉海便是。不論是何目的，她們背後都有強大的家族勢力為後盾。

謝家根本沒能力在後宮明爭暗奪中保護慧妍，慧妍本身也沒有宮鬥的天分。倘若她真的去了，只有被人利用的份兒。

再說羌斥族的朝賀隊伍眼看便要到了，裡面除了王子王女，還有一些下屬官員。若皇上有意拉攏羌斥王的下屬，最好的通婚人選便是慧妍這種身分不上不下的。

慧馨當日就請大太太給漢王府遞了帖子，第二日便前往看望慧嘉。

❈

西寧侯府送了帖子來，約了後日去爬山，侯府還在小燕山頂的普濟寺提前訂了廂房，準備在那裡住一夜。

慧馨拿著帖子看了眼大太太與慧妍羨慕的神情，心知她們希望慧馨能帶著慧妍一道去，但慧馨沒開口，裝作看不懂大太太的眼色。在慧妍的婚事確定前，慧馨不打算讓慧妍再與西寧侯府的人多接觸，免得她又生出痴心妄想來。

出行當日，西寧侯府專門派了兩輛馬車來接慧馨。西寧侯府跟車的婆子幫著木槿與木樨，將行李抬上後一輛車。古人出行就是麻煩，即便只在外住一晚，臉盆被褥之類的全都得自帶，好在慧馨只帶了木槿木樨兩人，她們的行李才佔了馬車的一半不到。

慧馨在城門口與欣茹她們會合，慧馨抵達時，欣茹她們也剛到，西寧侯府的人將慧馨請到欣茹她們的車上。

這輛車比剛才慧馨坐的更加寬敞豪華且實用，中間的長桌上放著茶具與果盤。有丫鬟上來從桌下的暗格裡取了點心果子放在盤中，又取了一個燒水的小爐子放在靠近車門的角落裡，將爐子裡的木炭點著，把小水壺放在上面燒，再將茶葉放進茶壺，這才躬身退了出去。

見丫鬟退出去放下簾子後，慧馨四人才開始說話。欣茹早就盼著去小燕山了，小燕山有樹有水，是夏季京城附近最佳的避暑去處，她們每年都會到小燕山住一段時間。

京城許多權貴原想在小燕山修建莊子，但因嚴先生隱居於此，太祖便將整座小燕山賞賜給嚴先生。嚴先生天性平和，並未將小燕山圈起，一般人可以自由上下小燕山。只因山上除了普濟寺內有幾間廂房外，再無其他住處，而從京城到小燕山馬車也要行個半天，當日來回實在不便，所以有能力到小燕山避暑的人屈指可數。也就是西寧侯府這樣的人家才能在普濟寺訂到廂房，慧馨這回是沾了光。而嚴先生究竟隱居在小燕山哪處，也只有寥寥幾人知曉。

馬車要走上半天路，因欣茹喝多了茶水想要更衣，中途她們便停下休息了一回。趁著等待欣茹的當口，欣語向留在車上的慧馨說道：「……圖冊被調換之事，大抵便這麼無聲無息不了了之了。」

慧馨眼光微閃，其實前段日子三位嬤嬤調查的範圍一擴大，她便猜測這事八成查不下去了，悠悠道：「……不了了之也好，此事畢竟是醜聞，又發生在靜園，消息傳回京裡，損害的是靜園的名聲。還有皇后娘娘那頭，靜園出了事，那些居心不良的人肯定要閒言閒語說皇后管理不善。咱們下一趟南方，吃了這麼多苦，靜園才累積了如今的名聲，不能叫那些想看笑話的人得逞。」

欣語點點頭道：「皇奶奶正是這般打算，事情的來龍去脈已經查清，只是不能大張旗鼓地處置那些人，所以才藉選秀的機會，給丙院放了假。等大家回園時，那些人自然消失了。而幕後指使之人，皇奶奶說了不好嚴懲……」

慧馨皺皺眉頭，皇后娘娘要放過主使之人？是了，靜園的宮女嬤嬤都是皇后娘娘、呂婕妤欽點入園的，能在靜園裡指使人動手腳的豈是一般人？而且這回主使者還算留了分寸，只在對付洛神組的人。就說那本假圖冊，與原圖相差甚多，即便靜園的人沒發現，尚寶閣的高公公肯定能一眼瞧出。可見此人只意在讓洛神組的人無法按時完成繡品，並非破壞皇后娘娘的壽禮。只在假圖冊上更動一個不起眼的小地方，即使逃過高公公的眼睛，可倘若最後成品被獻給了皇后，在壽宴上展示，而被人識出錯誤漏洞，皇后娘娘與呂婕妤的臉面就丟大了。

慧馨輕輕嘆了口氣道：「皇后娘娘聖斷，好在咱們的繡品按時完工，主使之人沒有得逞。」

欣語卻有些不甘地說道：「……就這麼放過那人，實在難以讓人解恨。」

慧馨心知讓欣語這樣的侯府千金平白吃虧，肯定心有不甘，但皇后娘娘既對此事下了定論，她們便不可違背旨意，於是只勸她道：「那人打的主意，不過是想年末的升階少幾個對手，丙院裡有幾個人不是打著這樣的主意，若是真要與這些人個個較真，累也累死了。總歸我們平安混到年末，明年便不在丙院了，何必同她們一般見識？再說她這次得罪的可不只我們，洛神組這麼多人，咱們不動手也會有別人出手，不如在一旁看戲好了。」

欣語心知慧馨所言在理，只得強壓下心頭的不甘，等那人犯到她手裡時，再報復一番不遲。

慧馨一行人終於到了小燕山的山腰下，從這裡開始馬車便無法上山，西寧侯府便安排了抬轎。四人下了馬車後都上了抬轎，這是慧馨第一回坐這種四人抬轎。坐在上面晃晃悠悠地，很不踏實，總覺得自己懸在半空，隨時會掉下來。

欣茹跟在慧馨的後面，見慧馨在轎子上一幅緊張兮兮的樣子，便在後面取笑了她兩句。

慧馨裝作惡狠狠地扭過頭，對著欣茹揚揚手裡的帕子。結果她手沒攥穩，帕子隨風飄了下去，正好蒙在了欣茹的臉上。

欣語與欣雅正扭頭往後看這兩人，結果瞧見了這一幕，頓時笑了起來，弄得坐的轎子也顫悠悠地。

慧馨四人便這麼笑鬧著上了山，等她們到達普濟寺時已經過了晌午。幸好早有西寧侯府的人上來打理，寺裡給她們留了午膳。普濟寺的素齋雖然簡單，但味道與口感皆堪稱一流，大抵招待的權貴多了，自也懂得講究。

用過飯後，寺裡又送來了一筐桃子。又大又香的桃子，是普濟寺的僧人種植的，咬上去鮮嫩多汁。西寧侯府已將這兩天普濟寺的廂房包下，寺裡的外客只有她們，所以她們待在寺裡頗為自在。慧馨四人各自挑了房間午睡，相約下午再去山裡遊玩。

慧馨進了屋，見木槿木樨已經把房裡整理好了，便往榻上一坐，對她們說道：「下午木槿跟我出去，木樨在屋裡守著，注意著侯府那邊的動靜，做事勤快些，別讓侯府的人看扁了。」

木槿木樨忙應了，她們這次跟著慧馨出來，是喜憂參半，喜的是能出門，憂的是怕得罪了侯府的人，所以這一路過來都是小心翼翼，看著侯府丫鬟的眼色行事。

「若是有不懂的事，就找大小姐身邊的丫鬟問問。」慧馨說道，欣雅與欣茹畢竟是公主的女兒，身邊伺候的人難免有些傲氣。欣語卻是西寧侯府的大小姐，身邊的人更懂得人情世故一些。

慧馨吩咐她們輪流去吃飯，這才躺下午睡。山上的溫度確是比京城裡低了不少，木槿取了一條薄毯給慧馨蓋上。慧馨一覺好睡，似乎夢中也有桃子的香氣縈繞。打水梳洗後，差了木槿去看看欣茹等人的情況。

木槿回報大小姐與二小姐已經起了，就等三小姐。

慧馨無奈地笑了，普濟寺的環境清幽，有益睡眠。不過這麼放任欣茹睡下去，只怕整個下午都得浪費了。

普濟寺的廂房院子裡種著花草，慧馨隨手從草叢裡拔了一根狗尾巴草，然後往欣茹房間的方向走去。

果然見到欣語與欣雅在一旁等得已有些不耐煩了，慧馨搖搖手裡的狗尾巴草，笑咪咪地跟欣語她們進了屋。

慧馨往欣茹的床頭一坐，拿著狗尾巴草往欣茹的鼻頭掃去。

欣茹身邊的丫鬟紅櫻看到慧馨這舉動，眼睛一瞪便要去攔阻她，話還沒出口，就被紅翠推了一下。紅櫻轉頭見紅翠正朝她搖頭，不滿地嘟了嘟嘴，嚥下了要說的話。

欣茹揉揉鼻子打了個小噴嚏，這才睜開了眼，見慧馨正笑嘻嘻地衝她搖著手裡的狗尾巴草，鬧著向慧馨撲了上去，嗔道：「好啊妳，偷襲我，看我不讓妳癢得求饒。」

慧馨一邊躲著欣茹的呵癢，一邊笑著說道：「……妳再睡下去，晚上一定睡不著了，中午時還說要帶我去看瀑布，再不去，時辰就不夠了，妳說話不算數呀！」

「啊，對啊，瀑布，我們去看瀑布。」欣茹經慧馨提醒，忙從床上爬起，讓紅翠紅櫻替她洗漱，整理衣服。

就著欣茹洗漱梳理時，慧馨差了木槿去將她一早準備的籃子拿上，裡面放了些點心果子，正好可以帶去瀑布邊野餐。

欣語見慧馨帶了吃食，也起了興致，差了丫鬟去取全套烹茶用具，準備到瀑布邊烹茶，「……普濟寺的水散發香氣，京裡頭許多人家都會專門來普濟寺求水，用來煮茶別有一番風味。那瀑布便是普濟寺河水的源頭，咱們去那裡就地取水，豈不更好。」

「那我們再帶些蒲團，坐在上面品茶，更有一番情趣。」欣雅也差了丫鬟去問寺裡借幾個蒲團來。結果慧馨四人這趟瀑布之行，後面跟了一群丫鬟，丫鬟手裡也不閒著，人人捧了東西。

【第一百零九回】石魚和月下美男

山林間縈繞著泥土與草木的芳香，前方有西寧侯府的婆子開路，慧馨四人走得頗為順暢。一群人走入叢林，驚起飛鳥無數，大約是離瀑布越來越近，越往前行空氣中越見濕氣。

慧馨眯著眼睛，張開口呼吸著林間的空氣，真是通體舒暢。欣茹一轉頭，瞧見慧馨的模樣，也學著她大剌剌地張口呼吸。欣語與欣雅回頭看她們兩人，雙雙捂著嘴笑了。

當她們漸漸行到了溪流邊，路開始往高處延伸。她們邊走邊欣賞周圍的風景，倒不覺得累。慧馨還在林中看到了一隻小兔子，好似被慧馨的視線所驚飛快地跑走了。

慧馨四人走了近半個時辰，終於抵達瀑布下，望著這個瀑布，慧馨一臉的驚喜，雖然瀑布不大，水卻非常清澈，尤其瀑布下的水潭，比慧馨想像的乾淨許多。瀑布落在水潭中，濺起的水珠歡騰地在空中跳躍，慧馨伸出手，彷彿能將它們握在掌中。

丫鬟們忙著佈置環境，木槿先從籃子裡拿出油布，鋪在瀑布下水潭旁的草地上，再取出薄毯鋪在油布上。欣雅的丫鬟在毯子上放好矮桌與蒲團，欣語的丫鬟在桌子上擺好茶具，而欣茹的丫鬟則幫著木槿將點心果子一一擺好。

慧馨親自提了小水壺到瀑布邊汲水，再將水壺遞給欣語，她們四人中欣語的烹茶之技最好，自然由她負責。

丫鬟們都退到了遠處，將這片天地留給四人獨享。這裡沒有外人，更無野獸猛禽，所以不會有危險，不需時刻近身侍衛。

慧馨飲了一杯茶，舒爽地呼出口氣說道：「此處堪稱人間仙境，若是老來在一旁建個茅廬，倒是可以『修真成仙』了。」

欣語噗哧笑了出聲：「……妳小小年紀竟想著成仙了……」慧馨聽到欣語這麼一說，也破了功，四人笑鬧成一團。

「這是哪裡來的仙童，跑到老夫這來偷水喝啊？」忽然一個老人的聲音傳來，慧馨忙扭頭向後看去。

欣語幾個也回頭，其實她們聽到聲音便大概猜到是誰了，丫鬟們沒有來通報，來人肯定是這裡的主人。

欣語三人都起了身，到老人跟前行禮，慧馨也跟著她們走過去，顯然欣語三人與老人是相識的。

「嚴先生好。」欣語三人說道。

「嚴先生好。」慧馨也跟著說，並偷偷在欣語身後打量面前這位老者。這莫非就是傳說中那位小燕山的嚴先生？這位老者不像慧馨想像中那般仙風道骨，反而更像種地的老農，老者身著短打的粗布衣衫，肩上扛著魚竿，脖子上掛著一頂有些破舊的草帽，身側還繫著一個大布袋。

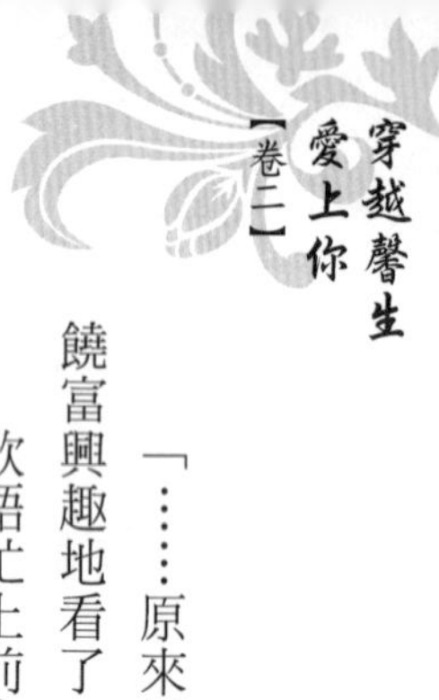

「……原來是宋家的娃娃，今年來得比往年晚啊，這個女娃……好像沒有見過？」說著，老人饒富興趣地看了一眼慧馨。

欣語忙上前介紹，道：「這是我們的好友，也是我們女士院的同窗，謝慧馨。」

「慧馨見過嚴先生，打擾先生雅興了。」慧馨往前一步行禮，然後抬起頭好奇地看著這位嚴先生。

「不礙事，原來妳便是慧馨啊……」嚴先生擺了擺手，不在乎慧馨她們佔了他的地盤，不過他這句話的尾音似乎拉長了些。

慧馨目光微閃，聽嚴先生的口氣，似乎先前聽說過她一般，想來多半是承郡王以前來找嚴先生請教時提起過她。

欣語也奇怪地看了一眼慧馨，慧馨無意提起這些，便向嚴先生問道：「嚴先生是來水潭釣魚的嗎？可我看這水潭裡好像沒有魚啊？」說著，慧馨走到水潭邊蹲下身，用手撥了撥潭裡的水，只見水波在水面蕩漾，水中再無其他。

小燕山的這處瀑布不大，下面的水潭也小，一側還有小溪往下流，所以這水潭是清澈流動的。放眼下探，水面下的東西已是一覽無遺，慧馨看了幾遍，都不覺得水下會有魚。

嚴先生大笑兩聲，跨步走到潭邊，放下魚竿，解開腰間的布袋，從中抓了把東西。只見嚴先生手臂一揮，手裡的東西紛紛落入水中。忽然無數的小魚從水底的石縫間游了出來，成群結隊地撲向落入水中的魚餌。

慧馨睜大了眼看著水裡的魚群，這些魚很小，大約還不足一寸長，身上披著黑色的斑紋，其他部位則近似透明，原來都藏在水底的石縫間。

嚴先生將布袋扔在地上，拿起魚竿。慧馨這才發現他的魚竿很特別，沒有魚鉤，而原本應是魚鉤的位置換成了一個密實的網兜。

魚竿一甩，嚴先生雙手握著魚竿在水面上搖來搖去，網兜便在水裡轉起了圈。接著嚴先生將魚竿豎起一部分，網兜便從水面上脫出，水從網眼中流下，裡面已經捕獲不少小魚，有些特別活躍的魚兒奮力地扭動身軀，便不時有漏網的小魚落回水潭裡。

嚴先生對那些逃脫的小魚並不在意，將網兜一把提在手裡，朗聲道：「來來來，今日我請妳們幾個小娃吃東西，一起嘗嘗這燕山石魚的味道……」

欣茹聽嚴先生這麼說，兩眼冒光地盯著他手裡的網兜，慧馨也歪著頭看著那網兜。

欣語笑道：「今日我們姊妹來得可巧，趕上嚴先生捉魚，有口福了，正好跟嚴先生討頓魚吃。」

嚴先生在布袋裡掏出一塊鐵盤，看了看欣語她們煮水的小炭爐，道：「……既然你們點了炭爐，老夫就直接用妳們這爐子了。」欣語忙應是，上前取下水壺。

嚴先生將鐵盤放在爐架上，又從布袋裡取出幾個瓷瓶放在一旁的草地上，這才把網兜打開，將魚兒直接倒在鐵盤上。

魚兒連帶著水珠落在鐵盤上，發出滋滋的聲音，受熱的水珠冒起了熱氣。嚴先生一手晃動鐵盤，魚兒在鐵盤上不停翻滾，另一手拿著瓷瓶往鐵盤上撒調料。不過眨眼的工夫，嚴先生便將鐵盤從爐架上取下，放在草地上。陣陣魚香上蔓延開來，魚已經烤好了，魚小熟得快。

嚴先生直接席地而坐，用手拎起魚尾就往口中送，邊吃邊用眼角戲謔地看了看慧馨她們。

慧馨覺得這位嚴先生實在有趣，便走到潭邊淨了手，學著嚴先生的樣子坐在草地上，拎起魚尾往嘴裡丟。這燕山石魚果然肉質鮮美香醇，嚴先生手藝更不在話下，這小小的魚烤得外焦裡嫩，口感恰到好處。

欣語她們也學了慧馨的舉動，坐在草地上吃著魚。嚴先生吃了幾條魚後，用手撈起一把潭水，就著手一飲而下，飲完還咂麼咂麼嘴，那幅舒展的模樣，彷彿喝的不是潭水，而是醇酒一般。

慧馨眼珠一轉，從旁邊的桌子上取了一個茶杯，舀起一杯潭水就著烤魚喝了幾口，這潭水襯得這烤魚更加鮮美了。

嚴先生看著慧馨，大笑幾聲說道：「其實這燕山石魚泡茶，更是香清味醇，別有一番情趣，可惜今日來不及了。我瞧著妳們幾個女娃娃順眼，明日我讓人給妳們送些現成的魚乾，妳們拿回去泡茶嘗嘗。」

❋

嚴先生吃飽喝足後又網了一兜魚，這才飄然離去。慧馨望著他離去的方向若有所思，那邊似乎沒有路可走的。

嚴先生離開後，慧馨四人這才又回到桌邊，興奮地談論起這位大趙無人不知無人不曉的嚴先生。

「嚴先生究竟多大年紀了？我看他好像只有五六十歲的樣貌……」慧馨問道。

「我聽我娘說過，嚴先生已經近百歲了，他與太祖差不多年紀呢。」欣茹說道。

欣語點點頭道：「我娘也是這麼說，以前我們來小燕山，也碰到過幾次嚴先生，嚴先生和藹可親，每次都請我們吃魚，也只有在這裡才能吃到正宗的燕山石魚了。」

「剛才嚴先生說，這魚還能泡茶，可是真的？」慧馨問道。

「泡茶用的是魚乾，先把魚用作料熗熟，再用炭火烘乾，製成的魚乾可以直接沏茶。我頭一次見到嚴先生泡魚茶時，還以為茶碗裡的魚是活的呢，被我娘取笑了一番。」欣雅說道。

慧馨被欣雅說得更加期待這魚茶了，期望道：「我們這回可是來巧了，能有幸嘗到嚴先生的魚茶。」

慧馨四人又玩了一會才打道回寺，要不是在瀑布下待太久，裙角弄濕了，她們大概還不想走。四人回房洗漱換過衣衫，這才出來用了齋飯。飯畢，欣語與欣雅各自回了房，欣茹卻因午睡太久，現下仍精神十足。

慧馨對下午的瀑布仍舊念念不忘，便同欣茹說道：「明日便要離開，那瀑布下的潭水泡茶味道甘美，難得有這麼好的水，不如我們再去瀑布下汲些水來，等明日嚴先生的茶魚到了，我們也好用潭水泡魚茶。」

只要不是讓她回房睡覺，欣茹自是高興地點頭。慧馨吩咐木槿拿上幾個葫蘆，想了想又用手帕包了幾塊點心。下午見嚴先生灑魚餌，勾引魚群，她想用點心試試看，能不能也像下午般引得魚兒成群游動。

今日白天的天氣好，萬里無雲，晚上的月光也格外皎潔明亮，清晰得照亮了林間的小路。因她們下午才從這裡走過，晚上這條路仍是暢通無阻。

夜晚的樹林，最響亮的聲音是蟲兒的鳴叫。當她們走到小溪邊，看到無數飄動的亮點，這就是傳說中的螢火蟲吧！欣茹睜大了眼睛，她也是頭一次見到螢火蟲，以前來小燕山都沒有夜晚到外面走動過。

慧馨伸出手，想要觸摸這些亮點，呼啦啦，這些亮點立刻飛到別處，「好奇妙的蟲子呀！」慧馨不禁嘆道。

「能不能把牠們捉回家養啊？」欣茹問道。

慧馨搖搖頭道：「捉回去，恐怕是活不了，還是讓牠們就在這裡吧，以後有機會咱們再來瞧瞧。」

慧馨從身後的木槿手裡拿過葫蘆，對跟著她們過來的丫鬟說道：「妳們在這裡等吧，前頭就是水潭了，我與三小姐取了水便回來。」她有心嘗試用點心作魚餌，也不知能否成功，可不想被這些丫鬟看到了笑話她。

紅翠似乎有些猶豫，欣茹便對她說道：「就聽謝小姐的，妳們在這裡等，不必跟過去了，有事我們會大聲呼叫。」

慧馨與欣茹兩人，人手一只葫蘆，輕快地向瀑布走去。

轉過這棵樹，前面就是瀑布了，慧馨才剛一轉過樹，便瞪大了眼睛看著前方。

月下的瀑布比白日更像一條銀帶，落在水面上激起朵朵銀花。而在銀花的圍繞中站著一位「美人魚」，他的長髮披肩而下，遮住了他的面孔與身體，似乎聽到了慧馨心底邪惡的呼喚，修長的手臂忽然將長髮撥到了另一邊。

月光照耀著水面上的胴體，健壯修長的身體反射著月光，閃著光芒的皮膚似乎耀花了慧馨的雙眼……月下美男沐浴圖啊，慧馨摸摸鼻子，幸好沒到流鼻血的年紀。

慧馨忽然想起身邊的欣茹，趕緊用左手捂住她的眼睛，趴在她的耳邊偷偷說道：「非禮勿視啊……」

欣茹掙扎著正要說話，慧馨趕緊用右手的帕子捂住她的嘴巴：「非禮勿言吶……」

雖然慧馨不讓欣茹看，可是自己的視線卻始終黏在美男身上沒有挪開過……可惜只瞧見水面的上半身……

還好慧馨仍保有理智，就著這個姿勢拖著欣茹向後挪動，直到退到那棵樹後，這才趕緊拉著欣茹跑開。

……水中的許鴻煊似乎聽到什麼聲音，右手一招，旁邊石頭上的衣服好似受到了吸力般，眨眼就披在了他的身上。

許鴻煊從潭水裡起身，走到剛才慧馨與欣茹站的地方，彎下腰撿起一塊被踩碎的點心，皺了皺眉頭，看向了普濟寺的方向。

慧馨拉著欣茹直跑到幾個丫鬟待的地方才停下，欣茹轉頭正要對慧馨說話，慧馨趕緊對她擠了擠眼。這裡可不是說話的地方，她們偷看美男洗澡的事情，可不能被丫鬟們知道了。

慧馨與欣茹一直憋著話往回走，直到進了慧馨的房間，又摒退了丫鬟。欣茹趕緊拽著慧馨的袖子問道：「剛才在潭裡的人，妳有沒有看清楚啊？都是妳啦！捂住我眼睛，害我沒瞧見那人的臉。」

慧馨瞪了欣茹一眼道：「都說非禮勿視了，我哪裡敢看。妳呀，這事可千萬別聲張，讓別人知道，否則咱們兩個的名聲就全完了，偷看男人洗澡，可是要沉塘的。」

「啊……這麼嚴重啊？」

「就是有這麼嚴重啊，以後我們誰都不准再提起這件事，更不許對其他人講，這事只能擱在肚子裡。」慧馨嚴肅地說道，倘若被別人知道她們偷看男人洗澡，她們兩個以後甭想嫁人了……

欣茹也明白剛才她們的行為是有點出格了，只好勉為其難地點點頭，但她很想知道這洗澡的人究竟是誰。

慧馨嘴上說得好聽，心裡早就飄飄然了。這美男的身材真格健美，她剛才光顧著欣賞身材，忘記看臉了。說起來，擁有這麼好的身材，誰還在乎臉啊！慧馨忽然抹抹頭上的冷汗，她這身體還只是個孩童，便已色心大動，實在不應該呀！

慧馨與欣茹終於達成了一致意見，這事就當沒發生過，誰也不能傳出去。

送了欣茹回房，慧馨這才喘著氣準備休息。木槿打了水進來，幫著慧馨洗漱。

木樨則在整理桌子，見慧馨與欣茹提回來的葫蘆還放在桌上，正想拿起來放到隔壁廂房裡。木樨掂掂手上的葫蘆，很輕啊，奇怪了，剛才木槿不是說小姐們打了潭水回來的，這葫蘆分明是空的嘛！好在木樨不是個多話的，況且身為奴僕豈可質問主子，因此倒也沒放在心上，甚至對木槿連提都沒提到。

夜深了，慧馨的手又癢了，她用力地捶了幾下床克制自己，好想畫月下美男沐浴圖啊！

❖

次日清晨，普濟寺的僧人就送來了四包魚茶，說是一早嚴先生派人送過來的。

慧馨一拿到魚茶，便迫不及待地沖了一杯。果然見茶杯中的小魚栩栩如生，寬嘴微張，小眼圓睜，鰭乍而尾曲，猶如鮮活的魚兒一般在杯中戲游，飲之清香味醇，別有一番情趣。

這嚴先生真是一位妙人，以前聽說過隱居的高人，一者離於世外，隱於深山野林之中，不知人間歲月。另一者則隱於市井之中，所謂大隱隱於市也。還有那隱於繁都之側者，多是懷才而不遇，譬如諸葛亮，隱居在臥龍，實則等待識才者來求之。

而這位嚴先生在功成名就之時退隱，卻還在這京城之畔的小燕山隱居，興許當年也是不得不為之吧！太祖性格多疑，嚴先生若非急流勇退，只怕也活不到現在了。

【第一百一十回】
崖頂夜談

許鴻煊順著峭壁攀上了懸崖，轉過崖頂的一塊巨石，便看到一片茅屋。茅屋連成一片片，規模似乎不小，誰能想到這崖頂上竟座落著一個小村子。

許鴻煊走向一間茅屋，推門而入。屋裡沒有點燈，月光從窗口照進房裡，一位老者正在地上盤腿打坐。許鴻煊走了過去，沒有打擾老人，在老人的對面坐下，盤腿閉上了眼睛。

良久，老人才呼出一口氣，睜開眼看了對面的許鴻煊一眼。

許鴻煊似有所感，也睜開了眼睛，恭敬地對老人道：「師傅。」

老者正是慧馨她們下午在瀑布邊遇到的嚴先生，嚴先生咧嘴衝著許鴻煊笑了笑道：「你這小子，這才幾天又上山了，京裡又出了什麼事，可是四小子又要有動作了？」

許鴻煊抽抽嘴角，這世上敢把皇帝叫四小子的，恐怕只有自己這位師傅了，「師傅，徒兒要成親了……」

嚴先生眼睛精光一閃，緩緩道：「……終於下決心要對付韓家了？」

「韓家這些年的動作越來越多，也越來越出格，皇上已無法再忍耐了。徒兒這回南下賑災，韓家竟想要製造瘟疫，這大大地超出了皇上容忍的底線。」

「要我說早該動手了，若不是四小子一直容忍，怎麼會將韓家的胃口養得這麼大？這要是先帝，韓家早連點灰燼都不剩了。」嚴先生有些不滿地說。

對於先帝太祖，嚴先生是既愛又恨，作為開國之帝，太祖無疑相當成功，但作為共同打天下的兄弟，太祖是無情無義的，他對開國大將都狠得下心，下得了手。當年嚴先生選了京城旁的小燕山隱居，未嘗沒有怨念與不甘，大抵太祖看穿了他不可能真的放下世俗之事，乾脆將小燕山賜給他。他既不能遠離京城的紛擾，也無法再參與朝堂的政務，而太祖則光明正大地將他放在眼皮子底下監視，變相地將他困在這裡。當年穆國公去世後，四皇子便祕密求助於嚴先生，並在許鴻煊出世後，讓其拜在嚴先生門下。

「……當今聖上不是太祖，若不是當年太祖對待有功之臣過甚，皇上登基後也不會對他們特別寬容了。」許鴻煊說道。

「這就叫父債子還，不過四小子的確寬仁過度了，他的那幾個兒子只怕要受其害了……」嚴先生說道，皇帝對下太過寬和，臣下便會不守本分，如今朝堂上太子與漢王之爭，不就是被那些不安分的臣子挑撥的，想當年，這兩兄弟也曾共患難。

「皇上這幾年也都看清了，如今正打算動手剷除那些挑撥離間、導致皇家兄弟鬩牆的人，前段時間的常甯伯家便是始端。」

「只怕他動手太晚，除不乾淨了……你當真要娶韓家的女娃？」嚴先生盯著許鴻煊問道。

「……這是不得已的方法，韓四那邊固然可以在韓家與外人的聯繫上動些手腳，可韓老頭子沒有那麼信任他，他接近不了韓家的機密。而那些東西只要還在韓家人手裡，皇上動起手來便有所顧慮。如今大趙與羌斥的邊防條約已執行數年，是該進一步的時候了，皇上更不允許有人在這時出來搗亂，哪怕是流言也不行。」

「……所以他就拿你的婚事當籌碼，讓你去把那些東西弄出來？你又被犧牲了……你上回成親，是太祖賜的婚，娶了個細作回來，這回又是皇帝賜婚，卻是讓你從媳婦娘家偷東西，你就心甘情願這般糟蹋自己？」嚴先生眼中閃著精光，直視許鴻煊。

許鴻煊看了看地上的月光回道：「習慣了……若不是皇上，我也活不到現在。再說以韓家的行事做風，許韓兩家不可能共存的，與其等他們算計我，不如我先下手。這次幫皇上除掉韓家，我也可以放心地離開京城。」

「……你小子倒是比別人都想得開，除掉韓家，剩下太子與漢王，不論他們誰成誰敗，都是皇后娘娘的兒子，你這國舅之位都坐定了。」

許鴻煊沒有接話，他比太子與漢王的年紀都小，在他們面前總少了份長輩的威嚴與自在，反倒是跟他們的幾個孩子關係還不錯。因著這一層，許鴻煊不想參與太子與漢王之間的爭鬥。

慧馨四人在次日下午便啟程返京，雖然四人都不想回京，但再過兩日她們又得回靜園了。慧馨默默在心裡決定，等將來能做主了，她不買田莊了，改買山頭，佔山為王隱居去。

再回到靜園時，慧馨發覺果然少了幾個宮女與嬤嬤，應該是被繡品事件牽連的。過了七日的休假，眾人似乎都忘了之前繡品圖冊被調換之事，又恢復往日的風平浪靜。

選秀已經結束，被留了牌子的人，沒有再回到靜園。聽說被宮裡留牌子的這次只有周玉海一個人，陳香茹跟崔靈芸她們倆則是記了檔，不得自行婚配，留待賜婚。而陳香茹從宮裡出來後，直接回了她的莊子，一直就沒再出現。

相比陳香茹的失意，這次選秀最得意的人，當數韓沛玲了，連慧馨聽說的時候，都忍不住驚訝，「……韓沛玲賜婚南平侯了！那她可真是心想事成了。」

慧馨面上不顯，心裡卻在同情南平侯，韓家的人明顯另有圖謀，之前在鄒城韓沛玲都算計南平侯了，可憐南平侯現在還得娶她做老婆，帝心難測皇命難違啊！

終於進入十月，到了秋闈放榜的日子，杜三娘派了喜姊和順子去看榜，回來跟慧馨報喜，謝睿和謝亮都是榜上有名。慧馨為兩位哥哥高興，去平安堂燒香還了願。

休假那天，慧馨拿出親手做的荷包，恭賀兩位哥哥。謝睿要備考明年的春闈，所以放榜後反倒比之前還忙。謝亮不打算考春闈，所以每日忙著出府訪友。

大太太在言談間，曾試探慧馨，謝家要做的生意是否能跟西寧侯府合作。慧馨只作沒有聽懂，避開了大太太的打探。對慧馨來說，不是考慮能否跟西寧侯府合作的問題，而是她壓根不想插手謝家的生意。慧馨的未來大計，可是過自己的小日子，謝家的事還是讓她的哥哥們來操心吧！不過，她也會在力所能及的範圍裡，給謝家提供些小道消息的。不管怎麼說，她也不希望謝家敗落了，而且適當地顯示自己的價值，家裡人才不會隨便就把她發落掉。

秋闈放榜讓京城著實熱鬧了一陣，聽說今年京城的鹿鳴宴是由戶部尚書主持的。江寧那邊傳來消息，謝老爺對謝亮和謝睿勉勵了一番，而後著重提醒謝睿不要放鬆功課，要好好準備明年的春闈。而且謝老爺還決定，今年過年謝老爺會帶著些謝太太來京城。一是為了謝睿明年的春闈做準備，二是謝家已經跟大理寺卿盧家商定了謝睿的婚期，時間定在明年的四月份，謝太太要過來為謝睿的婚事提前做準備。

看謝老爺的口氣，大概是要在京城給謝睿置房產舉行婚禮，想讓謝睿考庶吉士[1]。若是謝睿成親後做了庶吉士，確實不適合繼續跟大房的人住一起了。

慧馨頭疼，不知道謝老爺打算怎麼安排她，如果不出意外，她應該會在靜園待到十四歲的。她倒是很願望自己能單獨出去住，不過這個希望肯定是不能實現的，謝老爺最有可能讓她跟著謝睿一起出去住了。也不知道盧四小姐是個怎樣的人？好不好相處？

❖

秋闈的熱鬧剛過去，大趙就迎來了一個震驚全京城的消息，羌斥族朝賀皇后壽辰的隊伍已經離京城百里外了。

謝家人因為有慧馨之前送出來的小道消息，早就曉得了羌斥族來京之事，所以還算鎮定。可是有些人家就沒法像謝家這麼淡定了，尤其是早前選秀有女孩記了檔的人家。原本這些人家都想著皇家賜婚是無上的榮耀，也沒有細想為何今年記檔的人這麼多，可是如今聽到羌斥族的消息，尤其在聽說羌斥族這次來京的隊伍裡有不少未婚王子王女和大官的時候，這些京城貴族，多少都嗅到了點不同尋常的味道。尤其有那政治敏感度高的人家，很快就想通了皇帝打的是什麼主意。

羌斥族朝賀隊伍進京的那一天，皇帝派了重臣去京城門口迎接，以貴賓之禮相待。

慧馨那天在靜園裡，所以沒能親眼見到羌斥族進京城的盛大景象，只後來聽謝睿說起才知道，羌斥族朝賀，帶了數百車的禮物，而最震撼大趙人的是，羌斥獻上了五千匹黑背馬。傳言羌斥此行，除了恭賀皇后娘娘壽辰之外，還要為大王子求婚。

【注釋】

①由科舉進士中選擇有潛質者擔任，目的是讓他們可以先在翰林院內學習，之後再授與各種官職。有如現今的見習生或研究生。

【第一百一十一回】羌斥王女

不管是羌斥的百車珠寶，還是羌斥大趙通婚，這些事情都跟慧馨沒有切身關係，所以她每日下午仍在杜三娘的院子裡，進行她的訓狗計畫。

慧馨在一旁跟黑子玩著你丟我撿的遊戲，謹恪在樹下攤了紙筆畫畫，喜姊在院子角落餵雞，順子躲在屋裡做功課。慧馨偷著在心裡吐吐舌頭，她和謹恪佔了人家的院子了。

京城十月天，涼爽宜人，杜三娘煮了些蓮藕排骨湯，給慧馨和謹恪各盛了一碗，又喚杜五妹、喜姊和順子過來喝湯。

慧馨心知這是三娘變著法地給杜五妹補身子，又怕她不肯喝，這才藉著給慧馨和謹恪熬湯的名頭，所以她也不推辭，結果碗來就嘗了一口。這湯三娘燉了快兩個時辰了，蓮藕和排骨的香氣都融到了湯裡。慧馨喝光了湯，又把湯底的排骨撿出來丟給黑子。一鍋湯被眾人喝了個底朝天，喜姊跟杜五妹搶著收拾碗筷。順子回屋繼續溫習功課，這孩子不錯，做功課很主動，做事也勤快，吃過苦的孩子更懂得珍惜機會吧！

杜三娘也拖了把椅子坐在樹下，她似乎在給順子做襪子，因慧馨覺得樣式是男子的，所以她也不好仔細看。看到三娘在做襪子，慧馨就開始琢磨，去年在京城過的冬天可把她凍得夠嗆。去年她的衣服大多是從江寧帶過來的，沒能抵禦住京城的嚴寒。今年可得提前多準備些棉衣，這次羌斥族來京，不知道以後會不會有毛線賣，若是能弄點毛線織件毛衣或者毛襪也好啊！

慧馨在這邊琢磨著毛線的問題，黑子那邊見慧馨不理他，跑過來衝著叫了兩聲。慧馨笑著拍拍黑子的腦袋，轉頭卻發現三娘又在看著針線發呆了。

自從聽說了羌斥使團入京的消息後，三娘就時常會發呆，當年杜大郎就是在跟羌斥族打仗時失蹤的。

慧馨雖有心想幫杜三娘打聽一下消息，可惜她沒人可用。謝家那邊不必說了，木槿木樨都是只能待在府裡出不得門的，其他可以用的人，也只剩三娘和薛玉蘭了，可憑她們的身分是靠近不了羌斥使團的。

十月初六，皇家擺宴歡迎羌斥使團，王女娜仁請求進靜園一觀，皇后恩准。羌斥族女子出生起有名無姓，直到出嫁可隨夫姓，故娜仁只是王女的名字。

十月初八，王女娜仁及王弟女敖敦參觀靜園，陪同者為崔靈芸、陳香茹及乙院的部分女子。因事先已得了通知，王女會到田莊這邊來，慧馨和謹恪從早上就在魚塘邊等著了。

遠遠地就看到一群人往這邊走來，慧馨和謹恪帶著杜三娘等人往前去迎接。行過禮後，慧馨打量了一眼娜仁，這位異族的王女雖身著民族服裝，可舉手投足間卻是進退有據，言談也頗文雅，似乎是受過中原文化薰陶的。若是她換上大趙的服飾，除了五官只怕很難發現她是蠻夷之人。

慧馨簡要地介紹了魚塘魚鴨混養的原理，很驚訝地發現娜仁聽得很認真，甚至還問了她幾個問題。

娜仁看到魚塘邊停放的竹筏，提議想上去看看，敖敦看起來也很有興趣。

慧馨看看跟在旁邊的陳香茹和崔靈芸，娜仁能不能上竹筏可不是慧馨能決定的。

崔靈芸看起來不置可否，陳香茹則上來勸道：「……這竹筏過於簡陋，上面也沒有防護措施，王女千金之體，當須保重貴體不宜赴險，我看上竹筏還是算了，就在這魚塘邊略看一看吧！」

娜仁卻說道：「我與表妹生長在草原，每日策馬放牧，為保護牛羊不時還要擒殺野獸。殺野獸我們都不怕，這不過是上竹筏看看魚塘，不會有危險的。」

慧馨見娜仁打定主意要上竹筏，怕陳香茹再說下去顯得她們大趙女子太過嬌氣，便招了娟娘和花姑過來，「……這兩個莊客每日都會在竹筏上檢查魚塘，由她們為王女撐篙最是妥當，我陪王女上竹筏一遊吧！」

娜仁點點頭，扶著慧馨的手上了竹筏，娟娘和花姑合力把竹筏撐離了塘邊。

慧馨她們的魚塘不過才兩畝，竹筏行到塘中，花姑和娟娘便把竹筏停在塘中。慧馨讓花姑拿了竹竿趕鴨子，又讓娟娘拿漁網捕魚給娜仁看。

娜仁感嘆道：「這魚塘的設計真是巧妙，小小一塊地方，養了這麼多東西。可惜，我們草原上水源珍貴，不能用來養魚鴨……」

「其實我們能修這魚塘，原來是因為雁河離得近，所謂『靠山吃山，靠水吃水』，西北草原也有得天獨厚的優勢，就像眾所周知的牛羊馬匹，其他地方都養不過西北。」慧馨說道。

娜仁聽慧馨誇獎西北的牛羊馬匹，也很自豪，但她旋即又嘆了口氣，「可是只有牛羊馬匹不足以果腹，每到冬季，牛羊們沒有吃的，我們這些生活在草原的人也沒有吃的，草原的人民過得很辛苦……」

「大趙和羌斥和平共處，若是友誼能源遠流長，以後兩族人民就可互通有無，取長補短，兩地通商指日可待的。」

「不瞞小姐，我等此次前來，除了祝賀皇后娘娘壽辰，我父王與皇帝皆有意打開兩地通商的大門，只是我羌斥卻苦於沒有東西與大趙交換。雖有牛羊馬匹，可是只有馬匹能賣到高價，卻是數量有限，不足以支撐長期的商業往來。」

「其實小女一直很羨慕能養牛羊的地方，聽說牛羊的奶可以製作乳酪乾，以前在家曾有幸嘗過父親的朋友帶來的乳酪乾，雖說味道有些濃重腥羶，不過想來若是加入些草藥去腥，或者混入些水果之類，味道當能有所改善，若真能製作出適合大趙人口味，一定會很受歡迎。如今在大趙只有非富即貴的人家，才能嘗到牛羊的奶。我還曾在一些書籍上看到說，新鮮的奶可以做點心，有獨特的奶香味。王女，書上寫的是不是真的？」

娜仁聽了慧馨這番話，兩眼發亮，「……妳說的沒錯，我們西北的乳酪乾堪稱一絕，不僅味道香，還易保存，不過妳說的用鮮奶做點心，我沒吃過。」

「……書上也寫道西北的羊毛毯非常名貴，除了地上鋪的，還有床上鋪的，尤其是用羊毛毯鋪床格外舒適？」慧馨問道。

「不錯，我們這次來京城就帶了不少羊毛毯來，妳知道的好多啊？」

「家父是書院的院長，家裡最多的就是書了，我們大趙女子不能輕易上街，待在家裡也就是做做針線看看書了。這些事情歷代的古書裡都有記載，比如我最近在看的《十方遊記》，便是前朝的十方和尚寫的，其中便有一段他遊歷到西北的經歷，我也是看過這一段才知道乳酪乾和羊毛毯。對了，他還提到羊毛線，不知這次王女可帶了羊毛線來京？」

「……羊毛線帶了，我們的羊毛線多是用來織毯的，若是妳想要羊毛毯，我直接送妳幾床羊毛毯吧，這羊毛毯織起來費力氣，你們大趙未必有合適的紡娘會織的。」

「王女誤會了，小女只是想若是王女方便，可否贈與小女一些羊毛線，京城冬日酷寒，小女想用羊毛線織些羊毛襪，穿在腳上也好保暖。」

「羊毛襪？妳說羊毛線可以用來織襪子？」

「小女曾在古書上讀到過，雖然具體織法上面沒寫，但想來拿著線仔細研究一下，應該能摸著門路的，試試總歸沒有損失。」

「若是如此，我回頭就讓人給妳送線來……」娜仁目光炯炯地看著慧馨。

慧馨面上不顯，心下卻好笑，這位羌斥王女倒是好性情，「若是小女僥倖成功了，必先給王女獻上一雙的。」

娜仁連連點頭，若是羊毛線能尋到其他用處，那他們羌斥就又多了一條財路。

她們在這魚塘中央停留的時間不短了，池塘邊的人聽不到她們的聲音，慧馨提醒娜仁道：「此事成與不成尚未可知，還請王女暫時替小女保密。」

娜仁點頭應允，她知道大趙的人都很愛面子，若是慧馨沒用羊毛線編織出襪子來，估計靜園的其他人會恥笑她，所以她很願意配合慧馨保密。

慧馨讓娟娘和花姑把竹筏撐回塘邊，四人下了竹筏。陳香茹等人見娜仁一下竹筏，便都圍了過來。因娜仁午飯要在崔靈芸的莊子上用，慧馨便讓娟娘和花姑打了幾條魚上來，並抓了幾隻鴨子，交給崔靈芸的宮女帶走。

送走娜仁一行人，慧馨把娟娘和花姑叫到身邊，囑咐她們忘記剛才在竹筏上聽到的話，這才跟謹恪一起返回靜園。

謹恪在路上問慧馨：「妳剛才跟王女說了什麼啊？是不是有好事啊？」

慧馨側頭看她一眼道：「妳怎麼知道我跟王女說事了？」

「我還不了解妳啊，瞧妳嘴角那笑，肯定是有好事發生了。」

慧馨忍不住嘿嘿一笑，「的確是有好事……」

【第一百一十二回】

毛線針法

王女娜仁離開慧馨她們的魚塘，在崔靈芸和陳香茹的陪伴下，又參觀了許多地方，重點當然是陳香茹的印刷莊和崔靈芸的農莊。韓沛玲的莊子因著主人已經離開靜園，莊子便由皇莊收回，當然皇莊是付了一筆錢給韓沛玲的，不能讓小姐們白忙活啊！娜仁也去看了韓沛玲的花莊，不過她興趣缺缺，養花這種事在草原上實在是奢侈中的奢侈……

娜仁記掛著慧馨說的羊毛線的新用途，當晚就派人送了兩筐線給慧馨。

慧馨發現抬筐子進來的宮女，眼光有些奇怪，便跟謹恪隨意地說道：「哎呀，王女真是客氣，下午參觀咱們的魚塘，晚上就送禮物過來……」

謹恪向慧馨眨眨眼，摸摸了筐子裡的羊毛線，「……要是織好的毯子就好了，不過毯子送我們的話就太貴重了，這些線柔潤又有彈性，回頭找人織起來，做床墊應該也不錯。」

宮女們放下筐子退了出去，慧馨把屋門一關，這才仔細地拿起這些線來察看。把羊毛線發展到編織衣物上，是利人利己的好事。不過雖說是好事，慧馨還是不打算做這個出頭人。線已經跟娜仁王女要來了，她現在要好好想想，怎麼把這個功勞推到別人的頭上，慧馨能夠想到的最佳人選自然是陸掌衣。

第二天的女紅課，慧馨和謹恪拿了幾團羊毛線在桌子上研究。陸掌衣自然發現了她們兩人的異常，便走到她們的桌邊前跟她們聊了起來。

「……羊毛線太過粗重，紡出來的料子厚重密實，不適合穿在身上。」陸掌衣拿起線團看了看。

「若是紡車紡出來的太厚太密，那如果手工編織呢？編得鬆一些行不行？」慧馨說道。

陸掌衣皺了眉頭，看著手裡的線團，似乎在考慮慧馨所說的可能性。

慧馨再接再厲，拿了兩個線團，抽出線按打絡子的方式編起來，打好一個結然後又是一個結，直到她覺得長度差不多了，在謹恪的腰上比劃一下，把線剪斷，繞著謹恪的腰把打了一串結的線繫好，一條腰帶便成了。

慧馨見陸掌衣饒有興趣地看著謹恪腰上圍的腰帶，心知她在思考了，不過打絡子的方式還只是編的技法。她還需要結合織的技法，編和織結合在一起，才能手工打出毛衣。

慧馨便提出想看看織布是怎麼做的，她們丙院的女紅課不包括織布，不過聽說乙院是有織布課程的。

陸掌衣見慧馨和謹恪對女紅這般感興趣，便點頭同意明日她到乙院上課的時候，帶她們去看織布。陸掌衣對用羊毛線來編織衣物的想法，也很感興趣。她能三十出頭就做到尚衣局的掌衣，在女紅上的造詣和創新能力在全大趙也是數得上的。

慧馨見引起了陸掌衣的興趣，便送了幾團線給她。

大趙的織布技術已經很發達了，從她們能在京城買到的布料就可看出。今年夏天的時候，慧馨就在漢王府見識到了，慧嘉的臥房裡就掛了一張水煙綢的紗帳。據說是皇上賞給漢王府的，總共只有三張，王妃那裡一張，漢王書房一張，最後一張漢王命人掛在了慧嘉的臥房，真正的薄如蟬翼。慧馨上輩子都沒見過這麼薄的紗，當時可把她稀罕壞了。

陸掌衣打開一間屋子，裡面放了一排排的紡車，她走過去開啟其中一架，這架紡車是用來紡棉布的。

慧馨看陸掌衣拿著梭子，梭子帶著紡線在一排排的紡線間穿梭，就是這個了……

慧馨上前站在陸掌衣身邊，認真地看著陸掌衣織布，然後她說道，「……毛線織出來的布太過厚重，若是我們把梭子改成細竹棍，拿在手上，像織布這樣來編織毛線，人手比機器可以更好地控制毛線織物的軟硬……」

陸掌衣看著手中的梭子，心中仔細琢磨慧馨說法的可行性。慧馨覺得光說還是不夠的，讓陸掌衣在這裡等著，她和謹恪去拿了幾團線，又讓宮女幫她們做了幾根竹籤，在織布房裡就跟陸掌衣討論了起來。

怎樣起頭是最難的，慧馨和陸掌衣把織布的方法和打絡子的方法融合在一起，幾番試驗下，她們終於起好了第一行。慧馨看著陸掌衣興奮地拿著竹籤比劃來比劃去，心裡竊喜，古代的勞動人民才是最智慧的，應該很快她就可以開始編織她的毛衣了。

慧馨、謹恪和陸掌衣一直在織布房裡忙著，直到晚膳的鐘聲敲響，她們才發現已經過去了幾個時辰。

陸掌衣是帶著一包袱毛線團離開的，她要回去繼續研究毛線的編織技法。而這個下午，陸掌衣從織布法裡領悟了平針織法。是的，平針織法，最簡單的毛線編織法。陸掌衣領悟平針織法的過程，慧馨和謹恪也學會了這種織法。

吃過晚飯，慧馨和謹恪迫不及待地拉著謹飭和謹諾進了屋，向她們展示今天剛學到的毛線織法。慧馨起了頭，準備織圍巾，「……娜仁王女送了我們這麼多羊毛線，我想織條圍巾給她，向她表示感謝。」平針最適合織簡單的圍巾。

只用了兩天，慧馨就織好了一條圍巾，當然她故意沒有把圍巾織得過於完美，有些地方可以看出拆過重新織的痕跡。她把圍巾包好，順便寫了一封信給王女，簡略地講述她們跟陸掌衣一起研究出了這種簡單的針法，雖然襪子暫時織不出來，但她相信，假以時日，陸掌衣一定會有新的織法的。慧馨在信裡把陸掌衣很是誇獎了一番，直說若是沒有陸掌衣，這條圍巾靠她一個人肯定織不出來的。在信的末尾，她還提到，聽陸掌衣說羌斥的毛線紡線技術，跟大趙差距頗大，還有很大的提升空間。陸掌衣的確說過這話，事實的確如此，羌斥的文化和技術都還是很落後的。雖然慧馨有出賣陸掌衣的嫌疑，不過她相信陸掌衣肯定願意領這份功勞的。

慧馨從心裡希望大趙能幫助羌斥發展起來，這並不是聖母情節。慧馨上一輩子學過歷史，如果羌斥的人民一直缺糧食，而大趙卻只顧自己發展，那麼大趙就是羌斥人嘴邊的肥肉，他們會一直惦記著大趙的繁華。而如果羌斥人有自己的發展方向，跟大趙互補長短，那樣和平的時間才會更加長久。

雖然她也可以完全不管什麼大趙羌斥的事情，可是她清楚地記得，成就如文成公主，當年吐蕃跟大唐也只和平了三十年，兩方社會發展的差異，使得和平只是短暫的曇花一現。對於慧馨來說，若是對此無能為力倒也罷了，如今機會擺在眼前她必須努力一試。她希望大趙和羌斥的和平越長久越好，至少在她還活著的時候，不要再打了。

娜仁王女在看過慧馨的信後，便請求皇后娘娘，她想向大趙的尚衣局的女官們請教編織之法，皇后應允了。

羌斥人開始跟尚衣局的女官們研究羊毛線的編織，大趙這邊因陸掌衣最先領悟了平針法，皇后娘娘便指派她做總領。人多力量大，再加上尚衣局的人專業技藝精湛，她們把在布匹上編織花紋和打絡子結的技法融在針法裡，很快就把毛線編織出了各種花樣。她們使用的竹籤，也從兩根發展到四根甚至更多。娜仁王女甚至親手編織了一件比甲[1]獻給皇后娘娘，以示感激大趙向羌斥傳授毛線編織的技法。

當慧馨聽說皇后娘娘穿上了大趙的第一件毛線比甲，她知道自己可以開始動工了，她準備開始織毛線襪子。

這些天，慧馨和謹恪她們也忙著研究毛線的織法。如今這已經形成了風氣，毛線衣的事情從皇宮傳遍了京城，京城的女子們都在研究毛線衣，學習編織成了京城貴族的時尚。一時間，羌斥族使團帶來的羊毛線成了緊俏品[2]，許多人家都以能弄到毛線為耀。

慧馨坐在椅子上織襪子，不時端起旁邊的茶杯喝一口。為了表現笨拙，她織得比較慢，不過卻很認真，這雙襪子她準備送給王女娜仁。謹恪、謹飭和謹諾都在旁邊，認真地看慧馨編織的動作，然後學著自己編。

❀

慧馨託人把襪子送給了娜仁，還附上了謹恪畫的襪子織法的分解圖，她總算是完成了當初答應娜仁的事情。不過有了尚衣局的毛線衣，慧馨的襪子只能算個小彩頭了，不過當娜仁收到的時候，還是很高興的。

娜仁從陸掌衣那裡聽說，陸掌衣當初拿了不少慧馨她們的毛線研究，便又送了慧馨她們兩筐羊

【注釋】

①古時候一種方便騎射的服裝，類似今日的背心。

②數量少不容易取得的東西。

毛線。要知道，如今羊毛線在京城可是供不應求，尤其這兩筐彩線團，是娜仁王女的私人物品了。

娜仁很開心，羊毛線交易即將被列入大趙和羌斥的交易品名單，她們羌斥又多了一項可交換糧食的物品。所以娜仁很感激慧馨，雖然慧馨在毛線的用法上只是提出了假設，主要成就要歸功於陸掌衣和尚衣局，但她明白若是沒有慧馨一開始的好奇，她們根本不會想到把毛線往衣物方面用。

【第一百一十三回】
豐時節宴

羊毛線在京城裡火了，可惜供不應求。聽說這次大趙和羌斥會簽訂通商協議，相信以後毛線會在整個大趙流行起來的。

謝亮似乎跟羌斥使團的人搭上了線，不過他具體要做什麼，慧馨不管，她知道謝亮是個有分寸的人。

聽說羌斥使團的部分人會在京城多待一些時日，王子和王女會留下在大趙求學，王弟也會留在京裡負責大趙和羌斥的一些合作事務。

皇帝賜羌斥使團入住宏怡園，皇后壽辰過後，羌斥王子王女在宏怡園大開宴席，慶祝羌斥族豐時節，靜園眾人亦在被邀請之列，皇后特許靜園眾人當日赴宴。豐時節是羌斥族的盛大節日，相當於漢族的春節一般。

一進入宏怡園的正門，便看到中間的地上種著一棵松樹，樹下放著一個裝滿麥子的大筐，筐子周圍又擺了十二小籮麥子、十二罈酒。前面站著一位祭祀一樣的人物，領著十二對男女青年吹著葫蘆笙。

大門是羌斥王子帶人迎接男客，女子們乘坐的馬車並不在大門停下，一直行到側門才看到王女在那迎接女客。

慧馨幾人下了馬車，走過去跟王女見禮，王女身後的侍女倒了酒給眾人，王女一一將酒遞給來參加宴會的人。慧馨明白這是羌斥的習俗，接過酒一口喝了個乾淨，似乎是蕎麥酒，不過古代的酒酒精含量都比較低，雖然喝了一碗但也不會醉，不過慧馨這具身體似乎是容易上臉地，乾掉這一碗小臉就有點露紅了。

王女見慧馨幾人都把酒喝乾了，心裡高興，熱情地與她們笑談了幾句，這才讓侍女把她們領進去入席。後面還有許多賓客，王女要繼續在這裡迎接。

慧馨和謹恪跟在謹飭和謹諾的身後，往宴席那邊走。謹恪回頭看看笑顏迎賓的娜仁，悄悄跟慧馨說：「羌斥族的人真好客，今日京城得有大半權貴都出動了吧？王子王女竟然親自在門口迎接，屈尊降貴，若是我娘這樣，肯定要被皇奶奶訓斥的。」

慧馨也回頭瞧了一眼說道：「羌斥族不像我們大趙有太多繁文縟節，他們趁著這個機會結交京城的世家，對他們以後在京裡行事也有幫助。而且……大趙和羌斥通商在即，京裡頭動心思的人不只一家兩家，趁這機會跟羌斥使團搞好關係，對這些人家將來的生意只有好處沒有壞處。」

「……那倒是，這次通商協議裡，羌斥族多添了不少東西，我娘說那個羊毛線不錯，計畫和兩位伯母將來開個毛線店呢！」

「那很好啊，公主她們是準備直接賣毛線，還是賣毛線織的成品？」

「這個好似還沒決定，有可能都賣吧，她們還在籌劃階段。」

「……不管她們賣什麼，以後咱們都有足夠的毛線用了。對了，我昨晚上想起來，可以用毛線織手套啊，天就要冷了……」

慧馨四人在侍女的帶領下入了座，慧馨看看宴廳牆壁上掛的毯子，還有桌子上擺的各色乳酪乾，心下了然。

從果盤裡拿起一根乳酪乾細細地咀嚼，慧馨心下感嘆，好吃，好像是紅棗味的，忙向謹恪推薦，「這東西味道很特別，既有紅棗的味道，還有一股香香的味道。」

謹飭從盤裡撿起一根乳酪乾，「……這東西好像叫乳酪乾，以前進宮的時候，皇奶奶賞過我們，說是羊奶做的，吃了對身體好。不過我記得當初吃的腥味很重，也沒什麼味道，我們姊妹幾個都不喜歡。」

「嘗嘗看啊，我覺得不錯，紅棗混著奶香，比點心好吃。」慧馨說道。

謹飭將信將疑地把乳酪乾放入了口中，謹恪也拿了一根咬了一口。兩人嚼了幾下，都是眼睛一亮。

「這乳酪乾跟我以前吃的味道卻是不同，沒有腥味，把紅棗混在裡頭，棗香和奶香互相襯托，真的很不錯。」謹飭說道。

謹恪也是不住地點頭，慧馨又拿了另一種壓成小餅型的乳酪乾，裡面夾著葡萄乾粒。

謹恪吃完一條，又夾了一塊呈褐色的乳酪球，「這塊好甜好香啊，裡面放了什麼？」

慧馨也夾了塊放進口中，瞇著眼睛品了品，「……恩，醇香甜蜜，應當加的是蜂蜜。」

坐在慧馨她們周圍的人，原本覺得桌上擺的食物見都沒見過，還覺得羌斥人小氣，拿些上不得檯面的東西出來招待，如今見慧馨四人吃得香，便也夾了桌上擺的東西來嘗，沒想到這些東西的味道出乎意料地香，這下她們可不敢小瞧羌斥的食物了。

除了乳酪乾，桌子上還擺著肉乾，慧馨也拿起一塊嘗嘗，肉乾味道也不錯，除了鹹味還有孜然的味道。不過這個味道可能更適合男子，大趙的女子可能會嫌味道有些重了。

宴會上，王女為眾人安排了羌斥族的歌舞欣賞，飯後，又帶著眾人參觀宏怡園。

在花園的一棵樹下，娜仁帶著眾人停駐在那裡。這棵樹的樹枝上掛滿了弩箭和衣物飄帶，這是羌斥的習俗，男子們把自己的弩箭掛在樹上，女子們則掛衣物，祈求來年的平安康泰。

娜仁對眾人說道：「……如果有興趣，大家也可以往樹上拋東西試試。」

這邊的女孩子們都笑嘻嘻地互相推來推去，並沒有人真的上去拋擲東西。就在她們在樹下說笑的當口，隔牆的院子卻是接二連三地有人往樹枝上拋弩箭。有那掛在樹上的，便贏來一片喝采聲，有那掉在地上的，便是一陣起鬨聲，看來外院的男子正玩得高興。

女孩子們見牆外的男子玩得興頭正高，幾個武將家出身的女子便有些不想服輸。不過衣物飄帶之類的太輕，反而比弩箭更加難擲，更別提還要讓它們掛在樹枝上了。

袁橙衣算是半個武將家出身，騎馬打拳小時候都練過。她四周看看從地上撿了一塊小石子，用手帕的一角包住石子，然後輕巧地一拋，石子落回了地上，而手帕則掛在了樹枝上。

這邊的女孩子齊齊地喝采，並恭喜袁橙衣得了好彩頭。牆外的男子們自然也看到了手帕掛上樹的那一幕，雖然他們不知道是哪家的小姐拋的，不過這不妨礙他們叫好。聽著牆外的喝采聲，更多的女孩子大著膽子，學著袁橙衣往上拋手帕。謹恪也跑過去湊了個熱鬧，可惜她沒有袁橙衣的技術，扔了三次都沒成功。

看著謹恪一臉氣餒的樣子，慧馨心下好笑，面上卻要忍著，不能打擊小孩子的自尊心啊！

「……丟不上去就算了，我們年紀小，手上沒力氣，妳看我就是因為知道肯定丟不上去，才沒去摻和的。」慧馨見謹恪仍然皺著眉，只得勸她道。

謹恪搖搖頭，「……我好像剛才跳起來的時候把腳崴[1]了，左腳腳腕有些不舒服。」

慧馨忙上前扶住謹恪，「腳腕痛不痛？要不要叫大夫來看看？」

「倒是不痛，就是有點腫脹感，還是不要叫大夫了，咱們是來赴宴的，要找了大夫來，豈不是掃興。」謹恪說道。

【注釋】

① 扭傷腳了。

「那就等回去後再找太醫看一下。」慧馨朝四周看看，眾人都還在興頭上，她們也不好這時候就告辭，便跟謹恪商量道：「要不咱們先找個地方歇一會，看結束還得一會呢，就不跟她們繼續逛了。」

謹恪點點頭，只能如此了，也許歇一會她的腳腕就好了。

慧馨先去跟謹飭說了一聲，謹飭和謹諾聽說是謹恪腳可能崴了，便要跟她們一起到廂房。四周的侍女不少，有羌斥族面孔的，也有大趙面孔的。那些大趙本地丫鬟想來是皇帝賞宏怡園時，一起賞下的。慧馨招了名大趙本地面孔的，她們應該比羌斥族新來的更熟悉這個園子。

侍女將她們四人帶到花園西邊的一間屋子，這裡的一排屋子，想來原本就是用來遊園累了歇腳的。

慧馨幫著謹恪把襪子除了下來，謹飭上前捏了捏謹恪的腳腕，「不嚴重，只是輕微的扭傷，回頭敷點藥，歇幾天就會好。」

慧馨見謹恪的腳腕沒什麼大礙，也放了心，便勸謹飭和謹諾回去。既然西寧侯府有意涉足羊毛線生意，那麼侯府必然希望謹飭她們能跟王女交好。

慧馨說道：「妳們回去吧，有我在這裡陪著她就夠了，這會正是平時午覺的時辰，我們兩個正好在這歇一會，又有侍女看著，妳們不必也跟著陪了。」

謹恪也勸她們回去，沒必要四個人都在這裡待著。謹飭猶豫了一下，便跟旁邊的侍女吩咐了幾句，這才跟謹諾離開了。

慧馨吩咐侍女在門口守著就好，然後扶了謹恪往裡間的榻上躺了，又去桌邊到了兩杯茶水，跟謹恪一人喝了一杯，這才跟謹恪並排躺下。

那侍女見慧馨和謹恪都睡下了，這才從屋裡的櫥子拿出兩條毯子，輕手輕腳地走到榻邊，把毯子蓋在了她們身上，然後又回到門口站好。

【第一百一十四回】

偶遇

今日宏怡園賓客眾多，豐時節是羌斥族快樂的節日，即使身在廂房，慧馨仍隱約能聽到前頭的歡聲笑語。身在別人家，慧馨並不能十分放心地睡覺，所以這會她不過是假寐養養神，侍女過來蓋毯子她自然是知道的。

慧馨在心裡默默地算著日子，再十二天，丙院今年的升階就要決定了，名單一確定就可以休假。若能順利升入乙院，她就有四個月的假期。

慧馨開始盤點她入丙院後做了哪些事情，田莊經營這件事她和謹恪算是丙院裡賺錢最多的。女紅、廚藝等各項功課，她雖不是樣樣前三，但前十是沒有問題的。參與南下賑災，雖沒有負責主要工作但完成得也不錯。繡壽禮也是有驚無險安全通過。總而言之，她雖然家世差了點，成績也不是最出色，但在丙院排前十名是沒有問題的。今年升階已有九成把握，別人也不好挑她的錯，畢竟她取得的成績是實打實的。

慧馨閉著眼心裡頭打著小算盤，房外的走道卻傳來了說話聲，她本來並沒注意外面的聲音，直到有人輕叩了房門，站在門口的侍女推門出了屋。

揉揉額頭，慧馨從榻上輕手輕腳地起了身，她擔心是謹飭派人過來傳話，便準備到門外去見來人。

慧馨這裡一動，謹恪那裡也坐起了身，「有人過來啊？這在別人家裡，我也睡不著，叫那人進來回話吧。」

慧馨點點頭，喚了一聲門外的人，侍女推門進屋說道：「稟小姐，是崔小姐到這邊來歇腳，她的丫鬟過來問還有沒有空房間，奴婢已經安排她們去隔壁歇著了。」

「崔小姐？可是南昌侯崔家？」謹恪問道。

「正是。」侍女恭敬地回道。

謹恪從榻上下來，「……我有些口渴了，你去拿些茶點過來。」

慧馨見謹恪打發走了侍女，又見她有些欲言又止的樣子，便問道：「怎麼了？可是腳腕又痛了？」

謹恪搖搖頭嘆了口氣，「……腳腕倒不覺得痛，我只是有些擔心崔姊姊，也不知道隔壁的是不是她。她已經有些日子沒出來過了，剛才在宴上我也沒注意她有來沒來。」

「聽說她被記了名，大概是在家裡待嫁了吧。今年甲院的三位都要許了人家，位子就空出來了，也不知道乙院誰有本事能升上去，我看最有希望的就是袁橙衣了。」慧馨說道。

「……京裡頭有傳言說，這次選秀記名的都會賜婚給羌斥使團。宮裡頭甚至傳出消息說，皇上要給羌斥大王子賜婚，人選就在這次被記名的人裡，皇上最中意的是崔姊姊……」謹恪說道。

「……不會吧，被記名的人多是大趙權貴家的女兒，皇上不會將她們全許配給羌斥族的……」慧馨說道。就算皇帝有心促進大趙和羌斥的交往，也不可能讓過多的羌斥跟大趙權貴階層聯姻，這對大趙和羌斥皇族的穩定不利。若是京裡真出了這種流言，只怕是有人不想兩族通婚的事太過順利。這種傳言再繼續下去，那些被記名女孩的家族，就要坐不住了。

「……自從羌斥族入京後，南昌侯家就再不讓崔姊姊出門了，而且誰也不讓見。」謹恪說道，「大姊二姊上個月給南昌侯府遞帖子，要約崔姊姊出來，可是崔家說崔姊姊身子不舒服，不讓她出門。」

「……」慧馨無語，南昌侯是皇后的舅舅，南昌侯府這般反應，那皇帝有意將崔靈芸許配羌斥大王子的消息很可能是真的，「那敬國公府那邊……沒什麼反應嗎？」

「……致遠哥哥也很久沒出過國公府了，聽說國公爺準備給致遠哥哥捐個職位，明年開春他就要離京出外歷練。」

這是敬國公府有意讓顧致遠避開這件事了，古代人的婚姻真是可悲，父母之命，媒妁之言，高門大戶還得加個皇命不可違。不管多少年的青梅竹馬，也比不過一紙皇令。大概南昌侯和敬國公都很後悔，沒有早點給兩個孩子定親吧。賜婚這種事，合了大家的意，是恩寵；不合大家的意，也是恩寵，沒人能說「不」字。

慧馨嘆了口氣，「……賜婚旨意沒下，就還有轉圜的餘地。我朝還未有皇家跟外族通婚的先例，大家難免把事情想得太嚴重了。按前朝來說，一般這種和親，選的都是皇家遠枝的女孩子。不過這種事情，還是要看皇上的意思，我們是管不了的。看南昌侯府和敬國公府的態度，估計他們也不希望別人管這個，畢竟崔小姐跟顧公子沒有定親，若是有人議論起來，對崔小姐的閨譽也不好。」

謹恪忽然變得很沮喪，「……以前我們都很羨慕致遠哥和靈芸姊，像我們姊妹，將來多半都是要被賜婚的，也不知道會賜婚給誰。我記得小時候，聽大姊二姊說起過賜婚的事，結果被大伯母聽到了，把我們三人都訓了一頓，從那起我們就再不提了。」

「皇上和皇后這麼疼妳們，將來一定會給妳們找好人家的，尤其是妳，皇后和公主肯定會仔細挑選的……」慧馨說道，「再說，妳才十歲，想這些太早了，趁著年紀小開開心心過每一天，明日愁來明日愁。」

謹恪嘆了口氣，慧馨見她還有些惆悵，便打趣她道：「突然這麼多愁善感，莫非是妳看上了哪家的男子？快跟我說說，是誰？」

謹恪被慧馨說得臉紅，她畢竟是正宗的古人，若不是把慧馨當作真心朋友，哪會作這些心裡話，「哪有，我不過是感嘆罷了，」說著，謹恪跑過去撲在慧馨身上呵她癢，「叫妳打趣我……」

慧馨和謹恪笑鬧在床上撲作一團，直到侍女端了茶點進來，才端坐到桌邊喝起茶來。

那個侍女放下東西就又安靜地站回了門口，慧馨心裡一嘆，宏怡園裡賞下來的丫鬟大概都是經過調教，精挑細選出來的。

「既然崔小姐就在隔壁，我們要不要過去打個招呼？」慧馨問謹恪道。

「也是，就算不是靈芸姊姊，讓其他人代我們問候一下也好。」謹恪說道。

慧馨吩咐那個侍女道：「妳去隔壁看看，那位崔小姐可方便我們過去探望。」

侍女應聲去了，不一會就折返回來，「……奴婢問了崔小姐的丫鬟，崔小姐剛差了人去取茶點，想來尚未歇下。」

慧馨點點頭，跟謹恪一起往隔壁去了。

慧馨她們今日赴宴，是直接從靜園過來的，除了跟車的嬤嬤，沒有丫鬟跟著。而崔靈芸是從自家府裡過來的，她自然帶了自己的丫鬟。

謹恪見到守在隔壁門口的丫鬟，便認出她是崔靈芸身邊的人，「……是靈芸姊，是她出來了。」

侍女為她們打起簾子，謹恪一看到屋裡的人，就走了過去，「靈芸姊，真的是妳，我還以為……」

崔靈芸無奈地笑了一下，「真是好久沒見到妳們了，過來，讓我瞧瞧妳又長高了沒？……妳們在靜園裡，我已經出了靜園，估計以後我們沒法經常見面了。」

崔靈芸看起來有些憔悴，看來剛才謹恪說的是真的了，她跟顧致遠的婚事多半是不行了。青梅竹馬的感情總是很美好，可惜有幾個能夢想成真呢？

慧馨和謹恪不好當面問崔靈芸的婚事，那畢竟是崔家的私事，她們這些未婚的女孩子是不適合談論這種事情的。

慧馨撿了她們日常的趣事說給崔靈芸聽：「……莊客家的狗叫『黑子』，我們教牠撿東西和找東西，這幾天進步好多，找東西可準了。」

「還學會了打滾、坐下和轉圈，等有機會，我們帶崔姊姊一起去看。我本來還想在府裡也養隻狗，可我娘說，我大部分日子都在靜園待著，府裡養狗也是別人替我養，所以不准我給府裡找麻煩。」

崔靈芸聽著慧馨她們說笑，精神似乎也好了些。她們說了許多話，出去拿茶點的丫頭才回來。看這丫頭裝束，應該是崔靈芸自己的丫鬟，大概是不熟悉這園子，才去了這許久。

慧馨見崔靈芸打了個哈欠，便跟謹恪使了個眼色，說道：「崔姊姊休息一會吧，我們不打擾妳了。」

謹恪也站起身說道：「我們再去園子裡玩會，崔姊姊，等妳有空了，下帖子給我們啊，大姊和二姊也掛念著妳呢！」

慧馨和謹恪從崔靈芸屋裡出來，慧馨問謹恪道：「妳腳還痛嗎？若是不痛，我們要不要在園子裡逛逛？」

「不痛了，我也不想再回那屋了，咱們去花園找個地方坐會吧！」謹恪說道，轉頭又問那侍女，「園子裡有那些精緻的好地方？帶我們過去瞧瞧吧！」

「園子裡有一處種了千日紅，就在前面不遠，奴婢帶小姐們過去吧，那邊正好有個小亭子，小姐們可以在那邊坐會。」

【第一百一十五回】

私會

崔靈芸坐在屋裡，神色有些黯淡，剛才出去取茶點的丫鬟正在跟她回話：「……顧公子今日的確來了，奴婢剛才去外院馬車那邊拿東西，跟車的婆子說看見了公子身邊的小廝樹兒，不過外院人多又雜，奴婢沒能找到樹兒，有負小姐所託……」

「這不怪妳，今日來的人多，我也是知曉的……在府裡跟我最親近的丫鬟，也就妳們四個了，今日我帶妳們出來，要做什麼，想來妳們心裡也是有數。我只說今日這事不管來的人是誰，事後誰都不許再提起，若是漏了半個字出去，到時候別怪我不講情面。這事處理不好，會有什麼後果，不用我教，妳們也知道下場。去兩個人守著兩邊的通道，再去個人看看隔壁的小姐還在不在？」崔靈芸說道。

待丫鬟們都退了出去，崔靈芸一臉矛盾和不安地坐在桌邊。前幾天有人送了條口信給崔靈芸，約她今日在宏怡園花園旁的屋子見。府裡頭本是不同意她來赴宴的，只是送信的人找到了她的貼身丫鬟，還拿出了她以前送給顧致遠的手帕。

若約她的人是顧致遠，她也想再跟顧致遠見一次；若不是顧致遠，那她必須把手帕拿回來。所以她才苦求了母親今日放她出來。她已經答應母親，不管皇帝會把她賜婚給誰，都會乖乖聽話的。崔靈芸希望約她的人是顧致遠，雖然她也知道這樣私下跟他會面不合規矩，可不讓她再見他一面，她始終無法死心。

剛出去的丫鬟又返回來，打斷了崔靈芸的思緒，那丫鬟回道：「隔壁的兩位小姐已經帶著侍女離開，這周圍沒有其他人了。」

「妳們都出去守著道口，不論看到誰過來，都要馬上過來稟報……」崔靈芸不安地扭著手中的帕子。

❖

亭子周圍種滿了細心打理過的千日紅，有橙紅的、紫紅的，還有白色的，慧馨和謹恪坐在亭子裡，吹著微風也很愜意，兩人坐在亭子裡聊天。

「等休假了，咱們再去小燕山玩吧，山裡頭比京城裡還暖和。」謹恪說道。

「……我做不了主了，爹娘過年要來京城，我爹管得比較嚴，我可能出不了門。」慧馨說道。

「那我跟大姊說，下帖子的時候鄭重些，找個好點的藉口，讓妳爹娘不好拒絕。府裡去年在京郊的莊子修了溫泉，到時候也下帖子給妳，這次休假若是能有四個月，那可是好長一段時間，只待在府裡會悶死的。」

「妳的畫冊畫得如何了？等咱們入了乙院，從新莊子上劃塊地方弄個小的印刷所，咱不學陳香茹那樣印書，咱們印些自已喜歡的，像是小兒畫冊那樣，不跟他們大書局搶生意。」

「我的《幼學畫冊》已經畫完了，娘找了先生校對呢，得確認沒出錯才能拿出來見人。」

「還有我前段時間搜集了許多香料種子，準備開出一塊來專門種植，不是製香用的香料，是食物調味用的。雖然我從一些書上找了種植方法，不過畢竟沒真的種過，不知道能不能成功。如果成功了，咱們就能吃到更好吃的食物了。」

「我聽妳的，咱們慢慢來，進了乙院有的是時間，我是不會升甲院的了，就在乙院待到十四歲。」

「那咱們在裡面慢慢混。對了，上次說把魚塘估價，有消息了嗎？」

「大伯母找人去皇莊看過我們的魚塘了，兩畝魚塘的魚和鴨子，估了五百兩的價。原本分給咱們的田莊歸皇莊所有，不是咱們的，他們就只估了魚和鴨子的價。」

「五百兩差不多了，到時候皇莊要回購我們的魚塘，估計他們給的價不會超過五百兩的。作坊那邊估計皇莊也會回購，不過這塊值不了幾個錢，到時候直接送給皇莊好了。豬圈那邊我想留下三頭豬，年底殺了分給幾戶莊客，還有給我們做過幫工的人家，剩下的豬賣了給他們做賞錢。妳覺得如何？」

「就按這樣辦吧，咱們當初從靜園借的錢都已經還清了，剩下的都是咱們自己的了。莊客們辛苦了一年，年底的紅包給她們包足點，尤其是杜三娘那邊，她可是幫了我們不少。」

「我聽薛玉蘭說，皇莊的莊頭找過三娘，有意讓她明年做莊裡的管事，若她真做了管事，以後咱們要從皇莊那邊找幫工就方便多了。咱們的魚塘算是做成了，等把魚塘移交給皇莊，估計年底皇莊能靠魚塘賺不少。今年冬天京城百姓有活魚吃，估計京裡頭有人會意識到魚塘這塊的收益，明年應該會開始有不少靠河邊的魚塘出來。」

「那以後京裡隨時都有魚吃了。」

「不只魚，連鴨子，鴨蛋之類的也會多起來，以後相關的作坊也會越來越多，所以我才想把作坊直接送給皇莊。這些東西的價錢都會降下來，明年咱們就不弄魚塘了，老老實實種地。」

「那我們豈不是又要研究怎麼種地了？正好拿這做藉口，多去郊外的莊子上走幾趟。」

「回頭讓謹飭打聽一下，崔靈芸的田莊都是哪些莊客幫著打理的，想來他們都是有經驗的了，明年若是能自己挑莊客，就從他們中間挑幾個。」

「好，回去就跟大姊說，這個得先下手，不然就被人搶光了。不過咱們沒了魚塘，以後就沒免費的魚和鴨子吃了。」

「等京城修魚塘的人多了，以後魚鴨會越來越多，價錢也會便宜的。等這些東西多了，京裡的吃食花樣也會跟著多起來。說到這裡，我想起以前看到一本書上記載了一種鴨子的吃法，烤著吃，似乎很好吃的樣子。我家那邊是肯定沒機會了，若是休假能去妳們家莊子，咱們就試試吧。」

「好啊，烤著吃？我吃過鹹水鴨、臘鴨，還沒吃過烤鴨呢！」

「不過要烤著吃，得先弄個烤爐，回頭妳問問妳們府上的大廚，有沒有合適的烤爐，給咱們準備一個。」

「好，一言為定啊，我回去就跟府裡的廚師說，今年休假妳無論如何都得出來，咱們一定要去莊子上玩幾天……」

慧馨和謹恪坐在亭子裡說得高興，宏怡園的侍女規矩地站在亭子外面。

突然「啰噠」一聲，從亭子旁邊的假山後傳了出來，慧馨和謹恪沒有注意到，可是亭子外的侍女卻是聽到了，她往假山那邊走了兩步，假山後面又傳出「噗通」一聲，好像是有人跌倒的聲音。

這下連慧馨和謹恪也聽到了，慧馨對著假山大聲喝道：「什麼人在那裡？還不出來！」

那侍女從旁邊撿了塊石頭，小心翼翼地往假山後面繞去，邊走邊喝道：「誰在那裡？馬上出來，否則我就喊了，園子裡到處都安排了侍衛，他們聽到很快就會趕過來。你最好馬上出來！」

躲在假山後的樹兒心裡大叫晦氣，今日真是諸事不順。先是有人拿了崔家小姐的信物來找少爺，說崔小姐在內院花園旁的屋子裡等少爺。少爺非要翻牆到內院，他這做小廝的攔不住。本來少爺命他在翻牆的那個地方等著他，哪知道少爺剛走沒一會，周家少爺帶了一群人過來，非要在那裡玩。他怕少爺出來的時候遇上周家少爺一夥人，這才急著找了處樹高的地方翻到內院。他剛一落地，就看到兩位小姐帶了侍女往這裡來，只好藏在了假山後。這兩位小姐坐在亭子裡說起來沒完沒了，樹兒當心少爺結果不小心踩到了一根樹枝，他從假山的縫隙中看到侍女正往他這裡走，結果一害怕又被腳後的石頭絆了一下，摔了個屁敦[1]。

樹兒聽那侍女說要叫人，只得訕笑著從假山後一步一挪地走了出來。

謹恪看著從假山後出來的人，驚訝地問道：「樹兒？怎麼是你？致遠表哥也來了嗎？你藏在假山後面幹什麼？」

樹兒見兩位小姐中有西寧侯府的三小姐，大大地鬆了一口氣，給兩位小姐行了禮，說道：「三小姐，奴才求您快去崔小姐那邊看看，少爺過去好一會了，若是他出來被周少爺他們看到了，是要出事的。」

「你說什麼，樹兒你慢慢說，出了什麼事？」謹恪皺了眉頭說道。

「……剛才有人拿了少爺送給崔小姐的東西過來找少爺，說是崔小姐在花園旁的屋子等少爺，

【注釋】

①屁股很重地著地。

要見少爺一面，少爺已經過去好一會了，可是周家少爺帶人佔了少爺進來的地方，奴才怕少爺出來的時候，又去那裡，被周家少爺碰到就麻煩了。三小姐，您快去崔小姐那邊看看吧！」

「什麼？」謹恪聽了樹兒的話，吃驚地站了起來。崔靈芸跟顧致遠在宏怡園私會，這種事要是被外人知道了，可怎麼了得！

慧馨也站起身，跟謹恪說道：「別發呆了，咱們快點趕到崔姊姊那邊去。這位小哥……你叫樹兒是吧？你不要在這裡待著了，馬上回外院，被人見到你在內院，你家主子一樣要被人責難。崔姊姊那邊，我們馬上過去。」

【第一百一十六回】顧致遠

慧馨回頭看看旁邊的侍女，跟她說道：「麻煩這位姊姊送這位小哥出內院，他迷了路誤闖到這裡來了。」這侍女是宏怡園的，雖然剛才樹兒說了崔靈芸和顧致遠的事，但只要不是外人親眼所見，事情就能圓過去。這侍女只要懂點事，就該知道以她的身分摻和到這種事裡，只有死路一條的。

那侍女暗自鬆了一口氣，慧馨給了她機會抽身，她自然不能不識抬舉，少不得得為小姐少爺公子們打打掩護。侍女說道：「……從這邊沿著牆邊走，可以通到外院的馬房，今日馬房的人都到前門看守客人的馬車去了，從那邊出去不會被人注意到……」

謹恪顧不得等侍女和樹兒退下，便急急地拉著慧馨往崔靈芸那邊去。

樹兒似乎有些不放心，望著謹恪的身影想說什麼，見慧馨轉頭瞪了他一眼，只得有些心不甘情不願地跟著侍女往外走。

慧馨心裡想，這個顧致遠的小廝也太不知輕重了，沒攔下自家公子也就罷了，竟然翻牆到內院，也不想想他一個男子怎麼能在內院胡亂走動，還有剛才也不看場合，就把崔小姐和顧公子私會的事給說出來，實在太不知進退了。

說起來崔靈芸這事做得也太匪夷所思了，竟然在別人家裡約男子見面，這實在不像是她認識的崔靈芸會做的事。還有那位顧大公子，敢翻別人家的院牆闖內院，若是這事今日鬧開了，可真是要把大趙的臉面丟到羌斥去。

慧馨和謹恪剛走到夾道，遠遠地就看到兩個丫鬟守在前面，對方也發現了她們，其中一個匆忙地轉身跑走了。

慧馨皺著眉頭跟謹恪對視了一眼，看來崔靈芸跟顧致遠在這裡見面是真的了，他們也太大意了。

那丫鬟見慧馨兩人走了過來，忙上前行禮，正要開口說話，謹恪直接打斷了她：「什麼都不用說了，妳繼續在這裡守著。」說完這句，謹恪看也不看那丫鬟，直接拉著慧馨往前走。

慧馨嘆了口氣，崔靈芸真是昏頭了嗎？讓丫鬟這樣守著，不是明擺著告訴別人有問題麼。

慧馨兩人行到崔靈芸的屋門口，果然見到頭先離開的丫鬟正守在那。

謹恪看起來有些氣勢洶洶的樣子，慧馨拉住她說道：「……不管怎麼說，就算顧公子真的在裡面，他們大概也只是一時情急，才做出這種事情。我們如今首要做的，是趕緊想辦法讓顧公子離開內院，其他的，我們兩個沒有立場管。」

謹恪深吸了一口氣，她之所以生氣，是因為覺得崔顧兩人太不會選地方了，他們怎麼就能放心在別人家裡見面，還選了外族人的地方。

丫鬟顯然早有準備，規矩地跟慧馨和謹恪行禮，「……我家小姐剛剛歇下……」這意思是想把慧馨和謹恪攔在外面了。

謹恪沒好氣地說道：「我不是來找妳家小姐的，我來找裡面的另一個人。」

丫鬟吃了一驚，「裡面只有我家小姐一人，三小姐一定是找錯地方了。」

「是樹兒求我捎話給他們家公子，妳再擋在這裡，耽誤了事情，妳承擔得起嗎？還不讓開！」

謹恪說完，也不管那丫鬟有何反應，直接推開她，往屋裡去了。

慧馨嘆口氣，只得跟在謹恪後面也進了屋。

屋裡頭只有崔靈芸一人，只見她用手帕按按眼角，嘴角扯起了笑，有些嗔怪地說道：「妳們兩個這是怎麼了？急急惶惶地闖進來，我正要休息呢！」

崔靈芸又用手指點點謹恪的額頭，「妳呀，我那丫鬟又怎麼得罪妳了？我在屋裡頭就聽到妳在兇她了，妳這丫頭比我這做主子的氣性還大。」這話就是在責備她們了。

慧馨和謹恪互相看了一眼，難道她們晚到一步，顧致遠已經走了？或者她們根本就是被人耍了？

謹恪被崔靈芸說了幾句，也覺得她這回太莽撞了，只是她仍是擔心顧致遠，便猶豫著說道：「崔姊姊，妳知道我一直把妳當親姊姊的，有些話我就直接跟妳說了。致遠哥有沒有到妳這裡來過？」

「妳胡說什麼，這裡是宏怡園的內院，顧公子怎麼可能到這裡來。」崔靈芸答道。

慧馨一直觀察著崔靈芸的神色，見她眼神閃爍，尤其是回答謹恪問話時，露出了心虛。顧公子很可能是剛剛離開，那她們就更耽擱不起時間了。慧馨向謹恪使了個眼色，示意她直接把樹兒說的

話講給崔靈芸聽。

「崔姊姊，妳該知道我的，我是一心向著妳和致遠哥，所以那些廢話我也不說了。剛才我們在外面遇到了致遠哥身邊的小廝樹兒，他說致遠哥進了內院來找姊姊，只是如今致遠哥翻牆進來的地方，被周公子一夥人佔了，他怕致遠哥出去的時候被他們看到，所以才急著來報信。崔姊姊，妳跟我說實話，致遠哥來過這邊沒有？」謹恪著急地說道。

崔靈芸聽了謹恪的話，一時有些慌神，不知道該不該信謹恪說的話。就在崔靈芸猶豫的當口，慧馨被嚇了一跳後反應過來，凝神細看原本躲在屏風後的人。這應當就是顧致遠了，若不是崔靈芸不夠鎮定，真是要被他們騙過去了。

屋裡的屏風後走出了一個人。

這顧致遠倒還算是個翩翩佳公子，可惜他如今是藏身女子房間卻被發現之人，所以慧馨對他的第一印象並不好。在她看來，顧公子這麼堂而皇之地翻別人家院牆，還跟崔靈芸獨處一室，實在是太沒有責任心了。

謹恪見到從屏風後出來的人，跑過去從上到下把人打量了一遍，「致遠哥你真跑這來了，你們的膽子真夠大的，想見面哪裡不行，偏選了羌斥人的地盤上，還選了別人家裡一堆客人的時候。」

顧致遠嘴角一翹，撩了衣襟就往桌邊一坐，說道：「我還以為是誰來了，原來是妳這丫頭。」

謹恪見顧致遠神色悠閒，還坐在桌邊喝茶，怕顧致遠還不清楚外院發生了什麼事，便又把樹兒說的話，給他又說了一遍：「……致遠哥你快點出去吧，你原本進來的地方被人佔了，我們知道條路可以通到外院，我們送你出去吧，不能讓人看到你在這裡。」

顧致遠看了謹恪一眼，無奈地笑了笑，「妳還是這麼愛管閒事，妳就不怕給自己惹麻煩？」

「……要不關係到崔姊姊和致遠哥，我才不會管這種事呢！」謹恪也覺得自己有些過於熱心了，被顧致遠說了這麼一句，就有些臉紅。

「不用擔心，既然被人請來這裡，總得等到下帖子的人來了才能走。」顧致遠說道。

慧馨和謹恪都有點糊塗，顧致遠這話好像請他來內院的人不是崔靈芸。

顧致遠見謹恪皺著眉頭，一臉不解，便又解釋了一句，「有人給妳崔姊姊和我下了帖子，請我們兩人到這裡一見，所以我們才在這等著，等下帖的人出現。」

其實顧致遠一見到傳信人手裡的信物，就知道這是個騙局了。來人拿的正是崔靈芸以前送給他的帕子，他一直放在衣箱裡，雖然從未拿出來用過，卻不代表他不記得。所以他一見帕子，就知道這是從他那偷來的，他的身邊出了內賊。設這個局的人，定是要陷害他和崔靈芸，崔靈芸那邊只怕會上當，所以他必須到內院，一是不放心崔靈芸，二是他要看看究竟是誰算計他們。內賊等他回了府總能查出來，而這個設局的人他要搞清楚究竟是誰這麼大膽，竟敢把他們都弄到這個屋子裡，此人多半會親自來「捉姦」，所以他要在這等著，只沒想到多了慧馨和謹恪這個插曲。

顧致遠看了站在門口的慧馨一眼，說道：「這位就是謝家七小姐吧！多謝妳平時照顧我們這個迷糊的小妹妹。既然妳們先來了，那就正好陪妳們崔姊姊聊會天，喝點茶。咱們一起等人來，妳們倆正好給我們做個證人。」

慧馨多少明白了顧致遠的意思，似乎顧致遠和崔靈芸是被人算計了，才會在這裡見面，而看顧致遠的神情，似乎是提前就知道了這是陷阱可還是來了，而且是胸有成竹地來了。只是慧馨猜不著顧致遠打算怎麼做，等有人來了他再藏起來嗎？

謹恪也迷迷糊糊地，看看顧致遠，又看看崔靈芸。崔靈芸有些無奈地起身，給慧馨和謹恪分別倒了茶，又示意她們到桌邊來坐。

慧馨走到桌邊坐下，無意間看到顧致遠和崔靈芸互相看了一眼，兩人的視線碰到一起，又飛快地分開了。

慧馨感覺坐下沒一會，屋裡頭詭異的安靜就被門外的丫鬟打破了，那丫鬟進來稟道：「小姐，陳家小姐帶了一群人正往這邊來了。」

慧馨看到顧致遠和崔靈芸互相看了一眼，顧致遠站起身仍舊往屏風後一躲。慧馨給謹恪使了個眼色，示意她機伶點，重頭戲這才要開始了。

【第一百一十七回】求而不得

陳香茹帶著一群人往花園的廂房走來，她想到一會將要看到的景象，嘴角微翹。這幾年她在靜園越待越憋屈，諸事不順。她想嫁給南平侯，結果有個韓沛玲；她想入宮，結果有個周玉海；她想嫁給羌斥大王子，結果還有個崔靈芸。

如今她離開了靜園，在家裡住得也不順心。京城的宅子原本是族裡為她而買的，方便她在靜園休假時住。陳香茹自從升了甲院，有了自己的莊子，休假時就不再經常回宅子住，這幾年族裡偶爾有人來京住在宅子裡，她也沒說過反對的話。可是現在她的莊子已經被皇莊贖回，她只能住在京城的宅子裡等著上面賜婚。這不過才月餘，那幾家一直賴在京城不走的，竟然開始在背後風言風語地說她，那些眉高眼低的人看她入不了宮，也跟著落井下石。

前幾日，八叔竟然說什麼京城的宅子是公中出錢建的，就該各家都有份，還說什麼京城附近莊子的收入也應該分給各家。當初建宅子的時候，族長就說了，這宅子記在陳香茹的名下，就算她入不了宮，也要作為陪嫁歸她的。而且京城附近的三個莊子，是陳香茹用在靜園賺到的錢購置的，雖然管事用的是陳家人，可這三個莊子陳香茹買的時候沒用陳家一分錢。

這幾家住在京城的，除了九叔是族裡派來幫她打理京城庶務的，其他幾家都是在潁川混不下去，跑到京城來求門路。原本他們哪個不是對著她卑躬屈膝多加奉承，如今一知道她失意，這些人就打她嫁妝的主意。所以陳香茹這次破釜沉舟，無論如何都要除掉崔靈芸這個對手。

陳香茹找人打聽到，顧致遠的一個通房丫鬟的哥哥是個秀才，便找人買通了秀才勸說那個通房。自古以來，沒有幾個通房丫頭會真心希望，自家主子跟主母的感情深厚，尤其是像崔靈芸跟顧致遠這種青梅竹馬，一旦崔靈芸嫁過去，通房丫鬟多半就跟普通丫鬟沒什麼區別了，運氣好點也不過是被許個好點的人家。除非能在主母嫁過來之前，就生下一子半女的，以後才能有保障。所以那秀才很快就說動了自家妹子，從顧致遠的屋裡偷出了崔靈芸的帕子。

那帕子是崔靈芸幾年前送給顧致遠的，一直收在顧致遠的衣箱裡沒拿出來過，估計顧致遠早就忘了這事了。不過這帕子上有崔靈芸親手繡的「芸」字在上面，不怕他們兩人不認得。有這條帕子在手，陳香茹不怕崔靈芸二人不進套子。

對於陳香茹來說，若能嫁給羌斥大王子，那是比入宮更好的出路。皇帝畢竟年紀大了，宮裡這麼多嬪妃，更別說上頭還有皇后娘娘在。但是羌斥大王子就不同了，羌斥人是一夫一妻制，大王子的妻子絕對比得上大趙的王妃。而且羌斥大王子如今留在大趙求學，幾年內都不會再回羌斥，只要她成親後，想辦法讓大王子一直留在大趙，她就不用去羌斥那苦寒之地。

薛燕看了陳香茹一眼，她總覺得陳香茹今日怪怪的，要歇腳一個人去就好了，偏要叫上大家一起陪她。郭懿今天也怪怪的，老一副神不守舍的樣子。薛燕一直不喜歡郭家人，郭家明明跟陳家一樣，在大趙都是數一數二的世家，怎麼就心甘情願地跟在陳家後面，給陳家人做馬前卒呢？

薛燕跟郭懿是同一年入的靜園，陳香茹比她們還要晚一年。當年郭懿在靜園也是排前三的人物，入園當年就升了乙院，薛燕是在入園的第二年，跟陳香茹同年升的乙院。自從陳香茹升了乙院後，郭懿就像變了一個人，整日只跟在陳香茹身後，做事也是畏首畏尾。那幾年每次甲院升階，郭懿都放棄了。一直到陳香茹升了甲院換了地方，郭懿才好了些，不過人已經不像第一年薛燕見到她時那麼精神了。

今年薛燕、郭懿和陳香茹都參加了選秀，而且都被記了名。聽說出了靜園後，郭懿又開始跟在陳香茹身後了。看現在的情形，郭懿又成陳香茹的跟班了。

薛燕不喜歡陳香茹，確切地說她有些討厭陳香茹。在薛燕看來，陳香茹總是表面一套背後一套，還經常用下三濫的手段陷害別人。陳香茹能升到甲院，與其說她優秀，不如說她更精通算計。

薛燕原本對郭懿印象不錯，當年同在丙院的時候，也算是有點交情的。可惜郭懿跟了陳香茹後，整個人就彆扭了，她們也就再沒來往。

薛燕又看了陳香茹一眼，忍不住諷刺她道：「陳香茹，妳不是累了要歇腳嗎，怎麼這會越走越快了？是不是又有力氣了？那我們也不必陪妳去休息了吧？」

陳香茹假意地拿帕子按了按額角，又一手搭在了身旁的郭懿手臂上，一副嬌弱無力的樣子，

「……走了一天，我這腳是真累了，這不是怕沒力氣走到廂房那邊，這才走快了幾步，想儘快到廂房歇歇。各位姊妹也在園子裡轉了一天了，難道就不累嗎？再說下午王女還安排了節目，大家趁這會歇歇，待會才有精神，免得在王女面前失了禮數。」

陳香茹見薛燕還是一副不以為然的樣子，便在袖子下捏了捏郭懿的手臂。

郭懿吃痛，可惜她只能忍著，皺皺眉頭說道：「我也走得腳累了，再說每日此時正是我午休的時候，這眼睛都要瞇成縫睜不開了。咱們現在是在別人家的院子裡，湊合著大家一塊歇歇，總不好叫人家主人到處給咱們找地方休息吧！聽說下午的節目不少，若是在人前打了哈欠，那可是在羌斥人跟前丟咱們大趙的臉。」

郭懿一提午休，搞得好幾位跟著她們的小姐都覺得有些睏乏，大趙人午休是習慣，而羌斥人則沒這個習慣，故而宏怡園這邊沒有專門給她們準備午休的屋子。羌斥人的體力又好，她們跟著王女娜仁轉了一上午的園子，宏怡園本來就大，兜兜轉轉地這些小姐走的路算下來也有幾里了。所以陳香茹說花園這邊有屋子休息的時候，她們就都跟了來。

這會有幾個強撐精神的小姐，就也開口附和陳郭兩人的話。薛燕見眾人都有些睏倦，她自己也是走得腳心疼，所以就沒再說什麼，跟著陳香茹往廂房那邊走。

崔靈芸的四個丫鬟，有兩個守在門口，兩個在屋裡伺候。

自是看到了門口的那兩個丫鬟，陳香茹眼睛閃過一道精光，跟身邊的人說道：「有丫鬟守在這裡，看來有人比我們先來一步了，也不知是哪家的姊妹，走，咱們過去看看。」

有些人累了，只想趕緊進屋休息一會，可是陳香茹也不等她們說話，直接走過去問那兩個丫鬟：「……裡面是哪家小姐在此休息？我們可否進去叨擾一會？」

兩個丫鬟恭敬地答了陳香茹的問話：「……我們小姐是南昌侯府千金，正在裡面跟其他小姐談事情……」這話的意思是裡面人正忙著，不方便別人打擾。

陳香茹眼光一閃，兩個丫鬟就想把她們攔在外面？崔靈芸想得也太簡單了，她精心設下這個局，就要當著眾人的面捉住崔靈芸和顧致遠私會。陳香茹把兩個丫鬟一推，說著話就要往屋裡闖，「是靈芸在裡面吧？我跟妳們家小姐熟得很，好久沒見她了，正好跟她說會話。」

陳香茹身後眾人，本來聽說裡面是南昌侯府的千金，有強打起精神想進去跟崔靈芸套套近乎的，也有覺得不該打擾別人想離開的，不過陳香茹這越過丫鬟直接進屋的行徑，讓她們都有些摸不著頭腦。

薛燕看著陳香茹進了屋，又見郭懿在門口猶豫了一下也跟著進了屋，她皺皺眉，停在了門口，既不進屋也不離開。

陳香茹推門進屋，抬頭一看屋裡的情形，就愣住了。只見屋裡崔靈芸、謹恪和慧馨三人正圍著桌子喝茶，三人見到陳香茹突然進了屋，似乎都有些驚訝。

崔靈芸見陳香茹愣在了門口，冷笑了一聲說道：「……我這丫鬟真是越來越沒用了，有客人來也不知道通報一聲，還讓客人自己闖進來，真是失禮！回頭我可得好好教訓她們，省得她們以為主子溫和，就可以不顧禮義廉恥了！」

陳香茹被崔靈芸的話語驚醒，一時有些拿不定主意，也沒跟崔靈芸回話，轉而打量起了崔靈芸身後的兩名丫鬟。

崔靈芸見陳香茹那幅樣子，哪裡還能看不出今日這局就是陳香茹設下的。她也不打斷陳香茹的打量，一副氣定神閒的樣子。俗話說，不到黃河不死心，不讓陳香茹仔細看過，她怎麼會承認計策失敗呢？

陳香茹確認這兩個丫鬟是崔靈芸的貼身侍女，便又轉而打量起屋裡的擺設。她已經從送口信的人那裡得了消息，顧致遠已然到了內院，而且她還找人堵在顧致遠回外院的路上，外院那邊沒有新消息傳來，現在顧致遠肯定還在崔靈芸的這間屋裡。

陳香茹掃視了一遍屋裡的陳設，她看著屋裡的那架黑漆屏風眼睛一亮。

【第一百一十八回】
風水應該輪流轉

慧馨見陳香茹往屏風望去，心裡有些惴惴不安，瞥了崔靈芸一眼，見她面色不改地自顧飲茶，慧馨只得穩下心神。既然當事人都不擔心，她一個坐陪的擔心什麼。

陳香茹也斜睨了崔靈芸一眼，心下有些不確定，可是她進也進來了，已然是得罪了崔靈芸。陳香茹眼光一閃，猛然竄到了屏風後面。

陳香茹瞪大了眼睛，屏風後面什麼也沒有！她不敢置信地在屋子裡走了一圈，可惜沒能如願，顧致遠沒在屋裡！

慧馨看著陳香茹滿屋子轉了幾遍，就是沒有發現顧致遠，她也心下納悶，難道這屋子裡有密道？就算有密道也不會這麼巧地就被崔顧二人知道吧！

陳香茹一時頭腦發暈，不假思索地抓住崔靈芸的手臂問道：「人呢？藏到哪裡了？」

崔靈芸轉過頭來，似笑非笑地看著陳香茹，「妳可看清楚了，這裡哪還有別人！妳還請了別人過來會面嗎？早些時候沒聽妳說啊，把我叫來這裡，乾等了妳老半天，幸好遇到了欣茹她們兩個，我都拉著她們在這說了好一會話了。」

「妳……等我？等我做什麼？」陳香茹有些糊塗了。

「妳上午不是跟我說，要我午休的時候，到這個花園旁的屋子裡等妳。害我在這等這麼久，妳大小姐卻姍姍來遲，妳說我該怎麼跟妳算帳好啊……」崔靈芸意有所指地說道。

「妳說什麼？我根本沒有找妳，是妳跟……」陳香茹有些氣得要跳腳了，明明算計好的，怎麼臨到頭顧致遠會不在呢？

「陳香茹！人人都看到妳匆忙地來找我，而我也一直在這屋子裡等妳，要不然妳又怎麼會急不可耐地推開我的丫鬟就往屋裡闖呢？再說了，欣茹和慧馨一直在這裡陪我說話，她們也可以給我作證。」崔靈芸見陳香茹就要口不擇言，臉色一沉打斷她道。

「陳姊姊，我們一直在這裡陪著崔姊姊，除了妳們過來，再沒見別人了。崔姊姊也一早就跟我們說，是妳約了她在這見面，崔姊姊要我們陪著等妳過來才放我們走呢！」謹恪一臉無辜加迷茫地說道。

「是啊！」慧馨也適時地點頭說道，這種時候她和謹恪自然要力挺崔靈芸。

陳香茹有些疑惑地看了看慧馨和謹恪，直覺她們可能沒有撒謊，可是她又覺得自己的計策應該沒有漏洞的，怎麼會被崔靈芸提前看穿，還反咬她一口？

崔靈芸看著陳香茹一臉不可置信地愣在那裡，又看看陳香茹身邊一臉不自在的郭懿，此事點到為止就可，她雖然想看陳香茹的傻樣，可也不會犧牲自己的名譽。

崔靈芸優雅地端起桌上的杯子，茶沾唇即放下了杯子，右手又從衣袖裡取了條帕子按了按嘴角。

陳香茹看到崔靈芸手裡的帕子，眼光一閃，帕子回到崔靈芸手裡了！

崔靈芸見陳香茹盯著她手裡的帕子，嫣然一笑道：「我一直很喜歡這帕子，可惜許久前丟了，多虧今日妳給我送還回來了。」

陳香茹恨得牙癢，事情果然敗露了。她一邊在心裡忿恨，一邊又在想今日這事該怎麼了結，崔靈芸知道了是她設的局？還是她沒及時趕過來，讓顧致遠跑了？

顧致遠從送信人手裡拿走了帕子，說要親自還給崔靈芸，而現在帕子又在崔靈芸手上，說明他們肯定見過面了，那多半是顧致遠已經來過又走了。那她得趕緊叫人堵著顧致遠，若是能逮住顧致遠私闖內院，再傳點風言風語，捕風捉影之下，總能把崔靈芸繞進去。

陳香茹心思一變，臉色也是一變，臉上掛上了笑，「妳看我，把外面的姊妹都忘了，大家是過來歇腳的，既然妳們在這屋了，我們就換其他房間好了。」

說完這話，陳香茹就要拉著郭懿往外走，崔靈芸怎麼可能就這麼放過她。

崔靈芸站起身擋住了陳香茹的路，她的兩個丫鬟也站在兩側，三人把門口擋了個嚴實。

「……等了妳這麼久，才把妳等來，怎麼能讓妳就這麼走了呢！讓她們去其他房間歇著，咱們姊妹說會話。」崔靈芸說道。

慧馨見崔靈芸那架勢，是要跟陳香茹算算私帳了，她給謹恪使了個眼色。

謹恪會意，站起身走到郭懿身邊說道：「郭姊姊，咱們去別的屋子休息吧，崔姊姊和陳姊姊她們有事要談。」

慧馨上前握了郭懿的手，「走吧，咱們快些出去看看，別讓外面的人把其他屋子都佔了。」

郭懿有些進退兩難，她看了看陳香茹，又看了看崔靈芸，最終還是跟著慧馨兩人出了屋。

屋外只有薛燕與幾個女孩還在，其他人早已自己選了屋子休息。

薛燕一直在外面，裡面人說話的聲音並沒有故意壓低，所以她們幾個站在外面的，基本都聽到了裡面人說的話。她們這些世家裡熬日子的女孩，就算不清楚事情經過，對裡面發生的事也能猜個大概。陳香茹今日一番行徑，分明是想算計崔靈芸，結果卻被崔靈芸將計就計地算計了。

過了今日，只怕會有不少女孩子跟陳香茹斷絕來往，一是陳香茹今日所做之事犯了忌諱，二是陳香茹得罪了崔靈芸，崔家總歸是皇后的舅家，大趙貨真價實的皇親國戚。

薛燕看著一味低著頭的郭懿，心裡嘆了口氣，上前叫住她們：「……那邊還有兩間廂房，郭懿，我們兩人同一間吧！」

慧馨見薛燕一副跟郭懿熟識的樣子，暗自鬆了一口氣，她本就不認得郭懿，也不知該跟郭懿談些什麼。尤其郭懿是跟著陳香茹一起進的屋子，又被她和謹恪兩人半強迫地帶出了屋子，相處起來總有些彆扭。如今有人能把郭懿接手過去，慧馨樂得跟謹恪早點抽身，「兩位姊姊既然要休息，我們就不打擾了。我們在這邊待一會了，也該去前頭瞧瞧，節目演到哪了。」

郭懿一臉沉思地不知道在想什麼，薛燕有些無奈地拉著她走了。

慧馨很好奇崔靈芸會跟陳香茹說什麼，還有顧致遠究竟藏在了哪裡，可惜這些不是她該管的，而且看崔顧兩人的做法，根本就不需要她們操心，他們顯然已經有對付陳香茹的法子。慧馨拉著謹恪回前頭去找謹飭她們，這種時候還是人多的地方更加安全啊！

❖

豐時節後，羌斥大王子果然上書請求皇帝賜婚。雖然許多人家都猜著了賜婚這事，可惜沒幾家猜著皇帝的心思。

皇帝一紙賜婚劃了記名秀女的大半還多，全部是跟羌斥的高官聯姻。其中最引人注目的是，崔靈芸賜婚羌斥駐大趙領官，郭懿賜婚羌斥大王子。羌斥駐大趙的領官是負責處理羌斥跟大趙間往來的官員，屬於常駐大趙的人員，所以崔靈芸雖是外嫁卻不必遠嫁。而羌斥大王子這幾年都會在大趙學習，等王子滿二十五歲後，才會回羌斥，所以郭懿還可以在大趙過上幾年日子。

而這次賜婚的名單上，又沒有陳香茹的名字，所以她還要繼續在京城的宅子裡等待。

後來慧馨聽謹飭說到這次賜婚，許多人都沒有想到會是這個結果。謹飭還隱晦地說道，敬國公

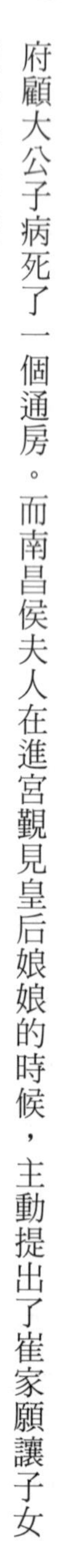

府顧大公子病死了一個通房。而南昌侯夫人在進宮覲見皇后娘娘的時候，主動提出了崔家願讓子女們為皇上分憂。

慧馨聽後心下唏噓不已，敬國公府和南昌侯府，兩強相遇，不適合做親家，強強聯合的權貴終歸會被皇家忌憚的。

好在慧馨年齡尚小，賜婚這等事情跟她八竿子打不著，她很快就把別人的八卦都拋在腦後。

日子熬啊熬，終於到了丙院的升階選拔。

❖

今年的升階與往年有所不同，在南平侯賑災功名冊上，有六名是靜園丙院的，此六人直接進入第三輪的覲見，所以今年前兩輪只要選出四人就可。

謹飭提前就跟慧馨打了招呼，給了她四個人的名單。慧馨她們四人都在功名冊上，所以不在前兩輪的人選名單裡，但是她們仍然有投票權。所以少不得有人要走走她們的門路，爭取她們手裡的票。

慧馨能入功名冊也是託了謹飭她們的福，所以既然謹飭這邊有人選，她自然要賣她們面子。

四個人選很快就選定了，其中有三人是謹飭給她的名單裡的。這四個人慧馨都不熟，她其實對丙院的其他人都不是很熟悉，只記得當初她們準備修魚塘時，有個叫謹質的女孩子種的是豐果期的梨樹苗，欠了靜園不少錢，不知道今年梨子收成如何？她有沒有把錢還上？

謹質並不在這四個人裡，聽說她家裡是皇商，她也挺會經營的。只可惜在靜園要出人頭地，只靠賺錢是不夠的。

覲見的日子很快就到了，慧馨她們打扮一新，從靜園出發往皇宮行去。她們第三輪是要覲見王貴妃，慧馨見過皇后，想來這位貴妃應該也不會是什麼愛刁難的人。

【第一百一十九回】

進宮

大趙的皇宮雖然沒有慧馨上輩子見過的紫禁城大，可是她們從宮門開始徒步到嬪妃的寢宮，這一段路也夠遠的。彎彎繞繞，紅磚高牆，慧馨站在隊伍裡，跟著隊伍行進，前頭是領路的宮女太監。低眉斂首，盯著自己快速移動的腳尖，慧馨有些悵然，就算進了皇宮，也看不到皇宮的景。不知是不是領路的太監故意帶著她們繞路，慧馨覺得這條進宮的路似乎永遠也走不到盡頭。

她們又跨過一道宮門，隊伍忽然停了下來，前頭的太監宮女都往一邊側了身，似乎在避讓貴人，靜園眾人也是有樣學樣，跟在宮女身旁一一側了身。

迎面走來一行人，一群太監宮女的圍繞下還有一乘軟轎，轎子上坐的應該就是貴人了。

前頭的太監宮女等到對面的人行到近前，便齊聲低頭道：「給王美人請安。」

靜園的人也跟著請了安，她們在丙院裡都學過這些規矩，除了士族之間的規矩禮儀，皇宮的規矩也是她們的必學內容。

軟轎停了下來，只聽一個嬌滴滴的聲音說道：「柳公公，原來您在這，難怪剛才在皇后那遇到姑姑，沒看到您呢！您這是忙什麼呢？這一大清早的就帶著這些女孩子在宮裡轉。」

柳公公見王美人要下轎，趕緊上前兩步搭了手，「娘娘，瞧您說的，奴才這給貴妃娘娘辦事呢，今日是貴妃娘娘接見靜園人的日子。」

「那這幾位就是今年靜園丙院選出來的人？那本主可得好好瞧瞧。」王美人說著，搭著柳公公的手就往靜園眾人跟前走來。

「吆，娘娘您可小心貴體，您現在可懷著龍嗣呢！」柳公公語氣關切地跟王美人說，又轉過頭來對著靜園眾人說道，「都把頭抬起來，讓娘娘看看。」

靜園眾人都抬起了頭，慧馨心裡有些不舒服。對面的王美人拿手帕捂了嘴，似乎在偷笑，「瞧這一個個水靈的，年紀輕輕就有這般成就，將來前程不可估量啊，本主都要嫉妒了……」

慧馨面上仍舊低眉斂目，可是心裡卻忍不住想，這王美人也不知究竟是什麼人，一番言語調笑靜園眾人，如此不尊重讓人心裡不舒服。

王美人用眼光把靜園眾人掃了幾遍，這才跟柳公公說：「好了好了，本主不耽誤你們了，快點去姑姑那裡吧！本主都把這事給忘了，咱們也轉回去，去貴妃娘娘那裡請安，今日可不能錯過了。」

王美人剛有了四個月的身孕，身上尚未顯形，加上她才不過二十出頭，在宮裡受寵的嬪妃裡算是最年輕的了，往日裡受著皇上的寵愛，又有姑姑王貴妃做靠山，行事便有幾分純真跳脫。柳公公見王美人要去貴妃宮裡看熱鬧，也沒出言阻止，只把王美人扶上軟轎，讓王美人一行先行而去。

慧馨想起了這位王美人，她聽慧嘉提起過。慧琳的夫家蔣家做筆墨生意在大趙只能排第二，而排第一的便是王美人的本家王家。王美人的本家只能算是王貴妃的遠親，前些年選秀的時候走了王貴妃的路子入了宮。

剛才聽柳公公的話，這位王美人已經懷了身孕，大趙皇帝的後宮嬪妃，只有生下皇嗣的女子才有資格單獨擁有自己的宮殿。這古代皇帝也不知道用什麼方子保養的，一把年紀了還能繼續播種。

大概因為王美人這個插曲，柳公公不再帶著眾人在宮裡繞圈子了，又過了幾道宮門，她們就到了永壽殿。

柳公公轉身叮囑眾人：「妳們在這裡等著，宣了誰的名字誰才能進去。」

眾人齊聲應是，柳公公扭著身子往殿裡去了，剩下宮女陪著眾人站在院子裡。

如今的天氣已是深秋，慧馨怕冷，在對襟寬袖大袍裡套了毛衣，她把毛衣織得比較貼身，外人就看不出慧馨裡面穿衣的底細。

柳公公已經進殿多時，可是一直沒有宣她們進殿的旨意出來。慧馨不動如山地立在那裡，眼睛盯著鞋面，她多少有些明白了，這第三輪的覲見考核，分明是給她們的下馬威。先是柳公公帶著她們在宮裡繞圈子，消耗她們的體力，這會又要她們在院子裡等旨意，考驗她們的精神力，待會進殿回話，只怕還有套子等著她們。

慧馨想回頭看看謹恪怎樣了，可是旁邊的宮女正盯著她們，她不敢轉頭，更不敢說話，只能像釘子一樣杵在那。想來謹飭應該事先提醒過謹恪的，而且謹恪經常進宮，對宮裡的這些道理應該比她懂得更多。

約莫過了一個時辰，慧馨站得腳底板都有些酸了，柳公公才從殿裡出來，宣了一個人進殿，其他人則要繼續等。

之後又陸陸續續宣了五個人進殿，有的是隔了一炷香的工夫，有的是隔了盞茶的工夫，這才輪到慧馨進殿。慧馨一進去先行了禮，然後跪在地上等著問話。

慧馨沒有抬頭，從光可鑑人的地板上看到上首的影子，兩側也有人影，大概就是來看熱鬧的嬪妃了。

「地下所跪何人？」一個溫和中透著威嚴的聲音問道。

「民女靜園丙院謹言，叩見貴妃娘娘和各位娘娘。」慧馨恭敬地說道，她們還沒有正式升入乙院，覲見的身分仍然要按腰上掛的名牌來說。

王貴妃從桌上的一堆德行名冊裡拿出慧馨的那本，打開端詳了一會，上面記錄了慧馨入靜園所做之事。王貴妃撿了其中幾條詢問慧馨，慧馨一一答了。

王貴妃見慧馨一問一答，簡明扼要頗得章法，懂得點到即止，既不縮頭縮尾又不好大喜功。王貴妃點點頭，吩咐慧馨往旁邊靜園人堆裡站好，便宣了下一個。

慧馨見王貴妃並未刁難她，也不知前頭幾人是不是像她這般簡單。其實慧馨沒有想到的是，王貴妃此番如此輕易便放過了慧馨，乃是受袁橙衣所求。當初慧馨在鄒城那個夜晚誤打誤撞下救了袁橙衣，袁橙衣雖明著不能跟慧馨報恩，但她還是在暗中幫了慧馨一把。袁橙衣的母親是永平公主，而公主的生母便是王貴妃。

謹飭、謹諾和謹恪都排在慧馨的後面，慧馨原本以為越早被點到名越好，可是當她站在大殿裡後，才感到還是晚點被點到名更好。因為站在殿外頂多就是累些緊張些，可站在殿裡就成了提心吊膽了。王貴妃下首坐的幾位嬪妃，不時掃過她們，好似她們早被這些妃子們看穿。

慧馨集中心神，維持著目不斜視，一臉恭敬的表情。輪到謹恪她們的時候，王貴妃同樣只是略問了幾個問題便罷了。

只有最後進來的那人出了錯，在王貴妃問她姓名時，那人答了真實姓名。

慧馨發現王美人用手帕捂了嘴，好像在竊笑，下面坐的幾位嬪妃有幾個挑了挑眉毛，最後那人只怕是不行了。

一輪問話下來，王貴妃就打發了靜園眾人，她稍後要在她們的德行冊上寫批語，然後上呈給皇后。

等靜園的人退下後，王美人終於放聲笑開了：「娘娘，那最後一人是哪家的小姐？奴婢看她嚇成那樣，都要笑死了。她那樣哪能夠資格入乙院啊？今年肯定是不成了吧！」

下首坐的嬪妃裡有幾位就是靜園出身，聽了王美人的話便覺不快。就算最後一人表現得不好，也輪不到王美人來說道，王美人出身商戶，連靜園都沒資格進，在座的妃嬪中數王美人的品級最低。

王貴妃心下嘆了口氣，見有幾位妃子的臉色已是不好，只得無奈地說道：「妳啊，都是有身孕的人了，還到處跑，早些回去歇著吧！這冊子要等皇后娘娘看過，由皇后娘娘選定最後的人選。我這就要趕著把批語加上去，趕在皇后娘娘午休後把冊子送到坤甯宮去。妳們也別在我這坐著，都回去歇了吧。」

王貴妃這個遠房姪女長得倒是個美人，性子又活潑，頗得皇上心意，可惜就是太直了，連說話得罪了人都不知道。這宮裡頭要不是有王貴妃罩著她，只怕她早就屍骨全無了。當年王家送這個女孩進來，也是因著王貴妃只生了一個女兒便再無所出，如今王美人懷了孕，只有生下龍子，她們王家的前程才算有了保障。

慧馨她們出了永壽殿直到坐上靜園的馬車，才算鬆了一口氣，這趟皇宮之行也算有驚無險了。慧馨拿出帕子擦擦額頭的汗，竟然都出汗了。謹飭拿出茶杯倒了水，四人都飲了一杯，這才換過了氣來。

謹飭說道：「每年的升階第三輪其實意在警告升階的人，不要以為入了乙院就能拿翹。畢竟入了乙院，以後就可以用自己的本名，也才算真正的靜園人，得到皇后娘娘的肯定。乙院的人每逢選秀都有近一半的人參加，宮裡頭正好藉這個機會讓大家體會體會，後宮不是那麼好入的，免得有人進了乙院就老盯著後宮的位子。」

【第一百二十回】放長假了

升乙院的名單很快就公佈了，有兩人在第三輪被刷了下去，慧馨她們四個順利過關。

慧馨和謹恪在田莊那邊的東西雜七雜八一共賣了五百多兩，她們兩人每人分了兩百五十兩，零頭拿出來做賞錢。加上平時賣鴨蛋攢下的錢，慧馨現在手頭上有了四百二十兩銀子，便讓三娘幫她換了四張一百兩的銀票和二十兩碎銀。

靜園今日就要閉園了，慧馨收拾好所有家當，要在今日把所有東西都帶出去。等明年再來的時候，就可以自行攜帶行李，還會有新的住處。

慧馨打理好包袱就去了謹恪屋裡，幫著她把東西都收起來。兩人約好一回了府，謹恪就給慧馨送帖子，謝老爺一行人還未到京城，慧馨這幾日都還算自由身。她們要趁這機會到京郊的莊子玩幾天，西寧侯府已經派人把烤爐弄到莊子上，鴨子也提前送過去了。

❖

從雲台乘船到了燕磯碼頭，慧馨提著包袱往外走，看到謝睿如往常一樣等在車邊，此次只有謝睿一人，謝亮沒來。

謝睿遠遠就看到慧馨提了包袱過來，忙迎了上去接過包袱。謝睿見慧馨眼睛繞著馬車轉，便說道：「大哥去南方有些日子了，因趕著要在過年前返回京城，所以走得有些急。」

慧馨了然，謝亮大概是南下談生意去了，以謝家現在的勢力，想在京城佔一片天，的確難了點，不如去其他地方尋找機會，還能藉漢王的名頭狐假虎威一下。

謝睿一回府就回了自己的書房，他要繼續備考，在謝老爺來之前，他得專注在書本上，之後則要跟著謝老爺去訪友。對於春闈和殿試，人際關係會影響大半成績。

慧馨照舊先去給大太太請安，慧妍看起來精神了不少，只是臉上仍有些鬱色。她的婚事一日不定，她估計就沒法放心吧！

等回到她的小院子，看到木槿木樨依舊在院門口等候，慧馨嫣然一笑。她讓跟過來的婆子把包袱遞給木樨，又掏出二十兩銀子遞給木槿讓她收好。

包袱裡大部分的衣服和女紅課上做的小玩意，慧馨準備賞給她院子的丫鬟們。還讓木樨開箱子，把她以前的衣服整理一遍，不合穿的都賞下去。慧馨現在正是長身體的年紀，這一年下來個頭長了不少。趁著這段休假時間長，做幾身新衣服出來。雖然她的衣服丫鬟們大多穿不下，但是貴在料子好，尤其她從靜園帶出來的，料子和式樣都很難得，丫鬟們可以自己改改再穿。

慧馨把興奮的丫鬟趕去了別的屋裡收拾東西，她準備先小睡一會，今年的任務已經超額完成，人一鬆懈就會犯懶犯睏。

等丫鬟們都退了出去，慧馨打開了書箱，在最下層拿出一本《女誡》，翻開書頁，裡面夾的玉佩仍是原樣地夾在裡面。慧馨從懷裡掏出四張銀票，也夾在了書裡，這是第一筆屬於她個人的財富，要好好保存。

慧馨躺在床上很快就睡著了，無事一身輕啊！

這一覺慧馨直睡到木槿來喚她才醒來，大太太要他們中午都過去吃飯，算是迎接慧馨回家，所以慧馨得提前準備一下。

慧馨重新梳洗了一番，換了一身新袍子。又在桌上的匣子裡挑了幾樣珠花、手串和耳環，這是她從包袱裡單獨拿出來的，都是靜園女紅課上做的。靜園發給她們的珠子都是宮造的琉璃珠，不是丫鬟們能用的，但卻可以拿來送送小姐們。

慧馨挑好東西，讓木槿拿了一個匣子來盛放，這才帶著木槿一起去了大太太處。

謝睿還沒過來，只有慧妍正陪著大太太說話，慧馨便把匣子拿給大太太和慧妍。

大太太見這些首飾用的串珠晶瑩剔透，色澤明豔，便知不是凡品，多半是宮造之物，笑著說道：「難得妳有這份心，我年紀大了，戴不得這些漂亮東西了，倒是妳四姊戴這些東西正合適，讓她去挑吧，妳也幫她看看，哪些她戴著好看。」

慧馨笑著過去跟慧妍一起捧著匣子看，慧馨揀出一根層疊的珠花，插在慧妍的髮髻上，又拿出手串和耳環給她戴上。

慧馨打量了一番慧妍，笑著說道：「四姊戴著一套真好看，更加襯得皮膚白皙了，依我看四姊把這一匣子都留下吧，我這手藝人也有面子。」

大太太和慧妍笑開了顏，跟慧馨客氣了兩句就收下了。

吃過了午飯，慧馨取消午睡，她上午已經睡足了。她把以前收集的香料拿出來，挑出烤鴨需要的調料。又交代木槿去找了個小石磨來，把調料都磨成了粉收好。

第二日，西寧侯府的帖子準時到了，大太太和慧妍再度用希冀的眼神看著慧馨，慧馨想到這次去欣茹家的莊子要倒騰[1]不少東西，慧妍跟著實在不方便，只得再度對她們的眼神視而不見了。

慧馨打好行李，這次的東西比較多，一是天冷了衣服多了，再者這次可以住個十來天，所以行李裝了滿滿一車。

依舊是西寧侯府派了馬車來接，慧馨帶了木槿一起，留下木樨守院子。

西寧侯府的溫泉莊子離京城比較遠，直到傍晚她們才險險到達。當然她們會晚到，跟她們在路上的行進速度也有關。欣茹昨晚吃多了，今日腸胃有些不舒服，本來安成公主要她們改日再出行，

【注釋】

①調配、安排的意思。

可惜鬧不過欣茹的胡攪蠻纏。

慧馨她們到達的時候，宋三少已經在莊子口等候多時了，聽說是欣茹不舒服才耽擱了時辰，少不了對自家妹子埋怨和噓寒問暖一番。

宋三少請莊子裡的大夫又給欣茹診治了一番，大夫也說是腹脹積食，待到明日便可不藥而癒。慧馨幾人這才放心，欣雅忍不住對欣茹調笑了一番，又怕欣茹鬧了，眾人便早早地各自去休息。

欣茹非要跟慧馨住同一間，慧馨笑著應了。兩人爬上床，慧馨在欣茹腹部按摩了幾下，促進腸胃蠕動，這才躺下睡了。

【第一百二十一回】

宋家美少

第二日起床，欣茹果然不再腹痛，慧馨拉著她早飯吃了一個雞蛋，喝了一碗皮蛋瘦肉粥，就不許她再吃了。慧馨準備嚴格監督欣茹，再不能鬧昨日那樣的笑話了。

兩人吃過早飯後在莊子附近散了會步，然後就去廚房折騰烤鴨了。慧馨喜歡吃烤鴨，可惜她從沒親手做過，所以不是她們做烤鴨，是她們折騰著廚娘，廚娘折騰著烤爐和烤鴨，慧馨只動手炒了份蘸醬出來。

烤鴨最終還是廚娘烤出來的，這廚娘是西寧侯府專門找來，擅長做燒烤之類的食物。宏怡園那邊經常叫這廚娘過去做烤全羊，聽羌斥人評價她烤得最道地。

慧馨拿起一早就準備好的豆腐皮子，夾了幾片片好的鴨肉和黃瓜絲，蘸了醬再裹在豆腐皮子裡，然後捲起來遞給欣茹。黃瓜是溫泉莊子上種的，有地熱自然要順便蓋個暖房種種反季[1]蔬菜。

欣茹咬了一口，夾裹的鴨肉肉質細嫩柔軟淡香，在蘸醬襯托下口感肥而不膩，味道更顯醇厚。

【注釋】

①非當季的。

欣茹吃掉一個，便笑咪咪地自己動手捲來吃。

慧馨又捲了一個放進自己口中，鴨肉沒有上輩子吃到的肥，卻比以前吃過的更加香醇。慧馨見欣茹又要捲第三個，趕緊伸手攔住她，照她這樣吃下去，中午又不必吃飯了。

慧馨把這第一隻出爐的鴨賞了廚房的人，吩咐廚娘再烤一隻午飯時端過去。

宋三少這幾日在莊子裡待客，請了京城幾個好友在郊外打獵，打完獵就宿在莊子裡。所以慧馨四人今日的午膳特別豐富，除了烤鴨，還有昨日宋三少打到的兔子。

欣茹看到桌上的兔子，這才想起她哥哥來，忙叫廚房的人再烤幾隻鴨子給三少那邊送過去。

她們吃了鴨肉，還喝了鴨湯，鴨湯是廚房的人拆了鴨架熬煮的，濃鮮味美。

欣語和欣雅也很喜歡這道烤鴨，感覺比燉兔肉的口感更好。她們四人吃掉了一整隻鴨子還有些意猶未盡。

正當慧馨四人吃飽喝足準備回屋午睡，外院有婆子抬了一罈酒過來，說是小姐們送過去的烤鴨幾位少爺都很喜歡，展家少爺特意讓人回他家莊子上，取了一罈玉瓊釀送給各位小姐。

玉瓊釀是花酒，用千種鮮花釀製，十分難得，慧馨她們自然是笑納了。

午睡過後，慧馨她們準備去泡溫泉，莊子裡宋三少帶著朋友在跑馬，她們幾個女孩子家不方便露面。

慧馨她們泡的是內院的室內溫泉池，石砌的池子，牆上的氣窗伸進來幾根竹排，溫泉水從竹排引入室內，傾瀉在池子裡。竹排旁邊垂著繩子，拉一下就會有水流下，再拉一下就停了。慧馨感覺這設計說是溫泉池，不如說更像浴池，竹排那個設計可以用作淋浴。

丫鬟端了托盤進來放在池邊，慧馨游過去拿起酒壺斟滿四個杯子，將酒杯分別遞給靠過來的欣語三人。

人說一千罈玉瓊釀有一千種味道，這一罈的主味似乎是桂花，在百花的幽香之中桂花的香甜最為悠久回味。這會還是白日，即使是花釀，慧馨她們也不敢多飲，每人喝了兩三杯後便不再動酒壺了。

這池子建得深，慧馨站在裡面，水沒到了她的胸口，有點小型游泳池的感覺。慧馨抓著池邊，慢慢把身體浮了起來。欣茹看著好奇，抓著慧馨要學浮水。欣語和欣雅看著慧馨兩人在一旁玩水，相視會心一笑。

傍晚之前，宋三少的朋友都帶著獵物回了自個兒的莊子。這片郊區溫泉眼多，不少京城的人家都在這裡建了莊子。

晚飯後，宋三少過來拜見幾位姊妹，她們仗著沒有外人，慧馨又年紀小，便沒讓慧馨迴避。只是慧馨沒想到，宋三少會專門對她致謝。上次慧馨在西寧侯府，幫著欣茹把常甯伯府四小姐的危機化解了，宋三少事後還把慧馨她們做的荷葉雞全吃了，他便是為此事向慧馨道謝。

慧馨看著面前一揖到地的少年，連忙起身避開了，「……三少爺莫要如此掛懷，慧馨所做不過舉手之勞罷了。」

上次三少爺醉在床上，慧馨為避諱並未仔細看他，如今他站在慧馨面前，慧馨便把三少爺打量了一番。

宋三少宋辰逸真不愧美少年的稱號，明眸皓齒，面如冠玉。雖五官俊秀卻不會讓人誤認為女子，宋三少尚未及冠，身長已有五尺六，在同齡的男子中，亦是較高的了。

「明日莊裡沒有外客，我領妳們到地裡轉轉。大伯想在溫泉莊子裡開個魚塘，以後冬天府裡頭也能吃上魚。只是地方還沒定下，正好妳們在這裡，幫著看看魚塘建在哪裡比較好。有妳們兩個修過魚塘的人指點，不怕咱們莊子養不活魚了。」宋三少說道。

「這事得靠慧馨和欣茹了，我和欣雅只能看個熱鬧。有她們兩個在，咱們莊子這回是近水樓臺先得月了。」欣語笑著說。

一夜無話，次日清晨慧馨她們用過早飯，便出發在莊子裡巡視。

宋三少穿了一身青衣騎著高頭大馬，越發顯得飄逸出塵。慧馨她們坐了馬車，莊子裡選了三塊地方可以開魚塘，她們要去把這三個地方都看一遍。

慧馨昨夜就在想宋三少說的用溫泉水養魚的事情，溫泉水的酸鹼度不一定適合養魚，而且用溫泉水養熱帶魚還差不多，若是養普通的魚只怕還不如普通泉水好用。若宋家只是想讓魚塘在冬天不結冰，那利用地熱烘暖一下就好了。

第一處地方，宋家選在了溫泉眼的不遠處。慧馨往溫泉眼那裡察看了一番，見泉水渾濁，白濛濛一片，估計這口溫泉的水鹼性比較高，不適合直接用來養魚。

欣語見慧馨盯著泉水看，便說道：「咱們昨日用的溫泉水，是加了溪水勾兌的，直接用泉水有些太濃了。」

第二處地方，是在一條小溪旁。第三處地方則是在田莊地頭旁。

慧馨比較中意第二處地方，建在溪水旁，方便暑季魚塘換水，高溫時節魚塘缺氧容易造成魚群死亡。若是碰到旱季，魚塘有儲水作用，雨季，可以減輕溪水的洪澇災害。

慧馨把她的想法跟欣茹說了，欣茹也覺得有理。在是否用溫泉水養魚這個問題上，慧馨建議：「不如先養一缸試試看，用溫泉水和溪水勾兌來養，看看魚兒是否能存活。」

宋三少又叫了一個管事過來，是宋家為養魚專門從南方找來的。慧馨和欣茹把她們的想法跟管事說了，讓他考慮她們的提議，最終還是要世子爺跟管事商量決定。

管事見兩位小姐竟是真的懂行[2]，便向慧馨她們請教了京城雨季和暑季要注意的幾個事項，慧馨一一答了他。

談完魚塘的事，宋三少又帶著她們往暖棚那邊去，讓她們選些愛吃的青菜帶回莊裡。

【注釋】

②指非常熟悉某種業務。

木槿幾個丫鬟提著籃子跟在後面，慧馨她們看中了什麼青菜，她們就上去摘。

慧馨在暖棚裡轉了一圈，驚喜地在角落發現了幾盆番茄，上面掛滿了紅通通的果子。

宋三少一直跟在她們身邊，見慧馨盯著角落的喜報三元，以為她不認得便解說道：「這結紅果子的是『喜報三元』，南邊來的貢品，皇奶奶賞了這幾盆給府裡。可惜這東西結果的時候不對，若是臘月結果，還能放在府裡應應景。」

慧馨在書上看到過，古人多把番茄當作盆景，她想弄幾個來做菜，也不知合不合適。慧馨聽宋三少口氣，對這幾盆番茄似乎並不太放在心上，便試探著問道：「……這果子若是府裡沒用，不如我們摘來嘗嘗？《十方遊記》裡記載，番人把這種果子做食物來吃的。」

「這果子當真能做食物？若是如此的話，七小姐盡可一試，咱們中午又有口福了。」宋三少笑著說道。

「我雖是頭次見到這果子，但書上的法子總可試一試。」慧馨便差了木槿上前，摘了七個熟得最透的番茄下來。

中午慧馨幾人回到莊子用飯，廚房裡把剩下的兩隻鴨子一併烤了端了上桌，聽說其他的鴨子都被宋三少的好友打包帶走了。慧馨洗手切了兩隻番茄，做了一小盤番茄炒蛋。她怕不合欣茹她們的口味，便沒有多做。又拿了兩個用熱水燙過，剝掉皮，撒上糖霜，做了糖番茄。

這餐的主力軍仍舊是烤鴨，宋三少瘦瘦高高的個子，很是能吃，再加上慧馨四人，兩隻鴨子被她們一掃而光。慧馨的那兩盤番茄也很受歡迎，番茄炒蛋酸酸地很有口味，糖番茄甜中透酸很爽口。

宋三少吃足喝飽，坐在飯桌邊偷偷打量慧馨。這位謝家七小姐倒是人不可貌相，小小年紀一副好手藝，做菜好吃得很。上次吃的那荷葉雞也是，他吃過那一次後，便不時讓廚房做來吃，廚房的人還專門跑去找欣茹請教了一番才做對味。聽欣茹說，她們那個魚塘主要管事與出主意的，也是這位七小姐。

【第一百二十二回】

驚馬

這幾日，欣茹纏著宋三少教她騎馬，自然也拉上了慧馨。以後她們入了乙院，來回田莊該換馬騎了，繼續騎驢可不好看。

宋三少找了兩匹個頭比較矮小的閹馬，供慧馨兩人練習騎。閹馬性情比較溫順，比較適合初學者。經過幾日訓練，慧馨已經能夠自己策馬小跑幾步。欣茹雖然叫喊得最積極，可上了馬，膽子就變小了，至今不敢一個人騎，非要三少坐在馬後護著她。

欣語和欣雅原本就學過騎馬，她們兩個便騎著高頭大馬來回溜達，不時經過欣茹和慧馨的身邊，刺激她們一下。慧馨很無語，欣茹眼熱得很。

慧馨還不太會控制方向，她又不敢用力夾馬腹，處於放任馬匹自己跑的狀態。這馬大概是見慧馨沒什麼要求，走得就很隨意，看到旁邊隱藏生命力頑強還留著一點青頭的野草，便邁著小步，「蹬蹬蹬」跑過去一口吃掉。

宋三少每次見到慧馨的馬又跑到一邊吃草去了，便會呵叱慧馨的馬。可惜這馬不甩他繼續咀嚼嘴裡的草，反正牠背上的人又沒提意見。慧馨只好無奈地衝著宋三少笑笑，欣茹則趴在馬頭上笑個不停。

這樣慢慢騎馬慧馨倒真沒什麼意見，她沒體驗過縱馬橫奔的感覺。欣茹倒是纏著宋三少帶著她飛奔了一次，結果就是嚇得她不敢一個人坐在馬上。

這會兒慧馨的馬又在路旁發現了一棵野草，慧馨無語，這馬的眼神兒真好。

前頭宋三少帶著欣茹也停了下來，她們正回頭看慧馨。

慧馨無奈地揮揮手，示意她們繼續走，不用管她。

宋三少猶豫了一下，便囑咐慧馨有事就喊，然後帶著欣茹繼續往前走。以慧馨騎馬的速度，想有危險都難。

慧馨坐在馬上打瞌睡，感覺馬匹好像吃完草了，便輕夾了一下馬腹，馬匹便小跑了幾步。

一人一馬正悠哉地往前行，慧馨都要哼起歌來了，誰知人算不如天算，突然禍從天降。

慧馨只記得好像有個黑影忽然從天上掉了下來，正巧砸在馬頭上，只一瞬間慧馨座下的馬匹頭部猛甩，揚起前蹄嘶鳴了一聲。

幸好慧馨還記得宋三少教她們前說過的話，她見馬匹甩頭就趕緊趴下身抱住了馬脖子，這次沒從馬背上摔下來。

慧馨死命地抱著馬脖子，不敢抬頭看，她座下的馬匹已經狂奔了起來。她先越過宋三少和欣茹，三少似乎在喊著什麼，可惜風太大，慧馨聽不真切。慧馨感覺她在欣語和欣雅的中間衝了過去，幸好沒有撞在一起。

欣語和欣雅被嚇了一跳，急急控制住座下的馬。見慧馨的馬失控，忙催馬奔馳跟在後面。宋三少則把欣茹放下了馬，這才打馬疾奔，追趕慧馨的馬匹。欣茹小跑跟在後面，急得直叫喊，可惜她最慢了，很快就跟騎馬的人落下一段距離。

慧馨想要尖叫，可惜她只能咬緊牙關緊抱著馬脖子，張嘴已經變得很困難。一個念頭忽然閃過慧馨心裡，這裡沒有懸崖什麼的吧，她這輩子正活得滋潤呢，可不想這麼早又去投胎。慧馨隱約聽得身後的馬蹄聲越來越響，估計是有人追上來了，她在心底大喊：「救命啊！」慧馨只覺馬後一沉，有人坐在了她身後。

慧馨身後的人一手攬住了她的腰，一手拿起了韁繩。慧馨似乎聽到那人在說話，她趕緊豎起了耳朵。身後那個低沉的聲音說道：「鬆開馬脖子，直起身來。」

慧馨有些下意識地遲疑，可是後方那個聲音太有說服力了，所以她鬆開了手。

一條強而有力的手臂橫在了慧馨的胸腹間，將她壓向身後寬厚的胸膛。慧馨尚未反應過來，便被一股大力帶得飛了起來，他們好像騰在了空中。有那麼一瞬間，慧馨覺得自己好像停滯在空中的某點。

當慧馨再醒過神來的時候，她已經站在地上了，不過她感覺自己的腿還是軟的，之所以沒有摔倒在地，是因為身後的人還在支撐她。

南平侯低頭看看胸前臉色煞白的女孩，尋了一塊大石頭，把她放在上面。女孩還在深呼吸平靜自己，所以他也沒有打擾她。

慧馨往四下看看，他們前面是一條小溪，溪水並不深，原本在她身下的馬已經躺倒在溪水裡，馬匹不知受了什麼傷，掙扎著卻站不起來。

慧馨終於看清了眼前人，是南平侯救了她，她深吸幾口氣，讓心跳平靜下來，這才站起身對南平侯行禮，「多謝南平侯救命之恩。」

南平侯搖搖頭，「此事乃因本侯的朋友而起，救妳是應該的。」

宋三少和欣語他們終於追了上來，還有一隊陌生人也騎馬過來了，為首的人身前正坐著欣茹。那人翻身下馬，又把欣茹也抱了下來，慧馨心想，這大概就是南平侯說的朋友了，只是當時事情發生得太快，她到現在也沒想清楚馬怎麼突然就發狂了。

宋三少他們先跟侯爺見過禮，又跟南平侯的那位朋友打招呼，三少稱那人為「易公子」。有人上前檢查仍舊躺在溪中的馬匹，回來報說：「回侯爺，小姐的馬匹傷了眼睛，應是被掉落的大雁上的羽箭所傷。」

那位易公子聽後，便轉身過來跟慧馨致歉，剛才從天上掉落的大雁，正是這位易公子射落的，十分不巧地砸到了慧馨的馬，馬的眼睛被傷，這才狂性大發。

慧馨趕緊回禮，口稱無事。她雖不知這位易公子的具體身分，但既然他是南平侯的朋友，宋三少對他也很客氣，這位易公子定也是位王孫公子之類的。再說南平侯救了她，她不能不賣南平侯面子。

宋三少提議先帶慧馨回莊子，找大夫來看一下，就算沒受傷也要壓壓驚。易公子和南平侯也算是當事人，他們又跟宋家熟識，便一起跟著先到西寧侯府的莊子一趟。

慧馨不適合再騎馬了，幸好易公子他們有輛馬車，雖然上面拉的都是貨物，不過事急從權，慧馨也沒這麼多講究，叫人略為收拾一下，欣茹陪著慧馨坐了上去。

【第一百二十三回】南平侯太夫人

宋三少囑咐欣語照顧好慧馨，讓馬車直接載了她們進內院。他差人去請大夫，然後留在外院招呼南平侯等人。

慧馨覺得自己沒什麼事，也就腳還有些軟，睡一夜明早起來肯定沒事了。大夫是莊子裡的人，很快就來了。大夫說慧馨受了驚，開了一副壓驚的藥，說是可吃可不吃。壓驚藥多以安眠成分為主，慧馨覺得她要入睡肯定沒問題，這藥還是不吃得好。

宋三少留了南平侯和易公子用飯，席上弄了幾隻他們打的野味，其中就有砸中慧馨馬匹的那隻大雁，被專門送到內院慧馨她們桌上，說是讓慧馨吃掉壓壓驚。

慧馨看著這隻烤大雁很無語，這隻大雁大概是南遷的時候掉了隊，不幸被易公子看到，掉下來的時候竟正好砸中了她的馬。在欣茹等人的注視下，慧馨夾了一塊雁肉嘗了嘗，也沒什麼特別的，總歸她跟這隻大雁也算有緣了。那匹受傷的馬不知道怎樣了，眼睛受了傷估計不會再讓她騎了。

晚上睡覺的時候，慧馨跟欣茹打聽易公子的來歷。

欣茹皺著眉頭想了一會，「……三哥說易公子名宏，是個不能惹的人物，其他的就不肯說了，我只知道他跟南平侯關係很近。」看那位易公子的年紀，也有二十來歲了，應該不是南平侯私生子之類的。

第二天一早，宋三少就過來跟她們說，易公子送了兩匹馬過來，作為昨天的賠禮。慧馨她們便往馬棚去看馬，易公子送來是兩匹小型的棗紅馬，聽說是由專門的馴馬師馴化的，一匹送給慧馨，一匹送給欣茹。

慧馨看著這兩匹馬，眼睛閃著光，可又不得不猶豫著說道：「……這馬太貴重了。」

宋三少笑著說道：「易公子為人豪爽大方，又是賠禮來的，七小姐儘可收下，否則易公子那邊難免要擔心小姐是不是還在責怪他。再說，這兩匹馬對我們來說難得，對易公子而言，怕是唾手可得的，七小姐放心收下吧！」

慧馨眼光一閃，看來這位易公子比西寧侯府身分更高，一夜工夫就找來這樣兩匹馬，就算是南平侯估計也不容易。慧馨笑著說道：「既然如此，那慧馨就腆著臉收下了，這真是卻之不恭、受之有愧，還請三少下次見到易公子，代我向他道謝。」

欣茹非要把她那匹馬取名叫「飲露」，慧馨那匹叫「含霜」。慧馨抽抽嘴角，這名字取得還真是……其實她也是取名無能，本來想直接叫牠「小棗紅」的。

有了漂亮的新馬，欣茹馬上拉著慧馨要去試馬。宋三少看看慧馨的臉色，他原本還擔心慧馨出了昨天的事之後會怯馬，如今看她也是兩眼放光、躍躍欲試，便知自己是白擔心了。

慧馨上前順順馬毛，小棗紅乖巧地在慧馨的掌心裡磨了磨腦袋。慧馨翻身上馬，馬兒乖乖地待在原地沒有動。這馬兒果然是馴化過的，比閹馬還要聽話順從。

慧馨上馬適應了一會，便可以策馬小跑了。馬兒聽話，騎馬的人就輕鬆很多。慧馨嘗試著加了點速度，馬兒的速度快了可仍跑得平穩。

有了好馬，欣茹也進步很多，已經可以一個人騎在上面了。欣茹見慧馨騎著馬跑在前頭，豪情頓生，大叫著要超過慧馨。慧馨笑著回頭喊道：「來啊來啊，我等著呢！」

慧馨跑一段路然後又折頭往回跑，一會又繞著圈跑。慧馨愛死這匹小棗紅了，心裡頭琢磨著，既然這馬送給她了，她就得帶回謝府，也不知道這小棗紅養起來麻不麻煩，若是比較費事，她少不得要賄賂賄賂謝府的馬夫。

慧馨正專心跑圈，卻聽到旁邊傳來了笑聲，她趕緊勒馬停下，只見南平侯易公子一行人正停在一邊看著她和欣茹。

易公子見慧馨看了過來，便笑著說道：「易某原本擔心謝小姐會怯馬，沒想到小姐卻是有膽識，今日比昨日騎得更好了。」

慧馨忙謙虛地回道：「易公子過獎了，都是您的馬好，我才敢放開了騎，慧馨要多謝您送的馬兒。」

易公子聽了慧馨的話，大笑了一聲，這兩匹馬可是御馬監給他預定的，被他昨夜從馬場調了過來，御馬監那邊就再等段日子吧！

慧馨偷眼看南平侯，昨天她跟南平侯道謝，看南平侯的樣子似乎並不在意。不過慧馨記得昨日她被南平侯一帶飛了起來，她忍不住心裡琢磨，南平侯是不是傳說中那種武林高手啊？

南平侯看了慧馨一眼，便轉頭盯著欣茹看，又策馬上前指點了她幾句。

欣語和欣雅上前來給南平侯行禮，聽說太夫人也在莊子裡，忙提出要去問候太夫人，南平侯應允了。

南平侯的莊子就在宋家莊子的隔壁，幾人直接策馬跟著南平侯過去。

慧馨幾人到的時候，太夫人正在院子裡餵鳥鬥狗玩貓。太夫人正挑著米粒往鸚鵡的小食盅裡放，左腳邊的狗兒叼著一塊木棒蹭著太夫人的衣角撒嬌，右腳邊的貓兒抱著一隻陀螺玩得歡快。那鸚鵡啄幾口米粒，便諂媚地叫喚：「謝太夫人賞！謝太夫人賞！」太夫人一聽便開懷大笑。

太夫人看到南平侯帶了一堆人進院，笑咪咪地衝他們招招手。

南平侯快走兩步，扶著太夫人回了座椅。易公子也上前跟太夫人說笑：「……您這鳥兒都要養成精了，只有您餵才叫喚，就認准您了，換成別人牠誰都不甩。昨兒我可是拿了不少好吃的餵牠，牠愣是不肯吱一聲。太夫人得教教我，到底是怎麼教這鳥。」

太夫人笑著回道：「這鸚哥還不是你送我的，這會倒教我來教你。」

「這鳥兒跟著我就沒開口說過話，您這才餵了幾天就學乖了，還是您養得好啊，牠跟著我可是明珠暗投了。」易公子奉承著太夫人，哄著她開心。

欣語也帶著欣茹她們上前，給太夫人行禮，說了幾句話，便將慧馨介紹給太夫人認識。

【第一百二十四回】回府了

慧馨上前給太夫人行禮，太夫人瞇著眼睛一手拉著欣茹，一手拉著慧馨，很高興地樣子說道：「妳們是靜園的同窗？」

慧馨兩人應聲「是」，太夫人笑得更開心了，「都是好孩子。」

太夫人轉身吩咐身邊的丫鬟道：「去暖房取些果子來，女孩子吃果子最養人了。」又讓人拿了錦杌放在她身邊，讓她們坐了說話。

南平侯他們已經退了下去，剩下一屋子女眷，陪著太夫人說話。慧馨見太夫人慈眉善目，笑呵呵地跟她們你一言我一語，這位太夫人果真是心寬之人。看她見了欣茹她們這般開心，京城流傳她喜歡女孩子的傳言果然不是空穴來風。

丫鬟端上來的果子，竟然是番茄，慧馨四人相視一笑，慧馨她們這幾日把宋家暖房裡的番茄陸續摘下來吃光了，除了做菜她們也直接生吃，那些番茄盆栽都是被精心照顧的，長得非常好，味道酸酸甜甜很爽口。

太夫人拿了果子往她們手裡塞，笑著說：「前幾年，有個方士跟侯爺說，這喜報三元多吃有益身體，侯爺就讓莊子裡在地裡和暖房都種了許多，一年到頭都有得吃，我也喜歡這果子的味道，妳們嘗嘗看。」

太夫人見慧馨四人都二話不說地小口咬起果子來，臉上的笑容更深了。這喜報三元見過的人不多，吃過的人就更沒幾個，有時候她拿出來招待別家來玩的女孩子，不管她怎麼說她們仍舊不敢吃，這些日子慧馨四人也就是玩和學騎馬，沒什麼要緊特別的事，這會就陪著太夫人聊天說話，眼看到了中午，太夫人就留了她們吃飯。

這頓飯吃得很熱鬧，宋家跟許家本就是親戚，所以午飯也沒什麼避諱的，大家坐了一桌。南平侯和欣語各坐太夫人的兩側，南平侯下首是易公子，再是宋三少，女子這邊慧馨坐在最下首。主人既然對男女同席沒有避諱，那慧馨自然也不會去較這個真兒，她本來對古代這種男女分席的規矩就不太感冒，別人講究麼，她就跟著講究；別人不在乎，她樂得省麻煩。再說，欣語沒把她讓到首座，就跟南平侯沒讓易公子首座一樣，沒把她當作外人，她就更不會去故意矯情了。

南平侯把魚肉剔了骨頭放到太夫人的碟子裡，易公子把排骨上的肉剔下來，再把軟爛的肉挑到太夫人的碟子裡，宋三少把四喜丸子夾成一小塊一小塊地，放在太夫人手邊。

欣語給太夫人夾了糖霜番茄，欣雅夾了幾片清炒山藥，欣茹夾了幾片黃瓜，慧馨則舀了一碗清湯給太夫人。

太夫人笑呵呵地來者不拒，年紀大的人應該少吃多餐，眾人給太夫人夾的量都比較少。太夫人細嚼慢嚥，邊吃邊看著下面的孩子們，見欣茹碟子裡堆了不少肉，便吩咐身後佈菜的丫鬟給她夾些青菜。

慧馨原本有些擔心身後的木槿，木槿要給她佈菜，往日只有欣茹她們幾個一起還罷了，如今對面坐著南平侯等人，慧馨擔心木槿會怯場。好在木槿只在一開始夾菜的手有些抖，餐桌上的主子們氣氛融洽，身後的丫鬟也能放鬆不少。

太夫人吃得少吃得慢，跟他們一起放了筷子。丫鬟們捧了茶水給主子們漱口，飯畢，欣語帶著女孩子擁著太夫人去午睡，她們準備等太夫人睡下再回莊子。太夫人拍著欣語的手說，有空就過來玩。

慧馨她們接下來的幾日天天騎馬過來陪太夫人，太夫人雖然年紀大，腿腳卻仍俐落，帶著她們在莊子裡玩。丫鬟們牽著貓狗，提著鳥籠跟在她們身後。南平侯還派人推著手推車跟著她們，車上放了杌子和茶水，太夫人走累了，就直接在地頭上休息。

眨眼十來天就過去了，馬上要進入臘月了，慧馨算算日子，謝老爺估計快到京城了。這次謝老爺和謝太太來京城走的是陸路，比她們去年乘船慢了許多。

慧馨她們提前一日跟太夫人告了別，太夫人送了她們幾筐番茄做禮物。

這天她們整裝行李返回京城，慧馨的東西放了滿滿兩車，除了出來時帶的衣物，多了一筐番茄，還有宋家莊子上的蔬菜，還有幾隻烤鴨。她們最早準備的鴨子根本不夠吃，後來宋三少又派人回城去皇莊那邊採購了十幾隻回來。而慧馨的那匹小棗紅，宋三少派人提前騎回了謝府，省得跟著車隊不方便。

慧馨很是感激宋三少的細心，她這次出來收穫頗豐，自家倒還罷了，若是被謝府周圍的人家看到她除了馬車，還弄了匹馬回來，肯定要被人說長道短。

謝府的管家在門口迎接慧馨，看著慧馨下車直接去了內院，管家忍不住在慧馨身後多打量了她一眼。這位七小姐真是了不得，這才在京城待了一年，就跟京裡的侯府小姐關係這麼好。出門時人家派了兩輛馬車來接，回來時是三輛馬車來送。

管家愣了一會神，就忙著招呼人手把車上的東西卸下來，慧馨的行李則由木樨帶著慧馨院裡的丫鬟婆子收拾。

管家看著從車上卸下來的東西，心下更是驚呼。這臘月裡的蔬菜水果，可是有錢也不一定買得到的，今年謝府的冬天，飯菜豐盛了。

慧馨跟大太太請過安，帶著木槿回自己屋裡取了幾兩碎銀子，立馬轉身去了馬棚。

見小棗紅安靜地在馬棚裡待著，慧馨鬆了一口氣，雖然心裡知道大太太不會明著為難她，但若是馬棚的下人私下做手腳，她可是有苦只能往肚裡嚥了。

慧馨拍拍小棗紅，安慰了牠幾句。謝府的馬房不大，這邊的主子少，總共就只有兩輛馬車，一個馬房的管事，帶兩個小廝，他們三人都可以趕車。

慧馨叫了管事和小廝到跟前，跟他們說道：「……貴人送了兩匹小棗紅，一匹給了我，一匹給了西寧侯府的三小姐。三小姐那匹叫飲露，我這匹叫含霜。以後我見了三小姐少不得會被她問起，若是再去西寧侯府的莊子，多半也得帶上含霜。若是含霜出了什麼問題，不只我跟貴人們不好交代，咱們府裡也會被人看扁，人家免不了還要說：『謝家連匹馬都養不好。』所以我這裡拜託各位幫我好好照顧牠，有什麼需要若是越了府裡的規矩，只管來找我，就算我一時不在，找我身邊的木槿木樨也可以。」

慧馨說完便讓木槿把賞錢給了三人，三人捏捏手裡的袋子，夠重夠厚實。慧馨末了又加了句：「我的面子，就是府裡的面子。」

尤加利《穿越馨生愛上你第二集》完

江寧謝家人物關係圖

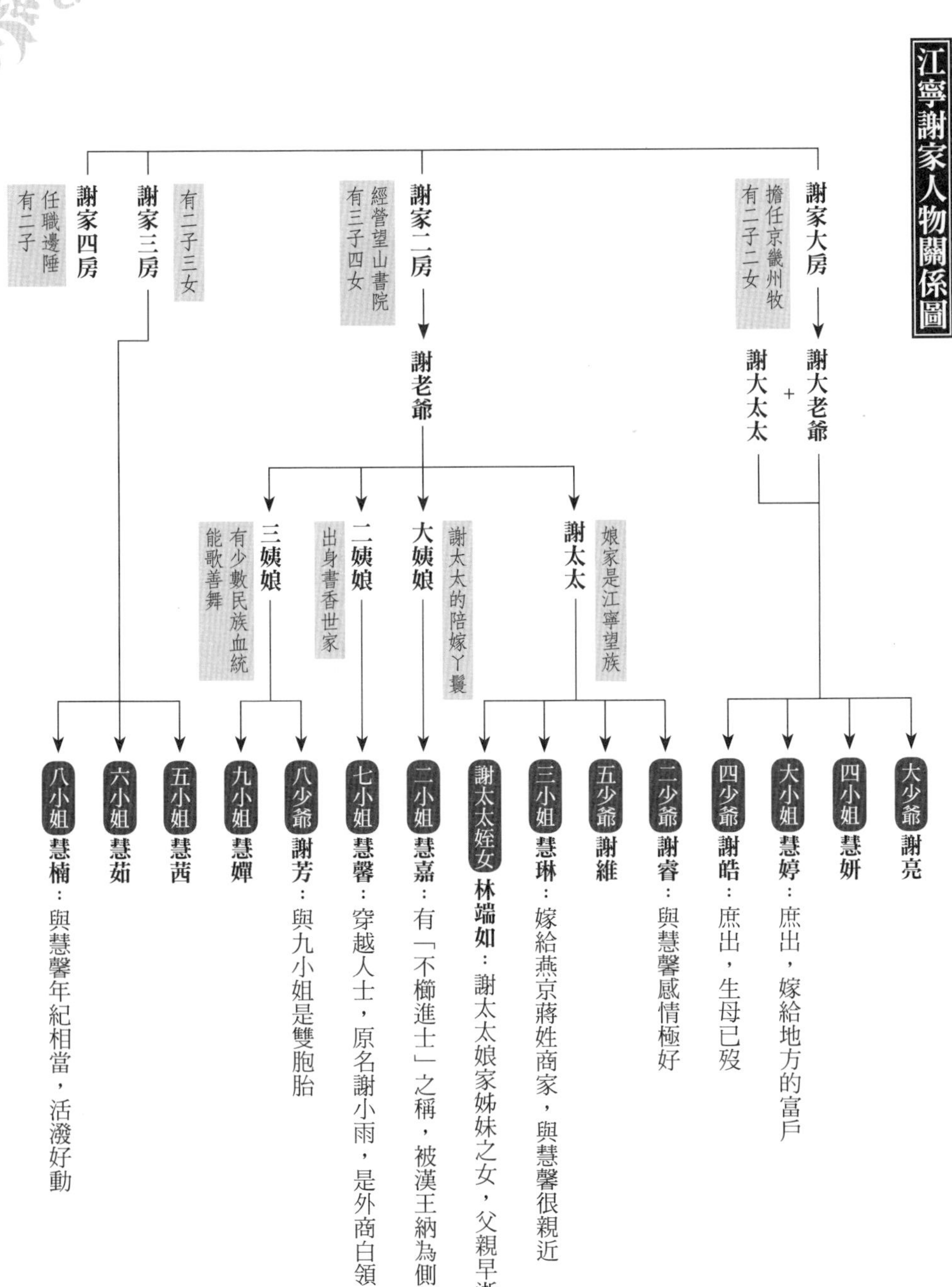

※謝家子女排序，是按四房所有子女年齡一起排名。

大趙國人物關係圖

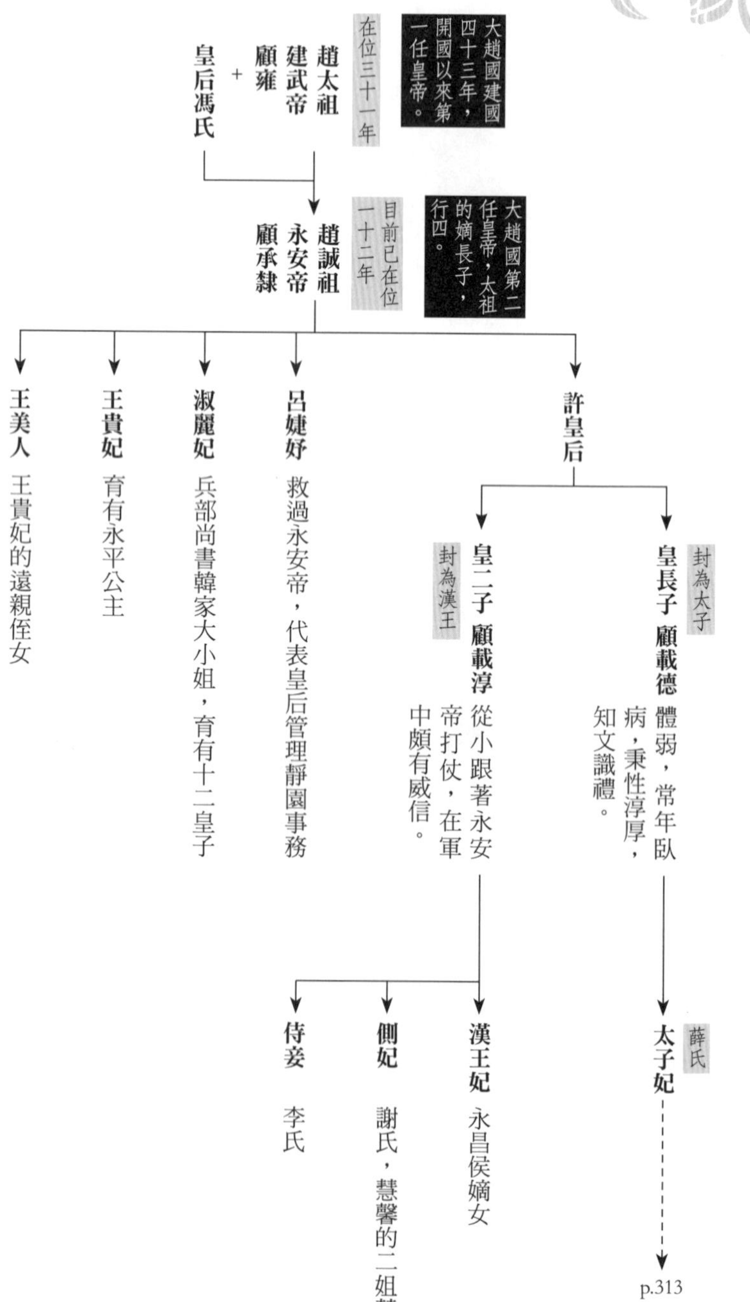
大趙國建國四十三年，開國以來第一任皇帝。
在位三十一年
趙太祖
建武帝
顧雍
+
皇后馮氏
大趙國第二任皇帝，太祖的嫡長子，行四。
目前已在位十二年
趙誠祖
永安帝
顧承隸
許皇后
封為太子
皇長子 顧載德 體弱，常年臥病，秉性淳厚，知文識禮。
薛氏
太子妃
p.313
封為漢王
皇二子 顧載淳 從小跟著永安帝打仗，在軍中頗有威信。
漢王妃 永昌侯嫡女
側妃 謝氏，慧馨的二姐慧嘉
侍妾 李氏
呂婕妤 救過永安帝，代表皇后管理靜園事務
淑麗妃 兵部尚書韓家大小姐，育有十二皇子
王貴妃 育有永平公主
王美人 王貴妃的遠親侄女

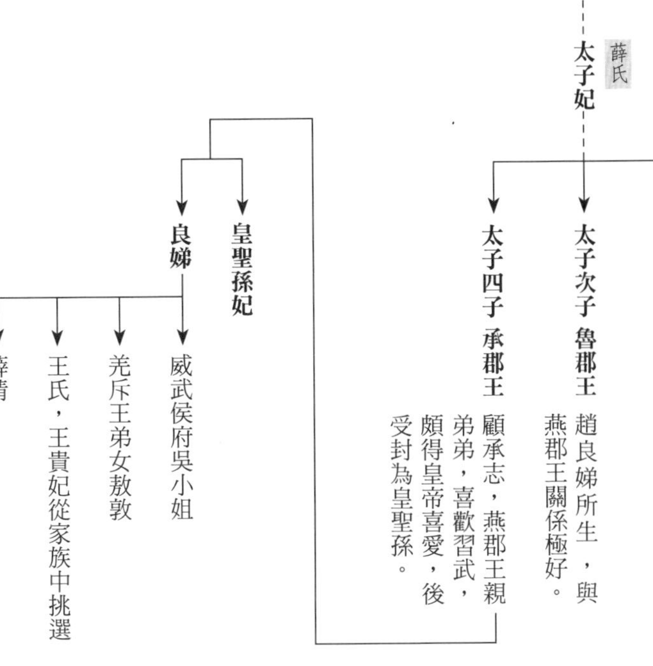

皇室外戚人物

南平侯 許鴻煊：許皇后的親弟弟，當今國舅。幼年跟方大家習文，十三歲又跟隨當今聖上征戰沙場，立下戰功無數。

義承侯府 易宏：義承侯府的大公子。弟弟易六人稱六公子，為承郡王顧承志的伴讀，易家在城內經營無名茶樓。

西寧侯宋家人物關係圖

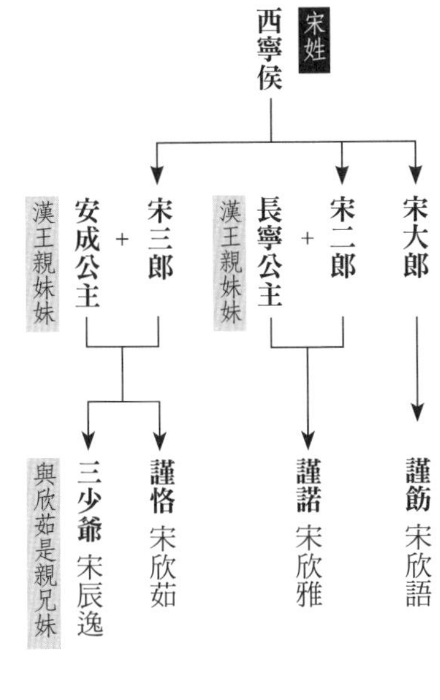

靜園人物關係圖

【丙院】

◆**謹言** **謝慧馨**：本書女主角，穿越人士。

◆**謹飭** **宋欣語**：西寧侯宋家小姐，與慧馨感情極好。

◆**謹諾** **宋欣雅**：西寧侯宋家小姐，與慧馨感情極好。

◆**謹恪** **宋欣茹**：西寧侯宋家小姐，與慧馨感情極好，也是皇莊合作夥伴。

◆**謹介** 首日入園就因犯規被逐出靜園。

◆**謹肅** 常甯伯府四小姐，個性驕橫跋扈，候補入園。

◆**謹願** 五品官員翰林院李學士之女。

◆**謹厚** 順天府通判之女，被父親安排進靜園。

◆**謹質** 出身皇商顧家，透過順妃進入靜園。

◆**謹律** 潁川陳氏，陳香茹的妹妹。

◆**謹立** 潁川郭氏。

◆**謹惜** 白族土司的義女。

◆**謹敬** 長安濟安堂收養的孤女，被當地士紳推薦進入靜園。

丙院的服侍嬤嬤與丫鬟

- 第一組—林嬤嬤、春芽、春萍
- 第二組—趙嬤嬤、春香、春白
- 第三組—杜嬤嬤、春露、春煙

慧馨與欣茹在丙院的莊客

- 娟娘—夫家姓金，有一子叫狗兒，與花姑一起負責管理魚塘。
- 花姑—夫君是四牛，與公婆、小姑同住。和娟娘一起負責管理魚塘。
- 薛玉蘭—被村人稱為連生家的，家中有婆婆、兩個兒子。負責養豬。
- 杜三娘—曾是皇后身邊的丫鬟，後嫁給四皇子的家將為妻。負責管事。

【乙院】

● **袁橙衣** 廣平侯府，永平公主之女，外婆是王貴妃。

● **王芳** 禮部祠祭清吏司郎中王敬業之女，袁橙衣的表妹。

● **周玉海** 父親曾為山東清吏司的郎中。

● **郭懿** 出身大趙國數一數二的世家。

● **薛燕** 與顧承志是表姊弟。

乙院的服侍嬤嬤
- 韓嬤嬤——負責田莊的事務。
- 孫嬤嬤——負責課程安排。
- 李嬤嬤——負責其他雜事。

慧馨與欣茹在乙院的莊客
- 鄧有志——曾在崔靈芸莊子管過果木種植，負責山頭種果樹與放養土雞。
- 魯青——曾在崔小姐莊子上管過田地，負責平地種植與皇莊書坊的工作。

【甲院】

▼ **韓沛玲** 兵部尚書韓家三小姐，韓淑麗妃的親妹妹，庶出四哥武藝高強。在甲院經營花莊。

▼ **崔靈芸** 南昌侯嫡孫女。與敬國公府顧致遠是青梅竹馬。在甲院經營田莊。

▼ **陳香茹** 潁川陳家，開設的學堂大趙朝便有五家。在甲院經營印書莊，在京裡經營「匯演書局」。

【靜園平安堂】

■ **靜宜師太** 主持。

■ **靜安師太** 開藥方，談論醫道。

■ **靜平師太** 經常幫忙靜惠師太。

■ **靜惠師太** 五官深邃、談吐文雅，常和慧馨、謹恪論佛。

Redbird 002

穿越馨生愛上你

【卷二】多事端，庶女諸葛亮

作者　尤加利
繪者　千帆
完稿　黃祺芸
編輯　古貞汝
校對　連玉瑩
行銷　呂瑞芸
企劃統籌　李橘
總編輯　莫少閒
出版者　朱雀文化事業有限公司
地址　台北市基隆路二段 13-1 號 3 樓
電話　02-2345-3868
傳真　02-2345-3828
劃撥帳號　19234566 朱雀文化事業有限公司
e-mail　redbook@ms26.hinet.net
網址　http://redbook.com.tw

ISBN　978-986-6029-54-7
初版一刷　2014.02
定價　230 元

國家圖書館出版品預行編目

預行編目
穿越馨生愛上你 卷二，多事端，庶女諸葛亮 / 尤加利著；千帆繪
-- 初版 .-- 臺北市：朱雀文化，2014.02
面；公分 .--（Redbird：002）
ISBN 978-986-6029-54-7（平裝）

1. 大眾小說
857.7　　103000029